La plus belle des promesses

Un secret sur le rivage

ANNA DEPALO

La plus belle des promesses

éditionsHarlequin

Collection : PASSIONS

Titre original : ONE NIGHT WITH PRINCE CHARMING

Traduction française de FRANÇOISE HENRY

Photos de couverture
Mariée : © WILLIAM KING / GETTY IMAGES
Bouquet de fleurs : © ROYALTY FREE / ESOLLA / ISTOCKPHOTO
Fond en tulle : © ROYALTY FREE / PHOTODISC

83-85, boulevard Vincent-Auriol, 75646 PARIS CEDEX 13.
Service Lectrices — Tél. : 01 45 82 47 47
www.harlequin.fr
ISBN 978-2-2802-3318-7 — ISSN 1950-2761

- 1 -

C'était une véritable catastrophe.

Impuissante, Pia Lumley n'avait pu qu'assister au désastre depuis l'aile de l'église où elle se trouvait, tout en se faisant la réflexion que la scène avait quelque chose de surréaliste avec tous ces mètres de satin ivoire déployés sous ses yeux, et le parfum des lys et des roses qui embaumait l'air de juin…

En tant que coordonnatrice de mariage, il lui était souvent arrivé de gérer à la dernière minute des situations critiques. Un futur marié pris de panique, une fiancée qui ne rentrait pas dans sa robe de mariage. Elle avait même connu un petit garçon qui avait avalé une des alliances qu'il était chargé de présenter. Mais elle n'avait jamais imaginé que ce genre de problèmes surviendrait à l'occasion du mariage de Belinda, sa meilleure amie et qui plus est une fille dotée d'un sens pratique extrêmement développé.

Enfin, elle en avait été persuadée jusqu'à cet instant.

Les occupants des bancs de l'église étaient restés ébahis quand le marquis d'Easterbridge avait remonté l'allée centrale d'un pas assuré pour annoncer qu'il existait un empêchement majeur au mariage de Belinda Wentworth avec Tod Dillingham dans la mesure où lui-même était déjà l'époux de la future mariée.

Tout le gratin new-yorkais rassemblé pour l'occasion en était resté bouche bée mais, du moins, personne n'avait eu le mauvais goût de s'évanouir.

Elle-même était demeurée pétrifiée. Pourquoi, au nom du ciel, pourquoi Belinda ne lui avait-elle pas parlé de son mariage éclair à Las Vegas avec l'ennemi juré de sa famille ? Belinda n'était-elle pas membre de leur confrérie de trois amies soudées à la vie à la mort et qui comptait, outre elle-même et Belinda, Tamara, qui tenait aujourd'hui le rôle de demoiselle d'honneur ?

Mais, au fond d'elle-même, elle connaissait la réponse. Belinda devait évidemment regretter cet acte stupide. Pia ne se considérait pas aujourd'hui elle-même exempte de reproches. Pourquoi n'était-elle pas restée à l'entrée de l'église pour filtrer les importuns, comme toute bonne coordonnatrice de mariage aurait dû le faire ? Ainsi, elle aurait intercepté Colin avant qu'il ne puisse nuire.

Les langues allaient se délier. On ne manquerait pas de demander pourquoi la conseillère de la future épouse n'avait pas su éloigner le marquis d'Easterbridge. Si seulement elle avait pu l'arrêter avant que le scandale n'éclate, rejaillissant sur le mariage de son amie et entachant sa propre réputation professionnelle !

En songeant aux répercussions que cet esclandre aurait sur Pia Lumley Wedding Productions, sa jeune entreprise, elle avait envie de pleurer. Elle s'était lancée dans l'aventure deux ans plus tôt, après quelques années d'assistanat dans une grosse entreprise d'organisation d'événements, et le mariage de Belinda Wentworth et de Tod Dillingham devait représenter son plus gros coup médiatique.

Ce qui venait de se produire était un véritable cauchemar, à la fois pour Belinda et pour elle, qui avait quitté sa petite ville de Pennsylvanie pour New York à la fin de ses études, cinq ans auparavant. Et elle n'avait pas imaginé que son rêve new-yorkais s'effondrerait de cette manière.

Comme pour confirmer ses pires craintes, la fiancée, le futur marié et l'époux légitime ne venaient pas plus tôt de quitter l'église qu'elle avait vu Mme Knox, une commère de la pire espèce, accourir dans sa direction.

— Chère Pia, avait-elle chuchoté en se penchant vers elle. N'avez-vous donc pas vu le marquis arriver ?

Pour toute réponse, elle s'était contentée de grimacer un sourire crispé. L'espace d'un instant, elle avait été tentée d'expliquer qu'elle ignorait tout des liens qui unissaient le marquis à Belinda et que, de toute façon, il n'aurait pas été avisé d'intercepter Sa Seigneurie, s'il était effectivement marié à Belinda. Cependant, par loyauté envers son amie, elle avait gardé le silence.

Les yeux de Mme Knox brillaient d'une joie mauvaise.

— Vous auriez pu éviter un scandale public…

C'était exact. Cependant, pensa-t-elle, même si elle avait voulu intercepter le marquis, galvanisé comme il l'était par l'urgence de sa mission, elle n'y serait sans doute pas parvenue.

Alors, elle avait tenté de sauver les apparences. Après une rapide concertation avec différents membres de la famille Wentworth, elle avait convié les invités à terminer la journée au Plazza.

Et, à présent, elle regardait autour d'elle le ballet des serveurs circulant parmi les invités avec des plateaux de hors-d'œuvre dans un brouhaha sourd de conversations. Dans l'espoir de soulager sa tension, elle se livra à des exercices de respiration, une technique de relaxation apprise pour l'aider à faire face au stress des préparatifs de mariage et à la nervosité des futures épousées.

D'une manière ou d'une autre, Belinda et Colin allaient régler le problème. Une déclaration serait faite à la presse. Avec un peu de chance, elle commencerait par ces mots : « Suite à un malencontreux malentendu… »

Tout allait certainement s'arranger.

Elle observait d'un œil distrait les invités quand, soudain, elle vit un homme blond, de haute taille, traverser la salle.

Bien qu'il soit de profil, elle ressentit un picotement familier au niveau de la nuque tandis qu'un sombre pressentiment s'emparait d'elle. Quand il se tourna pour parler à un homme qui l'avait abordé, elle découvrit son visage et elle eut alors l'impression que le monde s'arrêtait de tourner.

La journée n'avait donc pas été assez riche en mauvaises surprises ?

James Fielding… Celui qui ne lui était pas destiné…

Que faisait-il donc en ces lieux ?

Elle ne l'avait pas vu depuis trois longues années,

quand il était abruptement entré dans sa vie pour en ressortir aussitôt, mais elle l'aurait reconnu n'importe où.

On n'aurait jamais dit qu'il avait presque dix ans de plus qu'elle, qui en comptait vingt-sept. Ses cheveux blonds comme les blés étaient plus courts que dans son souvenir, mais il avait toujours son allure de dieu grec.

Il affichait une expression de circonstance, bien différente de l'air insouciant et gai dont elle se souvenait. Et elle se souvenait bien de cet homme. Une femme n'oublie pas son premier amant, surtout quand il s'évanouit au petit matin, sans un mot d'explication.

Machinalement, elle se dirigea vers lui.

Elle ne savait pas ce qu'elle lui dirait, mais une chose était sûre : elle ne mâcherait pas ses mots et laisserait éclater sa colère. En approchant, elle avisa que James s'entretenait avec Oliver Smithson, un gestionnaire de fonds bien connu de Wall Street.

Et elle entendit l'homme aux cheveux grisonnants prononcer ces paroles incroyables :

— … Monsieur le duc…

M. le… *duc* ?

Oliver Smithson devait plaisanter.

Tandis que mille questions fusaient dans son esprit, elle se rendit compte qu'il était trop tard pour reculer, car James l'avait aperçue. Et, à la lueur satisfaite qui s'allumait dans ses yeux noisette, elle comprit qu'il l'avait reconnue.

Il paraissait élégant et sûr de lui dans un smoking qui mettait en valeur son physique exceptionnel.

Ses traits fermes étaient réguliers, mis à part le nez, qui était légèrement dévié. Ses sourcils étaient d'un blond un peu plus soutenu que ses cheveux, et elle se souvenait avoir été fascinée par le constant changement de nuance de ses yeux au cours de la seule et unique nuit qu'ils avaient passée ensemble.

Si elle n'avait éprouvé une telle rage, elle serait tombée à genoux devant tant de perfection. Franchement, elle avait des excuses pour s'être conduite comme une idiote, trois ans plus tôt, se dit-elle fugitivement. James Fielding était la séduction personnifiée.

Si la désinvolture qui le caractérisait lors de leur première rencontre se dissimulait à présent sous un vernis mondain, elle la sentait toujours présente dans toute son attitude.

— Ah ! Notre charmante coordonnatrice, s'exclama Oliver Smithson, apparemment insensible à la tension qui flottait dans l'air.

Il éclata de rire.

— Qui aurait pu imaginer le tour pris par les événements ?

Tout en sachant qu'il faisait allusion à l'incident de l'église, elle constata amèrement que la réflexion s'appliquait aussi à la situation présente. Jamais elle n'aurait imaginé tomber sur James aujourd'hui.

A en juger par son expression, James semblait deviner ses pensées. Toutefois, avant que l'un ou l'autre ne puisse s'exprimer, Smithson lui demanda :

— Madame Lumley, avez-vous eu l'occasion de rencontrer Sa Grâce, le duc de Hawkshire ?

Le duc de…

Elle dévisagea James avec de grands yeux. Il était donc réellement duc ? S'appelait-il seulement James ?

En réalité, elle connaissait la réponse à cette question pour avoir revu la liste des invités au mariage. Simplement, elle n'avait pas pu deviner que son amant d'une nuit et James Carsdale, neuvième duc de Hawkshire, ne faisaient qu'un.

Elle se sentit prise d'étourdissement tandis que James, sans se laisser démonter, déclarait à Smithson :

— Merci de faire les présentations, mais Mlle Lumley et moi avons déjà fait connaissance.

Puis il se tourna vers elle.

— Appelez-moi Hawk, comme tout le monde.

Oui, ils avaient fait connaissance, pensa-t-elle, amère. Et de façon poussée. Mais, compte tenu de ce passé, comment parvenait-il à rester si maître de lui ?

Elle affronta du regard cet étranger avec qui elle avait partagé la plus grande intimité qui soit et redressa la tête.

— O-oui. J-j'ai eu ce plaisir.

Elle sentait ses joues s'enflammer. Son intention avait été de glisser un élégant sous-entendu dans sa réponse, mais son manque d'assurance avait ruiné ses efforts.

Pourquoi ce maudit bégaiement, qui avait empoisonné son enfance et qu'elle avait vaincu par des années de séances d'orthophonie, choisissait-il ce moment précis pour réapparaître ?

Le regard sombre de Hawk lui apprit qu'il avait néanmoins compris ses intentions. S'il ne parut d'abord guère apprécier, son expression se fit soudain sensuelle, et elle crut même y voir passer un étrange éclair de tendresse.

Troublée, elle frissonna. Sûrement, elle avait rêvé ? Mais, à l'idée qu'il puisse plaindre la vierge effarouchée qu'il avait quittée après une nuit d'amour, elle se redressa de toute sa hauteur.

— Pia…

En l'entendant prononcer son prénom pour la première fois depuis trois ans, elle fut assaillie par les souvenirs de leurs torrides moments de passion. Mais elle se ressaisit, les envoyant au diable.

— Quel plaisir inattendu ! dit Hawk avec un petit sourire qui laissait entendre qu'ils pouvaient être deux à jouer à ce petit jeu.

Avant qu'elle puisse répliquer, un serveur s'arrêta près d'eux avec un plateau de toasts au caviar d'aubergines. Elle sauta sur l'occasion de pouvoir faire diversion et en prit un.

— Merci, dit-elle au serveur.

Puis, se tournant vers Hawk avec un sourire, elle ajouta :

— Je vous laisse savourer ce plaisir. Bon appétit !

Et elle lui écrasa le canapé sur le visage avant de tourner les talons.

Tandis qu'elle poussait les portes de la cuisine, elle sentit peser sur elle les regards surpris du gestionnaire de fonds et de quelques invités. Si sa réputation professionnelle n'avait pas déjà été sérieusement entamée, maintenant, elle descendrait en flèche.

Mais ça en valait la peine, conclut-elle.

*
* *

Hawk accepta la serviette qu'un serveur s'empressait de lui tendre.

— Merci, dit-il avec flegme.

— Eh bien…, commença Oliver Smithson.

Hawk se lécha les lèvres.

— Délicieux, quoiqu'un peu acide.

Avec un rire gêné, le gestionnaire de fonds regarda autour d'eux.

— Si j'avais imaginé que ce mariage comporterait autant de rebondissements, je me serais abstenu !

— Vraiment ? Pourtant, de nos jours, faire parler de soi n'est-il pas le plus court chemin vers la gloire ?

Il tenait à arrondir les angles. Malgré l'affront, il aurait été désolé que l'entreprise de Pia pâtisse de son mouvement d'humeur.

Où était donc passé son ami Sawyer Langsford, comte de Melton ? Dans les circonstances présentes, son aide n'aurait pas été superflue. Il savait pouvoir compter sur lui. Bien que témoin de Dillingham, dont il était un parent éloigné, Sawyer était surtout un grand ami d'Easterbridge.

— Je vous prie de m'excuser, dit-il brusquement à Smithson, qui ne savait visiblement que dire.

Et, sans attendre de réponse, il se dirigea vers les portes de la cuisine par où Pia avait disparu.

C'était plutôt inconsidéré de sa part de se montrer aussi désinvolte vis-à-vis d'une personne influente comme Smithson, mais il avait besoin de voir immédiatement Pia.

Quand il entra dans la pièce, elle se retourna.

Comme la première fois, il fut frappé par son charme, si naturel qu'elle n'en était sans doute pas consciente. Il parcourut du regard son petit corps ferme, revêtu d'un fourreau de satin qui moulait des formes pleines, ses cheveux blond foncé sagement retenus sur sa nuque. Et puis il y avait sa peau soyeuse, ses lèvres si joliment dessinées et ses yeux d'ambre clair.

Elle était vraiment ravissante. Mais, quand il croisa son regard, il put constater que sa colère n'était toujours pas retombée.

— V-vous venez me voir ? demanda-t-elle. Figurez-vous que vous êtes en retard de trois ans !

Il ne put qu'admirer son cran, même s'il en faisait les frais.

— Je suis venu voir comment vous vous sentez. Je vous assure que si j'avais eu vent de votre présence…

Elle lui lança un regard perçant.

— Qu'auriez-vous fait ? Vous vous seriez enfui dans la direction opposée ?

— Cette rencontre est une surprise pour moi autant que pour vous.

Bizarrement, il ne l'avait pas aperçue avant qu'elle se dirige vers lui. Mais il fallait dire que l'assistance comptait quatre cents invités. Plus une personne pas du tout invitée — Colin Easterbridge — dont l'intervention avait pétrifié toute l'assistance. Qui aurait pu se douter que la future mariée avait un époux caché, et un époux qui n'était autre qu'un célèbre marquis londonien ? Cependant le choc qu'il avait éprouvé en faisant cette découverte n'était rien comparé à celui de revoir Pia… et de lire ce mélange de saisissement et de chagrin sur son visage.

— Une malheureuse surprise, j'en suis sûre,

monsieur le duc, rétorqua-t-elle. C'est curieux, je ne me souviens pas que vous ayez mentionné votre titre quand nous nous sommes rencontrés.

— Je n'étais pas duc à l'époque.

— Mais vous n'étiez pas non plus le banal James Fielding, n'est-ce pas ? riposta-t-elle.

Ne sachant que dire pour sa défense, il demeura silencieux.

— Evidemment ! s'écria-t-elle.

— Mon nom complet est James Fielding Carsdale. Si je suis à présent neuvième duc de Hawkshire, j'étais alors lord James Fielding Carsdale, ou plus simplement, précisa-t-il avec un sourire moqueur, Votre Grâce, bien que je préfère qu'on se dispense du titre et des formalités qui vont avec.

La vérité était que, à l'époque où il courait les filles, il appréciait l'incognito. Se dissimuler derrière James Fielding lui permettait d'éviter les femmes intéressées et de secouer le carcan de sa position sociale. Mais, à présent, il regrettait amèrement d'avoir blessé une innocente en jouant sa petite comédie.

Avant la mort de William, son frère aîné, victime d'un tragique accident, il n'était même pas héritier présumé du titre, songea-t-il avec un serrement de cœur. Il était lord James Carsdale, fils cadet du duc, et il menait une existence insouciante et dorée.

Il lui avait fallu trois ans pour apprendre à affronter ses responsabilités et comprendre à quel point il avait manqué de considération et causé du tort autour de lui. Surtout à Pia. Mais elle se trompait en croyant qu'il cherchait à l'éviter. Il était heureux de la revoir et d'avoir l'occasion de s'excuser.

Elle le dévisagea sans aménité.

— Cherchez-vous à excuser votre comportement sous prétexte que le nom que vous m'avez donné n'était pas le vôtre ?

Il soupira intérieurement.

— Non. J'essaie seulement — un peu tardivement, je le reconnais — de m'expliquer.

— Ne perdez donc pas votre temps ! En réalité, l'incident m'était sorti de la tête jusqu'à votre brutale réapparition.

A ce moment, il s'aperçut que les membres du personnel de cuisine leur jetaient des regards curieux.

— Ne pouvons-nous poursuivre cette conversation ailleurs ? demanda-t-il. Inutile d'en rajouter aux événements mélodramatiques du jour.

— Croyez-moi, j'ai assisté à suffisamment de mariages pour affirmer que nous sommes loin du mélodrame ! Le mélodrame, c'est quand la fiancée s'évanouit à l'autel, que le fiancé s'envole tout seul pour sa lune de miel. Ce n'est pas la confrontation entre une coordonnatrice et un grossier amant d'une nuit qui fera la matière d'un mélodrame !

Il ne répondit pas. L'important, c'était la réputation de Pia, et elle avait sans doute raison. Qu'importait une scène de plus ou de moins dans une journée qui en comptait déjà plusieurs ?

Elle le dévisagea froidement.

— Est-ce une habitude chez vous de fuir au matin d'une nuit d'amour ?

Eh bien, non, ce n'était pas une habitude. Il avait fallu qu'il agisse ainsi avec la seule jeune femme vierge qu'il ait connue. Son joli visage en forme de cœur et son petit corps potelé l'avaient séduit mais, le lendemain matin, il avait pris peur.

Il n'était pas fier de lui. Mais, en même temps, l'homme qu'il était alors lui semblait à des années-lumière de ce qu'il était devenu.

Sauf qu'il mourait toujours d'envie de la prendre dans ses bras…

Il repoussa brutalement cette idée. Il ne devait jamais oublier les responsabilités qui étaient les siennes depuis qu'il était devenu duc, et il ne devait pas oublier non plus qu'il n'avait pas le droit de gâcher la vie de Pia. Cette fois, il tenait à s'excuser de sa conduite passée, et d'avoir accepté avec légèreté le cadeau qu'elle lui avait fait.

Il se pencha vers elle.

— Puisque nous abordons le chapitre des secrets, dit-il à voix basse, quand envisagiez-vous de me dire que vous étiez vierge ?

Il la vit se raidir sous l'outrage.

— Vous insinuez que je suis responsable de votre fuite ?

— Non, mais mettons-nous d'accord : ce soir-là, nous avons tous les deux joué la comédie.

Elle blêmit.

— Je n'ai pas menti sur mon identité, moi !

— Si je me souviens bien, vous avez prétendu n'avoir jamais eu de rapport non protégé. Maintenant, qui travestissait la vérité ?

Quand ils s'étaient retrouvés dans le studio de Pia, avant de passer à l'acte, il avait tenu à lui assurer qu'il était sain, et elle, en retour, l'avait… abusé en lui offrant sa virginité sans prévenir.

Incroyable. Même dans sa jeunesse irresponsable, il s'était juré de n'être jamais le premier amant d'une femme. Il ne voulait pas laisser de souvenirs. Cela n'aurait pas cadré avec son existence libre et insouciante.

Mais elle prétendait l'avoir oublié. Etait-ce la fierté seule qui l'avait poussée à faire cette déclaration ou disait-elle la vérité ? Parce que lui, malgré tous ses efforts, il n'avait pas réussi à l'oublier.

Comme en réponse à sa question, elle le fusilla du regard avant de tourner les talons.

— C-cette fois, c'est moi qui m'en vais ! Adieu, monsieur le duc.

Il la vit disparaître dans les profondeurs de la cuisine, le laissant ressasser cette nouvelle rencontre fortuite, le point d'orgue d'une journée exécrable. Par son arrivée imprévue et la révélation de sa véritable identité, il avait déstabilisé Pia, c'était le moins qu'on puisse dire.

Mais, bien sûr, il imaginait aisément que l'échec cuisant du mariage de Belinda devait aussi sûrement la contrarier. Un tel fiasco risquait d'avoir des répercussions désastreuses sur son entreprise, et sa manière peu conventionnelle de lui faire goûter son caviar d'aubergines devant des invités stupéfaits n'arrangerait évidemment pas les choses.

Elle avait besoin d'aide, ça paraissait évident. Et, malgré le caviar d'aubergines et leur affrontement houleux, il se sentait toujours tenu de réparer le mal qu'il lui avait fait.

Soudain, un début d'idée germa dans son cerveau.

- 2 -

Quand, après la soirée au Plazza, Pia regagna son appartement, elle n'usa pas de procédés magiques pour bannir définitivement Hawk de sa vie. Non. Après avoir chassé M. Darcy de son fauteuil de travail, elle s'installa devant l'ordinateur, alla sur Google et saisit le nom de Hawk et son titre. Si elle trouvait une photo de lui, se disait-elle, elle fabriquerait volontiers un poster style western : « On recherche duc rebelle déguisé en homme idéal. » Mais, en réalité, elle brûlait d'en savoir plus sur Celui qui ne lui était pas destiné, alias James Fielding Carsdale, neuvième duc de Hawkshire.

Ses recherches ne la déçurent pas. En un rien de temps, elle collecta une masse d'informations.

Elle découvrit que Hawk était le fondateur de Sunhill Investments, une société de fonds de placements spéculatifs, trois ans plus tôt, c'est-à-dire peu après leur malheureuse aventure d'une nuit. Et cette société florissante, dont le siège se trouvait à Londres, venait d'ouvrir une succursale à New York.

Elle trouva un peu cruel que, juste après l'avoir lâchement laissée tomber, il ait été béni des dieux au lieu de recevoir le châtiment de la justice universelle.

Distraitement, elle gratta la tête de M. Darcy

venu se frotter contre ses jambes. Elle avait adopté le chat dans un refuge, trois ans plus tôt, quand elle s'était installée dans ce deux-pièces situé, cette fois encore, du côté le moins chic de l'Upper East Side.

Le fait qu'il s'agisse d'un appartement à loyer réglementé qu'elle utilisait à des fins professionnelles lui valait une réduction d'impôts qui lui permettait de vivre aux abords immédiats du monde dans lequel elle rêvait d'être admise : celui des filles qui fréquentaient les lycées privés de l'Upper East Side, les futures débutantes aux parents fortunés qui vivaient dans des immeubles de luxe, avec des portiers en uniforme attendant sous des auvents éternellement verts.

Son appartement servait de vitrine à ses activités car elle recevait parfois la visite de clientes. La plupart du temps, elle se déplaçait pour rencontrer les futures épouses dans leurs luxueuses demeures.

Elle cliqua sur la souris et, quelques minutes plus tard, elle avait accès à un article paru dans le *New York Social Diary*. On y voyait Hawk poser entre deux jeunes femmes blondes, un verre à la main, un sourire enjôleur aux lèvres. L'article le présentait comme un habitué des cercles mondains de Londres et de New York.

Elle pinça les lèvres en signe de réprobation. Enfin, du moins l'article lui apportait-il la confirmation qu'elle était son type car il semblait avoir une attirance particulière pour les blondes. Seulement, évidemment, avec son mètre soixante-deux et ses formes pulpeuses, elle ne tenait pas la comparaison avec les créatures faméliques et tout en jambes avec lesquelles il avait été photographié.

Leur lamentable histoire avait tout de même eu un point positif : l'odieux comportement de Hawk lui avait donné le courage de s'installer à son compte. Se rendant compte qu'il était vain d'attendre plus longtemps le Prince charmant, elle avait décidé de prendre la vie à bras-le-corps. Et elle s'en félicitait. Ç'aurait été pathétique qu'il connaisse une réussite spectaculaire pendant qu'elle se serait enfermée dans son minuscule studio en ruminant son abandon.

Mais non, elle avait avancé dans la vie, tout comme lui. Et M. le duc, Sa Grâce, ou tout autre titre dont il voudrait s'affubler, pouvait bien aller au diable avec ses millions !

Malgré tout, elle ne put s'empêcher de poursuivre ses recherches. Elle tenait à mesurer l'étendue de sa sottise de vierge ingénue qui avait succombé aux belles paroles d'un séducteur patenté.

Après une demi-heure de recherches, elle put se persuader que la réputation de coureur de jupons de Hawk n'était pas surfaite. Il était sorti avec des mannequins, des actrices et même une ou deux chanteuses avant sa récente réincarnation en gros bonnet de la finance.

Comme elle s'était montrée naïve en espérant lui plaire davantage qu'une nuit…

Finalement, elle abandonna l'écran pour gagner sa chambre. Machinalement, elle ôta son fourreau et passa un pantalon de pyjama en coton et un haut sans manches, couleur pêche. Dans la salle de bains, elle se démaquilla, se rafraîchit le visage et se brossa les dents.

De retour dans sa chambre, elle alla s'asseoir à sa coiffeuse, achetée sur un marché aux puces, et retira les épingles de son chignon. Puis, tout en se brossant les cheveux, elle s'examina dans le miroir.

Elle savait qu'elle n'avait pas une beauté tapageuse, mais à en croire ses camarades de lycée elle était mignonne. Ce qui lui suffisait. Aujourd'hui, toutefois, elle se força à avoir un regard plus critique.

Dégageait-elle quelque chose qui incitait les hommes à profiter d'elle ? Lisait-on sur son visage qu'elle était juste bonne à renverser sur un tas de foin ?

Elle se leva en soupirant, se glissa dans son lit et éteignit la lampe de chevet. M. Darcy sauta à son tour sur le lit et se roula en boule contre sa jambe.

Elle se tourna vers la fenêtre fouettée par la pluie qui s'était mise à tomber et nimbait d'un halo la lumière des lampadaires.

La journée avait été longue et pleine d'imprévus. Pourtant, en dépit de sa lassitude, elle n'arrivait pas à s'endormir. Et, à l'abri de sa chambre, elle eut la surprise de sentir des larmes lui inonder le visage.

Elle n'avait pas pleuré à cause de Hawk depuis bien longtemps.

Depuis qu'elle avait déménagé, il n'avait pas franchi la porte de son sanctuaire, mais il avait dormi dans le même lit.

Quel être répugnant !

Allons, avec un peu de chance, elle ne le reverrait plus, et ce serait la toute dernière fois qu'elle verserait des larmes pour lui…

Hawk examina la belle demeure de pierre calcaire, propriété plusieurs fois centenaire des Melton, qui s'élevait au milieu d'hectares de paysage bucolique d'un vert éclatant dans la chaleur du mois d'août.

Il se rendait au mariage de son ami Sawyer Langsford, comte de Melton, qui allait épouser en bonne et due forme l'honorable Tamara Kincaid. La même Tamara Kincaid qu'il avait eu tant de mal à persuader de danser avec lui, lors du mariage raté de Belinda Wentworth et Tod Dillingham, deux mois plus tôt.

En pensant à ces mariages, Hawk dut admettre qu'il en était arrivé à un point de son existence où, à trente-six ans, sa vie professionnelle lancée, le devoir de donner un héritier au duché commençait à se faire pressant. Dans sa jeunesse insouciante de fils cadet de duc, il avait mené joyeuse vie et fréquenté beaucoup de femmes, contrairement à son frère aîné, héritier présumé du titre et beaucoup plus responsable.

Et voilà qu'aujourd'hui, un de ses amis intimes allait convoler en justes noces. Ce devait être un mariage modeste, en présence de la famille et des amis proches. Seul point délicat : Easterbridge était invité. Et, sur l'insistance de la mariée, il y aurait aussi son amie Belinda Wentworth, femme officielle d'Easterbridge devant la loi, ainsi que Tod Dillingham, son presque époux.

Sawyer avait prévenu Hawk que Pia Lumley participerait à la fête car, en tant qu'amie intime de Tamara Kincaid, c'était elle qui avait organisé le mariage.

Comme si ses pensées avaient eu le pouvoir de la matérialiser, Pia sortit à ce moment précis de la maison par une porte-fenêtre et traversa la pelouse dans sa direction.

Elle respirait tant de jeunesse, de fraîcheur et d'innocence qu'il en eut un coup au cœur. C'était ainsi qu'elle lui était apparue, trois ans plus tôt, quand il l'avait séduite puis abandonnée.

Elle portait un chemisier blanc aux manches retroussées, un pantalon de coton vert et des ballerines roses. Le pantalon moulait ses hanches, et le col de son chemisier laissait entrapercevoir la naissance des seins. Elle avait noué ses cheveux en queue-de-cheval, et ses lèvres roses brillaient.

Hawk ressentit un pincement de désir.

Malgré le scandale du caviar d'aubergines, il se sentait attiré par elle. Elle possédait un charme naturel, très différent de celui des femmes qu'il fréquentait habituellement.

Elle représentait tout ce qu'il désirait et qu'il ne pouvait avoir. Une liaison entre eux remettrait en question la vie rangée qu'il s'était construite. Son passé de play-boy était loin derrière lui, et il ne tenait pas à le ressusciter.

Il avait trente-six ans et il n'avait jamais été plus conscient de ses responsabilités que depuis qu'il avait hérité du duché. Entre autres choses, il avait le devoir de produire un héritier afin d'assurer la pérennité d'un titre plusieurs fois centenaire. Et, dans le cours normal des événements, on s'attendait à ce qu'il épouse une personne de son rang.

Au cours de l'année écoulée, sa mère avait décidé de prendre les choses en main et de le mettre en relation avec des femmes appartenant à son milieu, en particulier, avec une certaine Michelene Ward-Fombley qui avait été fiancée à son fils aîné. La duchesse de Hawkshire considérait que Michelene ferait une parfaite épouse pour William, mais la disparition de ce dernier avait bousculé tous ses plans.

Il repoussa avec un brin d'agacement le souvenir de sa dernière conversation transatlantique avec sa mère et ses allusions à son futur mariage…

Il préférait de beaucoup observer Pia, elfe malicieux et terriblement séduisant. Malgré sa petite taille, elle circulait en chaussures à talons plats, plus confortables pour travailler par une chaude journée d'août, typique de cette région de l'Angleterre.

Soudain, elle leva les yeux et l'aperçut. Il la vit hésiter puis, après quelques instants, reprendre sa marche. Quand elle parvint à sa hauteur, il tenta de briser la glace.

— Je sais ce que vous pensez.

Elle le toisa du regard.

— Nous ne nous sommes pas vus depuis trois ans, insista-t-il, et voilà que nous tombons l'un sur l'autre deux fois en l'espace de deux mois.

— Croyez-moi, je n'apprécie pas plus que vous ! riposta-t-elle en s'arrêtant devant lui.

Il scruta son visage. Tête penchée, il tentait de se montrer enjoué mais, remarquant la façon dont une mèche blondie par le soleil lui caressait la joue, il dut faire un gros effort pour se retenir de la repousser derrière son oreille tout en effleurant sa joue au passage.

Puis il commit l'erreur de humer le parfum de lavande qu'il lui associait depuis leur nuit et il se sentit remué jusqu'au fond de son être.

Il n'y pouvait rien ; elle lui plaisait infiniment.

— Q-que faites-vous ? demanda-t-elle.

— Je vérifie que vous ne dissimulez pas de hors-d'œuvre quelque part. Vous comprenez, je ne tiens pas à affronter une attaque de missile.

Sa plaisanterie fut accueillie par un regard glacé.

— Je suis là pour m'assurer que ce mariage se déroule sans incident, répliqua-t-elle sèchement.

— Vous essayez de rétablir votre image de marque ?

A son regard, il vit qu'il avait touché juste.

Elle s'inquiétait toujours pour son entreprise dont la réputation avait été ternie par le scandale survenu lors du mariage manqué de Belinda Wentworth.

Elle se reprit toutefois très vite, et un éclat belliqueux s'alluma dans son regard.

— Mon seul souci, c'est votre présence à vous et à vos deux compatriotes Easterbridge et Melton ! Je ne comprends pas pourquoi une autre de mes amies se retrouve engagée à un de vos amis ! Quand on pense à ce qu'Easterbridge a fait à Belinda !

— On ne peut pas reprocher à Colin d'avoir revendiqué le fait d'être le mari de Belinda. Car c'est ce qu'il est, n'est-ce pas ?

Elle le fusilla du regard.

Il s'en voulut aussitôt. Il avait entamé la conversation dans l'intention de mettre Pia à l'aise, mais il ne résistait pas à l'envie de la provoquer.

— Si je comprends bien, dans un mariage, le mari n'a pas le droit de s'exprimer ?

— Le marquis n'était pas obligé d'agir ainsi ! Une communication de son avocat aurait suffi.

— Peut-être qu'Easterbridge a eu connaissance tardivement du mariage de Dillingham et qu'il n'a pas eu d'autre solution pour empêcher un crime. Car la bigamie est un crime dans de nombreux endroits de la planète, vous savez. Y compris à New York.

— J'en suis bien consciente !

— Heureux de vous l'entendre dire.

Elle le dévisagea d'un air soupçonneux.

— Etiez-vous au courant du projet d'Easterbridge ?

— Je ne savais même pas qu'il avait épousé Belinda.

Il était content d'avoir l'occasion de mettre les choses au point, car il sentait bien qu'elle le soupçonnait de jouer double jeu, en tant qu'invité au mariage de Dillingham et ami d'Easterbridge.

— Et moi, je n'imaginais pas un instant que Belinda ait pu épouser un de vos amis, et à Las Vegas, de surcroît ! riposta-t-elle.

— Mes amis et moi sommes sans doute irrésistibles.

— Oh ! Je ne doute pas que vous ayez toutes les femmes à vos pieds !

Il se demanda si ce n'était pas une sorte de jalousie de sa part. Aurait-elle été sensible à son charme, autrefois ? L'avait-elle trouvé, non seulement attirant mais encore irrésistible ? Avait-elle couché avec lui, emportée par la passion ?

— Maintenant que je connais votre véritable nom, des recherches sur internet m'ont permis d'apprendre beaucoup de choses sur votre compte, déclara-t-elle, douchant brutalement ses espoirs.

Il imaginait la teneur des révélations qu'elle avait pu glaner sur internet et fit la grimace.

— J'aurais dû avoir des doutes, il y a trois ans, quand mes recherches sur James Fielding n'ont rien révélé de particulier, ajouta-t-elle, mais j'ai pensé que Fielding était un patronyme si commun…

Il eut un sourire ironique.

— Mes ancêtres doivent se retourner dans leur tombe en entendant ça.

— Oh ! J'oubliais. Pardonnez-moi, Votre Grâce, et soyez assuré que je ne négligerai plus les égards dus à votre rang.

Il se moquait bien des égards dus à son rang. C'était une des raisons pour lesquelles il préférait se dissimuler sous le simple patronyme de Fielding. Mais, à présent qu'il avait accédé au titre de duc, il ne pouvait plus s'offrir ce luxe. Il avait trop le sens de ses responsabilités pour cela.

Il était conscient de l'ironie du sort qui voulait qu'en accédant au titre de duc de Hawkshire il gagnait un pouvoir et un statut social que beaucoup lui enviaient, mais il perdait ce à quoi il tenait le plus : la liberté et le fait d'être apprécié pour lui-même.

— Parlez-moi de votre entreprise, dit-il brusquement. Il y a trois ans, je me souviens que vous travailliez dans une grosse entreprise mais que vous songiez à vous installer à votre compte.

Elle lui lança un regard méfiant.

— Comme vous voyez, peu après votre abrupte disparition, j'ai réussi à démarrer mon affaire.

— Dois-je comprendre que vous me devez des remerciements ? s'enquit-il avec une feinte hauteur.

— Des remerciements, ce serait un peu exagéré. Mais c'est votre goujaterie qui m'a donné la force de me jeter à l'eau. Après tout, rien de tel qu'une déception amoureuse pour stimuler l'envie de remporter des succès dans d'autres domaines.

Il esquissa un pâle sourire. Il regrettait son attitude passée, mais se demandait ce qu'elle aurait dit si elle connaissait le poids des responsabilités qui pesaient aujourd'hui sur ses épaules.

— Vous aviez fait preuve d'une grande créativité au mariage de Belinda, dit-il, ignorant la pique. L'or et le vert citron forment une alliance originale.

Devant son air surpris, il ajouta :

— Inutile de paraître étonnée que j'aie noté ce détail. Après avoir savouré le caviar d'aubergines, j'ai trouvé reposant de contempler le décor.

En réalité, il avait observé le résultat du travail de Pia en espérant en apprendre un peu plus long sur elle. Et son attitude avait eu le mérite d'éloigner les regards curieux et les questions des invités.

— Je suis heureuse que mon geste ait eu au moins une conséquence positive, dit-elle sèchement.

— Je suppose que les conséquences, pour votre entreprise, ont été moins bénéfiques…

Elle se mit sur la défensive, mais pas assez vite pour qu'il ne perçoive la détresse de son regard.

— Quel genre de mariage souhaiteriez-vous

pour vous-même, Pia ? demanda-t-il avec un sourire engageant. Vous avez bien dû y réfléchir.

Il jouait avec le feu, il le savait. Mais ça lui était bien égal.

— Je travaille dans l'industrie du mariage, répondit-elle froidement. Pas dans celle du sentiment.

Ils se défièrent du regard, jusqu'à ce qu'une voix, hélant Pia, trouble leur tête-à-tête. Ils se retournèrent d'un même mouvement pour découvrir Tamara qui descendait les marches de la terrasse.

— Pia ! s'écria-t-elle en accourant vers eux. Je te cherche partout.

— J'allais au pavillon, répondit Pia.

Tamara les dévisagea avec curiosité.

— Eh bien, je suis contente de t'avoir trouvée, dit-elle enfin.

Elle glissa un bras sous celui de Pia avant de lui jeter un rapide coup d'œil.

— Vous permettez que je vous enlève Pia, Hawk ? Je veux dire, monsieur le duc.

Mais, sans attendre de réponse, elle entraîna Pia vers le pavillon.

Il sourit. Tamara n'était pas du genre à faire des manières. Bien que fille de vicomte anglais, elle avait été élevée aux Etats-Unis et avait un tempérament plutôt bohème.

En tout cas, telle une mère poule, elle avait volé au secours de Pia.

— Pas du tout, murmura-t-il au dos de Tamara.

Il regardait les deux jeunes femmes traverser la pelouse quand Pia se retourna pour lui jeter un coup d'œil qu'il lui rendit gravement. Au cours de la conversation, il avait récolté un certain nombre d'informations. Ainsi, comme il l'avait supposé, le scandale du mariage de Belinda avait éclaboussé la réputation de l'entreprise de Pia. C'était vraiment dommage, car le fait qu'elle ait tenu plus de deux ans prouvait qu'elle avait le sens des affaires.

Tout en regagnant la maison, il se dit qu'une conversation avec sa sœur, qui devait se marier sous peu, était à l'ordre du jour.

- 3 -

Tandis qu'elle se dirigeait avec Tamara vers le pavillon, Pia sentit le regard curieux de son amie posé sur elle.

— J'espère ne pas avoir interrompu quelque chose, dit Tamara.

Comme Pia demeurait silencieuse, Tamara se reprit :

— A la réflexion, j'espère que si !

Soudain, Tamara s'arrêta pour s'entretenir avec un membre du personnel. En attendant qu'elle en ait fini, Pia se remémora les circonstances de sa rencontre avec Hawk.

Elle se trouvait alors dans une salle de bar où la musique jouait à fond, et la foule était si compacte qu'on se frôlait au moindre geste.

Elle n'était pas une habituée des bars. Elle y était venue avec une collègue de l'entreprise d'organisation d'événements pour laquelle elle travaillait à l'époque parce que la direction poussait ses employées à nouer des relations et à trouver de nouveaux clients.

Sauf que Pia ne s'intéressait guère aux fêtes d'anniversaire ou d'enterrement de vie de célibataire. Ce qu'elle aimait, c'étaient les mariages.

Un jour, se promettait-elle, elle réaliserait son rêve et ouvrirait sa propre entreprise d'organisation de mariage.

En attendant, elle joua des coudes entre les clients pour atteindre le bar. Cependant, à cause de sa petite taille, perdue entre les clients installés sur des tabourets, elle n'arrivait pas à capter l'attention du serveur.

A côté d'elle, un homme commanda un Martini. Elle leva les yeux vers lui et, comme il les baissait sur elle, ils se regardèrent.

— Vous désirez boire quelque chose ? demanda-t-il avec un sourire aimable.

Elle reprit sa respiration.

C'était un des hommes les plus séduisants qu'elle ait croisés. Grand, certainement plus d'un mètre quatre-vingt-cinq, les cheveux blonds, légèrement ébouriffés, et des yeux noisette, pailletés d'or, qui riaient. Le nez n'était pas parfait — il semblait avoir été cassé —, mais ce défaut ne faisait qu'ajouter à son charme. Son sourire creusait une fossette dans sa joue droite.

Plus important que tout, il la considérait avec intérêt. L'homme de ses rêves, en somme. Celui qu'elle n'avait jamais rencontré, ce qui expliquait pourquoi, à vingt-quatre ans, elle était toujours vierge.

Devant un tel morceau de choix, se dit-elle, il fallait afficher une élégante décontraction.

— Un cosmopolitan, merci.

Il chercha le serveur des yeux. Quelques instants

plus tard, comme par magie, une main posait deux verres devant eux.

Il la regarda, toujours souriant.

— Etes-vous…, dit-il d'une voix grave et basse qui invitait à l'intimité.

— Suis-je ?

Mille petites rides se dessinèrent au coin de ses yeux.

— Etes-vous une fille libérée ?

Elle fit mine de réfléchir.

— Ça dépend. Faites-vous de la drague un métier ?

Il rit. A son expression, elle devina qu'il appréciait son sens de la repartie et que son intérêt s'en trouvait accru.

— Ne me donnerez-vous pas un indice ? demanda-t-il.

Elle joua le jeu.

— A quoi bon ? Le charme ne suffit-il pas ?

— Ça dépend, répondit-il en se frottant le menton. Etes-vous accompagnée ?

— Je suis venue avec une collègue, mais je l'ai perdue dans la foule.

Sous son vernis de décontraction, il eut un regard de loup affamé, mais il reprit très vite son air affable.

— Parfait. Alors, je peux exercer mon charme tout à loisir. Commençons par nous présenter. Une femme aussi adorable et ensorcelante que vous ne peut que s'appeler…

— Pia Lumley, répondit-elle avec un grand sourire.

Il était si drôle !

— Pia…, répéta-t-il.

Et le ton enjôleur la fit frissonner. Il la trouvait

« adorable » et « ensorcelante ». L'homme de ses rêves possédait une voix, et c'était tout simplement grisant.

— James Fielding, dit-il.

Il lui tendit son cosmopolitan et prit le Martini.

— Santé ! fit-il en heurtant son verre au sien.

Elle but une gorgée du breuvage et le trouva très fort. D'habitude, ses goûts la portaient vers des bières légères ou des boissons à base de jus de fruits mais, ce soir, elle tenait à paraître sophistiquée.

Elle entrait relativement facilement dans la peau du personnage car, depuis qu'elle travaillait à New York, elle s'appliquait à offrir l'image d'une femme raffinée et sûre d'elle. C'était nécessaire dans son métier. Les gens n'avaient aucune envie de confier l'organisation de réceptions prestigieuses à une gamine inexpérimentée tout droit sortie d'une ville obscure de Pennsylvanie.

Soudain, James désigna de la tête un couple qui s'apprêtait à libérer une table voisine.

— Voulez-vous vous asseoir ?

— Volontiers.

En voyant James s'installer près d'elle, elle sentit un frisson d'excitation la parcourir. Elle n'était pas laide, elle le savait, mais elle était petite, et réservée. Et, à cause de ça, plus souvent qu'à son tour laissée sur la touche.

Il la regarda en souriant.

— Etes-vous nouvelle à New York ?

— Tout dépend de ce que vous appelez nouvelle. J'y habite depuis deux ans.

— Et vous avez été transportée ici d'un coup de

baguette magique ! Je sais ! Vous sortez d'un conte de fées nommé…

— Blonde comme je suis, *Cendrillon*, bien sûr ! répondit-elle en riant.

— Bien sûr !

Doucement, il tendit la main pour saisir une mèche de cheveux, et elle eut la sensation qu'elle n'allait pas tarder à suffoquer.

— Un délicieux ton de blond, murmura-t-il. On dirait de l'or mêlé à du blé et à du soleil.

Elle le regarda dans les yeux. Elle aurait pu passer des heures à observer les différentes nuances qui y jouaient.

— Maintenant, Pia, dit-il de sa voix chaude, je vais deviner votre métier. Vous êtes comédienne… banquière… modèle… vous travaillez dans le monde de la publicité… ou de l'édition ?

— Rien de tout cela.

Il parut dépité.

— Je ne suis encore jamais tombé à côté.

— Vraiment ? Désolée de faire chuter votre score.

— Tant pis. Je compte sur votre discrétion pour ne pas ébruiter l'affaire.

Ils flirtaient ! Ou, du moins, James flirtait avec elle, et elle jouait correctement sa partie. Elle en éprouvait une véritable griserie. Jamais un homme n'avait flirté avec elle de cette façon, et certainement pas un homme de la trempe de James.

— Je suis coordonnatrice de réception, dit-elle.

— Ah ! Vous aimez faire la fête ! s'exclama-t-il, le regard brillant. Splendide.

Elle faillit lui préciser qu'il ne fallait pas confondre

« organiser des réceptions » et « y participer », mais se ravisa.

— Et vous ? demanda-t-elle. Que faites-vous à New York ?

Il se redressa.

— Je travaille dans la finance. Un type bien ordinaire, j'en ai peur.

— Il n'y a rien d'ordinaire chez vous, déclara-t-elle.

Il sourit.

— Je suis flatté !

Pour se donner une contenance, elle but une gorgée de son cosmopolitan. Le sourire de James et la fossette qui l'accompagnait provoquaient de drôles de réactions en elle.

Sous son regard scrutateur, elle essayait de rester naturelle, mais il était trop proche. Elle devinait sa cuisse musclée sur le siège voisin du sien. Il ne portait pas de cravate, et son cou puissant émergeait du col ouvert de sa chemise bleu clair.

Il hocha la tête, le regard fixé sur son décolleté.

— Vous portez un collier original, dit-il.

Elle baissa machinalement les yeux. Il s'agissait d'une chaînette d'argent à laquelle était suspendu un poisson volant.

Bien que ce bijou fasse partie de ses préférés, elle rougit en songeant qu'avec sa robe turquoise et ce pendentif elle devait ressembler à une mare dans laquelle nagerait un poisson solitaire.

C'était stupide de ne pas y avoir pensé en s'habillant ce matin.

Cependant l'expression de James n'avait rien de narquois. Il semblait juste curieux.

— C'est un cadeau de mon amie Tamara, qui est une talentueuse créatrice de bijoux, expliqua-t-elle. C'est que j'adore pêcher, voyez-vous.

— Une femme selon mon cœur ! s'exclama-t-il.

Elle dissimula sa surprise. Naturellement qu'il aimait pêcher. N'était-il pas l'homme de ses rêves ?

— Je pêche depuis que j'ai trois ou quatre ans, ajouta-t-il. Quelle pêche pratiquez-vous ?

— Oh ! Un peu tout, répondit-elle en riant. La perche, la truite... Il y a plein de lacs en Pennsylvanie où j'ai grandi. Mon grand-père et mon père m'ont appris à amorcer une ligne et à la lancer. Et aussi à monter à cheval et euh... à t-traire une vache.

Elle n'arrivait pas à croire qu'elle ait fait un tel aveu. Comment, à présent, se faire passer pour une citadine sophistiquée ?

Cependant, James paraissait fasciné.

— Je monte à cheval depuis que je sais marcher, mais je ne connais rien à la traite des vaches ! dit-il, l'œil brillant.

Elle rougit.

— En revanche, j'ai soigné des moutons durant un séjour dans un élevage, en Australie.

— Là, vous me battez ! J'avoue.

— Trop aimable. Je savais que le mouton serait un atout.

— J'ai pêché à la mouche.

— Je vous tire mon chapeau. Peu de femmes acceptent de passer la journée dans la boue en attendant une touche.

Son sourire s'élargit.

— Petite comme vous êtes, j'imagine que vous ne pouviez pas vous aventurer trop loin.

Elle prit l'air offensé.

— Détrompez-vous ! J'étais aussi à l'aise qu'un poisson dans l'eau ! C'est le cas de le dire.

— Je crois que j'aurais été tenté de glisser une grenouille dans vos cuissardes.

— Oh ! Je n'en doute pas un instant. J'espère que vous n'aviez pas de sœurs à torturer.

— Je n'ai pas eu cette chance. J'ai une sœur, mais elle est beaucoup plus jeune que moi, et ma mère n'aurait pas toléré que je la chahute.

— Encore une chance ! fit-elle avec une feinte indignation. Et, si vous aviez essayé de me refiler une grenouille, j'aurais…

— Oui ?

Il semblait beaucoup s'amuser.

— Je vous aurais montré de quel bois je me chauffe !

— Les héroïnes de contes de fées n'ont-elles pas intérêt à rencontrer des crapauds ? demanda-t-il innocemment.

— Si vous faites allusion au fameux baiser, ça ne marche pas.

— Mmm… vous pariez que si ?

— Je… je…

Son maudit bégaiement choisissait bien son moment pour réapparaître !

Sans attendre de signe d'encouragement plus explicite, il se pencha et, comme elle fermait les yeux, posa doucement ses lèvres sur les siennes. Elle sentit un fugitif courant passer et, comme mues par une volonté propre, ses lèvres s'entrouvrirent. Il s'empara alors de sa bouche avec ardeur.

Les lèvres de James étaient douces, et un léger goût de Martini s'y attardait. Et, tandis qu'elle savourait la grisante caresse, le monde s'effaça autour d'eux.

Cependant, alors que leur baiser menaçait de devenir un peu trop passionné pour le lieu, il recula, l'air perplexe.

— Que s'est-il passé ?

— V-vous n'avez rien à voir avec Kermit la grenouille, je peux vous l'assurer.

Il sourit.

— Que dites-vous de mon lancer ? Est-ce que je vous ai bien ferrée ?

— E-est-ce moi qui ai avalé l'hameçon ou vous ?

A ce moment, leur tête-à-tête fut interrompu par l'arrivée d'un homme.

— James !

Brusquement consciente de son laisser-aller, Pia se redressa.

— Le P.-D.G. de MetaSky Investments est là, annonça le nouveau venu en la gratifiant d'un rapide coup d'œil. Je vais vous présenter.

Elle sentit que James hésitait. Apparemment, il était important pour lui de rencontrer cet homme.

Il se tourna vers elle.

— Est-ce que…

— Te voilà, Pia ! Je t'ai cherchée partout ! s'exclama Cornelia, qui émergeait de la foule.

Pia sourit à James.

— Comme vous voyez, vous ne m'abandonnez pas à un sort cruel !

— Voulez-vous m'excuser ?

— Bien sûr.

Elle réussit à dissimuler sa déception en voyant James se lever. Il ne précisa pas s'il reviendrait ou non, mais elle n'était pas assez sotte pour espérer son retour. Elle comprenait, plus ou moins bien, que ce genre de flirt dans un bar n'était pas sérieux.

D'un autre côté, elle était assez romantique pour croire au destin. C'était le plus magnifique, le plus spirituel spécimen d'homme qu'elle ait jamais rencontré. Et, si elle ne le revoyait jamais plus, elle se souviendrait de lui comme d'un Prince charmant venu illuminer une soirée ennuyeuse.

Deux heures plus tard, cependant, elle avait bien du mal à contenir sa désillusion. Elle n'avait pas aperçu James depuis qu'ils s'étaient quittés et elle n'avait pris aucun contact intéressant.

Avec un soupir, après avoir payé sa note, elle se laissa glisser de son tabouret. Cornelia était partie une demi-heure plus tôt, pendant que Pia s'entretenait avec une éventuelle cliente. La femme qui venait de libérer le siège voisin du sien était directrice d'agence immobilière et, bien qu'elle ait déjà retenu quelqu'un pour s'occuper de sa fête d'entreprise annuelle, elle avait accepté d'écouter Pia.

Décidément, le moment le plus agréable de la soirée, elle l'avait passé avec James. Même si ce n'était que passager, il lui avait manifesté un véritable intérêt.

Son cœur se serra. Allons, il était temps de partir. Elle allait regagner son appartement et passer le reste de la soirée à oublier ce qui ne serait jamais en regardant un DVD.

C'était un bon programme. Sauf que, lorsqu'elle mit le nez hors du bar, elle s'aperçut qu'il pleuvait à verse.

Super…

Comme elle n'était pas vraiment vêtue pour affronter ce déluge, elle se replia sous l'auvent du bar. La solution serait de prendre un taxi, mais ce ne serait pas facile d'en trouver un par ce temps. De plus, la dépense représentait un luxe qu'elle préférait éviter. L'autre solution était de marcher jusqu'à la prochaine station de métro et, ensuite, de faire à pied le trajet de la station proche de chez elle à son appartement. Perspective peu réjouissante.

Tandis qu'elle réfléchissait, la porte du bar s'ouvrit.

— Besoin d'un trajet en voiture ? fit une voix grave derrière elle.

Elle se retourna brusquement.

James.

Bizarrement, elle se sentit gênée, comme si c'était elle qui l'avait laissé tomber.

— Je vous croyais parti, dit-elle.

— J'étais sorti pour parler tranquillement avec le P.-D.G. de MetaSky, mais il ne pleuvait pas, à ce moment-là.

— Ah…

— Voulez-vous que je vous raccompagne ? demanda-t-il de nouveau.

Elle essayait de prendre l'air digne quand un souffle de vent lui projeta des gouttes de pluie au visage.

— C-c'est inutile. J'étais en train de me demander si je marchais, prenais une barque ou nageais pour rentrer.

Il sourit.

— Pourquoi pas un taxi ?

— Comment voulez-vous trouver un taxi libre par ce temps ?

— Laissez-moi essayer.

Elle le vit examiner la rue. Deux taxis passèrent, mais ils étaient occupés. Tout en patientant, ils bavardèrent.

Près de dix minutes plus tard, coup de chance, un taxi déposa un passager tout près d'eux. James bondit hors de leur abri et, d'un geste impérieux, attira l'attention du chauffeur. Puis, sous la pluie battante, il ouvrit la portière arrière et lui fit signe de monter.

— Votre adresse ? demanda-t-il tandis qu'elle courait vers le taxi.

Elle la lui donna en se disant que c'était un bon moyen de savoir où elle habitait. Avec lui, tout paraissait si simple…

— Vous êtes trempé ! s'exclama-t-elle. Ne voulez-vous pas partager ce taxi ?

Tout en ignorant où il résidait, il lui semblait grossier de ne pas le proposer.

Il la regarda en souriant. Même avec ses cheveux plaqués sur sa tête et son visage dégoulinant d'eau, il était divinement beau.

— Merci pour l'offre !

Sans savoir si cela signifiait qu'il acceptait, elle se glissa à l'autre extrémité de la banquette pour lui laisser la place. Et quand, répondant à sa muette question, il replia sa grande silhouette pour s'introduire dans le taxi, elle éprouva une sensation de joie mêlée à une pointe de nervosité. Elle n'avait encore jamais quitté un bar avec un homme. D'un autre côté, aucun homme n'avait essayé de partir d'un bar avec elle.

— Comme j'ignore où vous habitez, à vous de voir si vous me déposez d'abord, dit-elle pendant qu'il refermait sa portière. Je ne voudrais pas vous détourner de votre route.

— Pas de problème. Je veux vous savoir bien au sec chez vous.

Elle n'en saurait pas plus…

Il se pencha pour donner son adresse au chauffeur. Ils discutèrent à bâtons rompus pendant que le taxi fonçait par les rues mouillées et presque désertes. Elle apprit qu'il avait trente-trois ans, c'est-à-dire, neuf de plus qu'elle. Sans que ce soit un âge canonique, il était tout de même plus expérimenté que les garçons qu'elle avait fréquentés jusqu'à présent. Peut-être dans l'espoir de combler le fossé qu'elle croyait sentir entre eux, elle lui confia son rêve de monter sa propre entreprise. Il ne la trouverait plus aussi jeune et naïve quand il saurait qu'elle avait l'âme d'une femme d'affaires.

Il se montra très enthousiaste à ses projets et l'encouragea vivement à les mettre en œuvre.

Et, pendant tout ce temps, elle se demandait s'il sentait la tension sexuelle qui régnait entre eux et si elle le reverrait jamais.

En un rien de temps, le taxi s'arrêta devant son immeuble.

James chercha son regard dans le silence qui s'alourdissait autour d'eux.

— Nous y voilà.

— V-voulez-vous monter ? demanda-t-elle, n'en croyant pas ses propres oreilles.

C'était particulièrement hardi. Mais elle éprouvait un sentiment d'injustice à cause de leur tête-à-tête trop brutalement interrompu.

— Bien sûr, répondit James après quelques instants. J'adorerais.

Après qu'il eut réglé la course, ils coururent jusqu'au perron de l'immeuble. Elle réussit à trouver ses clés en un temps record, et ils se hâtèrent d'entrer dans le hall, à l'abri de la pluie.

Elle vivait dans un studio, au dernier étage d'un immeuble qui en comptait quatre. Et, tout en se réjouissant de n'avoir pas de colocataire à qui expliquer la présence de son invité, l'idée qu'il pénètre dans son petit univers la rendait nerveuse.

Mais elle n'eut pas le temps de s'appesantir sur la question. Quelques minutes plus tard, elle poussait la porte de son appartement.

Elle jeta son sac sur une chaise et, quand elle se retourna, elle vit qu'il examinait le décor.

A présent, il n'y avait plus rien ni personne pour désamorcer son magnétisme, sa présence écrasait le petit espace.

— C'est gentil, dit-il.

Elle avait essayé de rendre son studio accueillant. Sur une petite table flanquée de deux chaises, un bouquet de pivoines et de tulipes s'épanouissait dans un vase. Un coin cuisine avait été aménagé le long d'un mur, en face une causeuse, un meuble hi-fi et une table basse tenaient lieu de salon. Un paravent dissimulait le lit.

Cependant, même dissimulé, ce grand lit occupait toutes ses pensées.

Elle s'humecta nerveusement les lèvres. Jamais elle n'avait agi ainsi…

— Pia ?

La voix de Tamara la tira brusquement de son rêve éveillé. Par-dessus l'épaule de son amie, elle vit l'employé avec qui Tamara s'entretenait s'éloigner vers la maison.

Hawk n'était nulle part en vue.

— Désolée de t'avoir plantée là, dit Tamara.

Pia sourit.

— Ne t'excuse pas. Une future mariée est toujours très occupée.

Et elle ferait bien de rester, elle aussi, suffisamment occupée pour se tenir à distance de Hawk le reste du séjour.

- 4 -

Pia marchait le long de la 79ᵉ East Street tout en cherchant à localiser le numéro de la maison de Lucy Montgomery. La veille, elle avait reçu un appel de cette personne qui cherchait une coordonnatrice de mariage. Et elle avait sauté sur la proposition parce que l'été avait été vraiment, vraiment, très tranquille.

Ce ralentissement de ses affaires était évidemment la conséquence directe du mariage raté de Belinda. Bien sûr, on ne pouvait lui tenir rigueur du scandale causé par la révélation d'Easterbridge, mais la cruelle vérité était que, si le mariage avait été un succès, elle aurait reçu des quantités d'appels.

Elle avait organisé le mariage de Tamara, le mois précédent. Mais c'était un mariage intime, qui s'était déroulé en Angleterre, loin de la bonne société new-yorkaise. Elle avait aussi travaillé pour une cliente d'Atlanta qui avait retenu ses services avant la débâcle du mariage de Belinda.

Mais aujourd'hui, par cette journée venteuse de fin septembre, sous un ciel chargé de nuages, elle arpentait le côté chic d'une rue de Manhattan, heureuse de porter son imperméable à ceinture pour affronter les éléments, et encore plus heureuse à la perspective d'arracher un contrat.

Ayant trouvé le numéro qu'elle cherchait, elle s'arrêta et examina l'impressionnante façade d'une maison de pierre calcaire à trois étages, témoin parfaitement préservé de l'âge d'or de Manhattan. Une grille de fer forgé la séparait de la rue, et des jardinières fleuries et des stores noirs ornaient les baies vitrées. Des marches de pierre conduisaient à la massive porte d'entrée.

Elle les escalada et appuya sur le bouton de la sonnette. Quelques instants plus tard, un homme en habit vint ouvrir. Quand elle se fut présentée, il prit son imperméable et la conduisit vers un salon.

C'était une pièce spectaculaire avec son haut plafond à moulures, son manteau de cheminée en marbre, sa décoration rose et or et ses beaux meubles anciens.

Elle s'assit sur un des canapés flanquant la cheminée et regarda autour d'elle, un peu étourdie par tout ce luxe. Malgré le soin apporté à sa toilette, elle se demanda si elle saurait faire bon effet sur Lucy Montgomery.

Soudain, la porte du salon s'ouvrit et la maîtresse des lieux parut, toute souriante.

Lucy Montgomery était une mince et jolie jeune femme blonde aux yeux noisette. Elle paraissait impeccable en chemisier saumon et jupe droite, la taille sanglée d'une large ceinture noire. Pia nota son hâle, dû sans doute à un séjour sur une de ces plages secrètes réservées aux grands de ce monde.

Elle se leva pour serrer la main tendue de son hôtesse.

— Merci de m'avoir accordé aussi rapidement un rendez-vous, dit Lucy.

— C'est normal, mademoiselle Montgomery. Je suis au service de mes clientes.

— Appelez-moi Lucy, je vous en prie.

— Moi, c'est Pia.

— Parfait, dit Lucy d'un ton léger.

Elle consulta l'horloge.

— Je vais demander qu'on apporte le thé, mais si vous désirez une autre boisson…

Elle eut un sourire d'excuse.

— Nous autres, Anglais, sommes impossibles avec notre passion pour le thé de l'après-midi !

— Je serais ravie d'en boire une tasse.

Lucy alla à la porte s'entretenir à voix basse avec un membre du personnel avant de revenir s'asseoir près d'elle sur le canapé.

— Maintenant, parlons de notre affaire. Je crains d'avoir un urgent besoin d'aide.

Pia sourit.

— Beaucoup de futures mariées parviennent à cette conclusion à un moment ou à un autre. A propos, puis-je vous présenter mes félicitations ?

Le visage de Lucy s'illumina.

— Oui, bien sûr ! Je vous remercie. Mon fiancé est américain. Je l'ai rencontré en jouant une pièce off-Broadway.

— Vous êtes comédienne ? demanda-t-elle, très impressionnée.

— Spécialisée dans le répertoire shakespearien, oui, répondit très simplement Lucy.

Et elle ajouta avec un clin d'œil complice :

— C'était un des producteurs.

« L'argent épouse l'argent », songea Pia. Ne

serait-ce que parce que les différents milieux ne se mélangeaient pas. Elle avait eu maintes occasions de constater le phénomène. Pourtant, il était évident à la façon dont son visage s'éclairait quand elle parlait de lui que Lucy aimait sincèrement son fiancé.

— Vous voyez, reprit celle-ci, Derek et moi projetions de nous marier l'été prochain, mais on vient de me confier un nouveau rôle, et nous devons accélérer les choses. Soudain, tout nous tombe dessus en même temps. Et, comme je travaille aussi sur un autre spectacle, je n'ai pas le temps de m'occuper de la cérémonie.

— Dans combien de temps souhaitez-vous vous marier ?

Lucy esquissa une grimace.

— J'aurais voulu un mariage qui coïncide avec le réveillon du Nouvel An.

— Ça nous laisse trois mois, dit-elle. C'est parfait.

— L'église est déjà réservée et, par extraordinaire, le Puck Building est disponible pour la réception.

Elle se détendit. Les points les plus importants étaient déjà réglés. Pendant quelques instants, elles abordèrent d'autres détails jusqu'à ce qu'une femme entre deux âges se présente, un plateau dans les mains.

— Ah ! Voici notre thé, s'exclama Lucy.

Pia trouvait la jeune femme très sympathique. Elle était gaie et semblait facile à vivre.

La domestique posa le plateau sur la table. Après l'avoir remerciée, Lucy se tourna vers Pia.

— Comment prenez-vous votre thé ? C'est terrible, je sais, je suis vraiment accro à l'heure du thé. Vous n'imaginez pas la frustration quand je joue en matinée !

Puis son regard se porta vers la porte et, avant que Pia puisse répondre, elle s'exclamait :

— Hawk ! C'est si gentil de te joindre à nous.

En découvrant le nouveau venu, Pia se sentit prise de vertige.

Lui. Ce n'était pas possible…

En T-shirt vert et pantalon de toile, Hawk paraissait chez lui. A croire qu'il sortait d'une séance de télévision ou d'un petit crochet par la cuisine pour un en-cas.

— Connaissez-vous mon frère, James Carsdale ? demanda Lucy, apparemment inconsciente de sa tension. Dois-je réciter tous tes titres ? demanda-t-elle à Hawk avec un malicieux sourire. Ou suffira-t-il que j'apprenne à Pia que tu es également connu comme Sa Grâce, le duc de Hawkshire ?

— Carsdale ? répéta Pia. Je croyais que vous vous appeliez Montgomery ?

— Pia sait que j'ai un titre, dit Hawk au même moment.

Ce fut au tour de Lucy de paraître perplexe.

— J'ai l'impression d'avoir manqué le premier acte ! s'exclama-t-elle, son regard allant de Hawk à Pia.

— Votre frère et moi nous connaissons, dit Pia, gratifiant Hawk d'un regard glacial.

— Nous nous connaissons même *très bien*, ajouta ce dernier.

— Employez le passé, de préférence, riposta-t-elle.

Lucy se tourna vers son frère.

— Tu ne m'avais pas dit que tu connaissais Pia. Tu as juste précisé que, de source bien informée, tu tenais le nom d'une excellente coordonnatrice de mariage que tu me recommandais vivement.

— C'est la vérité, dit Hawk.

— Je suppose que la source bien informée n'est autre que toi-même ?

Hawk acquiesça silencieusement de la tête. Quand elle croisa son regard, elle y décela une lueur moqueuse.

— Oui, fit-elle sèchement, votre frère est un champion de l'omission.

Lucy les examina tour à tour avec un intérêt accru.

— Sur scène, nous parlerions de pic dramatique, déclara-t-elle. Et dire que je croyais avoir le monopole de la comédie dans la famille !

Pia se leva.

— Je vous remercie pour l'offre d'un thé, Lucy. Mais je ne reste pas.

Cependant, comme elle passait près de Hawk pour gagner la sortie, il lui prit le bras. C'était la première fois qu'il la touchait depuis trois ans, et, tout en s'en défendant, elle sentit la chaleur du point de contact se répandre dans tout son corps.

Pourquoi, oh, pourquoi fallait-il qu'elle réagisse à sa présence avec une telle intensité ?

Elle se força à lever les yeux. C'était dans un moment comme celui-ci qu'elle regrettait son manque de prestance. Mais, de toute façon, Hawk la dominait sur tous les plans.

— Accordez-moi un entretien privé, s'il vous plaît.

Bien que sa combativité soit revenue, jugeant

que ce n'aurait pas été très correct de provoquer une scène devant Lucy, elle se laissa guider hors du salon sans protester.

Une fois dans le couloir, elle dégagea néanmoins son coude.

— Si vous voulez bien appeler votre maître d'hôtel, ou votre majordome, ou je ne sais quoi. Je voudrais récupérer mon imperméable et en finir avec cette stupide comédie.

— Non, dit Hawk, refermant derrière lui la porte du salon.

— Non ?

Hawk sourit sans pour autant se départir de sa gravité.

— Ne laissez donc pas passer l'occasion de me répéter ce que vous pensez de moi ! Vous pourriez même m'en parler devant une tasse de thé. J'ai remarqué des scones appétissants sur le plateau.

— Cessez votre cinéma, s'il vous plaît !

Ils s'affrontèrent du regard.

— J'ai l'impression que nous nous trouvons dans une impasse, dit Hawk. Je refuse de vous rendre votre imperméable tant que nous n'aurons pas parlé, et vous… vous êtes décidée à sortir malgré la pluie.

— Pour votre information, j'ai un parapluie pliable dans mon sac !

Hawk soupira.

— Nous pouvons choisir de nous expliquer ici, au risque de gêner Lucy par nos éclats de voix, ou nous retirer dans un lieu plus intime.

— Présenté ainsi, je n'ai guère le choix, dit Pia, redressant les épaules.

Hawk l'entraîna de l'autre côté du couloir, dans une vaste pièce dont il referma la porte derrière eux. Les murs disparaissaient sous une quantité d'étagères bourrées de livres, une impressionnante cheminée de marbre occupait un mur, et un grand bureau faisait face aux fenêtres. A cause des tons austères du mobilier de cuir, Pia supposa qu'il s'agissait du bureau de Hawk.

Elle lui fit face.

— Lucy s'étant présentée sous le nom de Montgomery, j'ignorais que vous aviez des liens de parenté. Sinon…

— … vous ne seriez pas venue, fit-il, sardonique.

— Evidemment !

— Montgomery est le nom de scène de Lucy. Mais il apparaît aussi dans notre arbre généalogique.

— Ainsi, vous pouvez opérer sous une grande variété de noms ?

— Quand cela nous convient.

— Et je suppose que cela vous convient particulièrement dans vos entreprises de séduction ?

Au lieu d'être blessé, il eut l'audace de lui adresser un sourire lent, sensuel.

— Il s'agissait donc de ça ? murmura-t-il. D'une entreprise de séduction, dont vous avez été la victime ?

— Parce que vous avez triché !

— Mais vous avez été séduite par l'homme… pas par le titre.

La remarque de Hawk contenait une part de vérité, mais elle ne se laisserait pas arrêter. Elle ne se laisserait arrêter par rien, pas même par le fait qu'ils étaient seuls dans la bibliothèque, tant qu'elle n'aurait pas lavé son outrage.

— Vous avez tout organisé dans votre tête, dit-elle d'un ton accusateur. Vous vous êtes arrangé pour que je vienne ici, sachant que je ne me doutais pas… que je ne m'attendais pas à…

— Ce n'est pourtant pas un subterfuge. Ma sœur va vraiment se marier. Elle a vraiment besoin d'aide, et vous êtes conseillère en la matière, pour ce que j'en sais.

— Vous comprenez très bien ce que je veux dire !

— Pourquoi être obnubilée par la méthode ? répliqua Hawk. Réjouissez-vous plutôt d'obtenir un contrat intéressant.

Elle ouvrit de grands yeux.

— Je ne comprends pas. Je ne suis pas à ce point aux abois.

— Non ? Vous avez pourtant fait allusion au fait que vous n'aviez pas été très occupée ces derniers temps. Vous n'avez jamais joué au poker, ajouta-t-il. Ça se voit.

— Vous cherchez à me dédommager ?

— En un sens.

Elle le dévisagea. Il ne pouvait pas se sentir coupable de son comportement passé envers elle. C'était un beau parleur, qui l'avait oubliée depuis longtemps. Trois ans s'étaient écoulés depuis leur première rencontre.

Il ne restait qu'une explication au fait qu'il ait tenu à la mettre en relation avec Lucy.

— Je suppose que vous vous sentez responsable de la conduite de votre ami qui s'est très mal tenu au mariage de Belinda et a, par ricochet, mis en danger mon affaire ?

Hawk hésita un instant avant d'incliner la tête.

— Après tout, responsable est un terme qui convient aussi bien qu'un autre.

Elle scruta son expression. Il lui offrait une bouée de sauvetage pour son entreprise, et il était bien difficile de ne pas la saisir. Quel meilleur moyen de signaler à la bonne société qu'elle était digne de confiance puisqu'on l'engageait pour organiser le mariage de la sœur de l'homme qu'elle avait tartiné de caviar d'aubergines ?

— Lucy n'appartient pas à la société new-yorkaise, mais la famille de son futur mari, si, insista Hawk, sentant sans doute fléchir sa détermination. Ce mariage pourrait vous aider à vous remettre à flot. Et Lucy a beaucoup de relations dans le milieu du théâtre. Je parie que vous n'avez encore jamais organisé le mariage d'une comédienne ?

Elle secoua la tête.

— Vous voyez bien. Le mariage de Lucy vous ouvrira un nouveau marché.

— Q-qui m'emploiera ?

Elle se détestait de poser la question et se détestait encore plus de bégayer. Cependant, au lieu de chercher à profiter de sa faiblesse, Hawk posa sur elle un regard amical.

— Moi, mais c'est un détail.

— Un détail pour vous.

— Je suis le chef de famille, et Lucy n'a que vingt-quatre ans. Il me semble juste de l'aider à échapper au carcan familial. En venant au monde plus de dix ans après que ma mère a donné naissance à l'héritier et à la roue de secours, Lucy a été un cadeau inattendu pour mes parents.

Elle hésitait. Elle avait apprécié la sœur de Hawk. Même si elles s'étaient peu vues, elle s'était senti des affinités avec la jeune femme, et cette sympathie s'était accrue quand elle avait appris que Lucy n'avait que trois ans de moins qu'elle. Lucy avait son âge lorsqu'elle avait rencontré Hawk.

Si son histoire n'était pas destinée à connaître une fin heureuse, elle pouvait au moins veiller à ce qu'un autre membre de la famille Carsdale…

Non, elle ne devait pas laisser ses pensées divaguer dans cette direction.

— Vous aurez principalement affaire à Lucy, poursuivait Hawk. Je me ferai aussi discret que possible.

— C-comment ? Envisageriez-vous de vous terrer dans votre propriété d'Angleterre ?

— Je n'irai pas jusque-là, répondit-il, amusé. Mais, pour tout dire, les mariages ne me passionnent guère.

— Je m'en serais doutée !

Il eut le bon goût de paraître penaud.

— Je suppose que je l'ai bien mérité, dit-il.

Elle ne répondit pas.

— Cette maison m'appartient, reprit-il. Mais Lucy en a la jouissance car je n'y résidais pas régulièrement jusqu'à maintenant. Seulement, comme mes affaires m'occupent beaucoup, vous ne m'y verrez guère.

Naturellement, Pia avait entendu parler de l'agence de fonds de placements spéculatifs de Hawk. Son succès, au cours des trois années écoulées, l'avait propulsé au rang d'as de la finance.

Avec une telle réussite, les femmes devaient se pâmer devant lui.

C'était une réflexion en l'air, évidemment, car la vie amoureuse de M. le duc ne l'intéressait pas le moins du monde.

Elle se demanda pourquoi Hawk était justement à la maison aujourd'hui. Ce ne pouvait être un hasard. Peut-être s'était-il dit qu'une fois qu'elle aurait accepté le contrat il serait plus facile de révéler son lien avec Lucy, et que mieux valait plus tôt que plus tard.

— Alors ?

Elle le regarda sans répondre.

— Je vous rends nerveuse, c'est ça ?

— N-naturellement. Je crains les serpents.

Il sourit, apparemment pas démonté.

— Votre adorable défaut de prononciation m'en apprend suffisamment sur l'effet que je produis sur vous, dit-il d'une voix très douce.

Elle sentit un trouble sensuel s'insinuer en elle. Pourtant, en un instant, Hawk reprit son visage de jeune homme bien élevé.

— Mais ne poursuivons pas sur ce sujet. A l'avenir, je vous promets d'avoir un comportement irréprochable.

— Promis ?

Avant que Hawk puisse répondre, la porte s'ouvrit, et Lucy glissa la tête par l'entrebâillement.

— Vous êtes là ! s'exclama-t-elle en entrant. Je me demandais si vous aviez filé, Pia.

— Ne dramatisons pas, dit Hawk. Pia et moi discutions des termes de son contrat.

Lucy la considéra avec surprise, puis elle battit des mains d'un air ravi.

— Vous acceptez ? Magnifique !

— Je…

— Le thé est froid, mais je vais demander qu'on en rapporte. Retournons dans le salon, voulez-vous ?

Tandis qu'elle suivait Lucy hors de la pièce, Hawk sur leurs talons, elle se demanda si tous les Carsdale possédaient à ce degré l'art subtil de la persuasion.

Car, en dépit de tout, elle avait finalement accepté d'être la conseillère de Lucy dans l'aventure de son mariage.

En sortant de l'ascenseur, Hawk n'eut pas à chercher l'appartement de Pia car elle l'attendait sur le seuil.

Elle paraissait fraîche comme une rose dans sa robe imprimée qui mettait en valeur la beauté de son petit corps. Et il faillit perdre la tête devant le décolleté en V qui laissait apercevoir la naissance des seins.

Ressentirait-il toujours la même émotion en la voyant ? se demanda-t-il.

— Comment m'avez-vous trouvée ? s'enquit-elle sans préambule.

Il haussa les épaules.

— Pas bien sorcier. J'ai tout simplement effectué quelques recherches sur Pia Lumley Wedding Productions.

Pia, avait-il découvert, habitait désormais au

quatrième étage d'un modeste immeuble de briques. Quand il s'était présenté, le gardien avait daigné lever les yeux assez longtemps de son poste de télévision pour annoncer à Pia son arrivée. Et il avait senti l'hésitation de Pia avant qu'elle n'accepte de le recevoir.

— J'aurais dû m'en douter, dit-elle d'un ton lourd de sarcasme.

Elle s'effaça néanmoins pour le laisser entrer et referma la porte derrière eux.

— En un sens, je suis contente de vous voir, reprit-elle. Ça facilite les choses.

— Seulement en un sens ? demanda-t-il d'un air amusé. Enfin, je suppose que je dois m'estimer heureux qu'il y ait déjà un sens.

— J'ai réfléchi.

— Je m'en doutais.

Il la regarda prendre sa respiration et se redresser de toute sa hauteur.

— Ce serait déraisonnable de ma part d'accepter d'organiser le mariage de Lucy.

— Vous allez la décevoir.

— Elle trouvera une remplaçante.

— Une concurrente ? Etes-vous certaine d'en avoir envie ?

— J'ai des contacts… Des amis…

— Et je n'en fais pas partie, j'ai l'impression.

Il examina la salle de séjour décorée en tons pastel, du canapé pêche au fauteuil recouvert de tissu imprimé rose.

Les couleurs du mariage.

Sur des étagères, des classeurs proposant des

modèles d'invitations, de décorations, de compositions florales s'entassaient.

Un chat pénétra nonchalamment dans la pièce. En l'apercevant, il s'arrêta, pareil à une statue, et le fixa de ses yeux d'or.

— M. Darcy, annonça Pia.

Mais bien sûr, pensa-t-il. Une coordonnatrice de mariage ne pouvait vivre qu'avec un chat portant le nom du héros le plus célèbre de Jane Austen.

Il sourit.

Pia s'était consolée avec M. Darcy. Sauf que M. Darcy, en l'occurrence, était un chat, et que lui, Hawk, devait jouer le rôle du méchant de l'histoire…

Sans rancune, il se pencha pour gratter le chat entre les oreilles. Apparemment satisfait, l'animal se frotta contre sa jambe, laissant une traînée de poils sur son pantalon.

En se redressant, il vit l'air surpris de Pia.

— Qu'y a-t-il ? Vous paraissez étonnée que je caresse votre chat.

— J'aurais cru que vous préféreriez les chiens. Vous autres, aristocrates, adorez les chiens, non ? Pour la chasse et tout ça…

— Vous craignez que je jette le Chat Botté à la meute ?

— L'idée ne m'aurait pas effleurée si vous ne vous étiez pas déguisé en loup dans la bergerie ! rétorqua Pia.

Il lui adressa un sourire carnassier puis, juste pour la contrarier, la dévora du regard.

— *Le Petit Chaperon rouge* ! Je parie que c'est votre conte de fées préféré !

— Je n'ai pas de conte de fées préféré ! P-plus maintenant.

Le sourire de Hawk s'effaça. Il se sentait responsable de son désenchantement.

Raison de plus pour la persuader d'accepter son aide. Il tenait absolument à réparer le mal qu'il avait fait.

Il tira des papiers de la poche de sa veste.

— Je me doutais que vous changeriez d'avis quand vous auriez le loisir de réfléchir.

— C'est vous qui vouliez du temps pour revoir le contrat ! dit-elle d'un ton accusateur. J'ai le droit de me raviser, et si vous n'avez pas de recours ne venez pas pleurer !

De fait, quand Pia avait tendu à Lucy un contrat standard, il avait pris le document et demandé à le relire. Mais seulement parce qu'il voyait là une occasion de la revoir et d'essayer de modifier la mauvaise opinion qu'elle avait de lui.

— J'ai relu le contrat, répondit-il sans relever.

— Dommage que vous soyez moins tatillon sur le choix de vos conquêtes !

— Vous avez fait des recherches sur moi, à ce que je constate, dit-il en réprimant un rire intempestif.

Elle hocha la tête.

— Internet est un outil fantastique. Sans ça, je n'aurais certainement pas entendu parler du « Joyeux lord James », de « Sa Bagarreuse Tête brûlée ».

— Ces journalistes, tout de même…

Il se frotta l'arête du nez.

— C'est vrai que j'ai eu le nez cassé dans une

bagarre. Bien utile quand je suis devenu duc. J'ai ainsi pu arborer le profil de mon cousin, le grand duc.

— Charmant.

— A ce propos, vos recherches ont-elles également révélé comment j'ai accédé au titre de duc de Hawkshire ?

Elle secoua la tête en signe de dénégation.

— Les tabloïds ne mentionnaient que vos aventures amoureuses.

— Eh bien, sachez que, à ma grande douleur, mon existence débridée de fils cadet du précédent duc de Hawkshire a brusquement basculé quand mon frère aîné est mort des suites d'un accident de bateau.

Il la vit tressaillir.

— Un coup de téléphone matinal m'a tiré d'un plaisant sommeil. Je m'en souviendrai toujours, poursuivit-il, cherchant le regard de Pia. Je revois encore la vue que j'avais depuis la fenêtre de votre appartement quand j'ai appris la nouvelle.

Elle paraissait assommée par la révélation.

— Et vous êtes parti sans un mot ?

Il hocha la tête.

— J'ai pris le premier vol pour l'Angleterre.

Cet accident avait bouleversé le cours de sa vie. Il avait quitté le studio de Pia sur la pointe des pieds, pour ne pas la réveiller, et il était reparti en hâte pour Londres afin de veiller son frère, qui devait mourir quelques jours plus tard.

Dans la confusion qui avait suivi la tragédie, il avait refoulé le souvenir de Pia. Et, par la suite, avec le temps, l'éloignement et le poids de ses nouvelles responsabilités, il s'était convaincu qu'il valait mieux ne pas reprendre contact avec elle.

Ç'avait été commode, il le reconnaissait aujourd'hui, parce que, en vérité, après avoir couché avec elle et découvert qu'elle était vierge, il avait pris peur. Son moi d'alors, plus jeune et passablement égoïste, cherchait juste une aventure passagère. Et voilà qu'il se trouvait moralement engagé dans une histoire périlleuse. Mais la nouvelle du tragique accident survenu à son frère lui avait épargné de gérer la situation.

— Je vous présente mes condoléances, malheureusement un peu tardives, dit Pia, l'air sincèrement désolé.

— Je ne réclame pas votre sympathie.

Il ne la méritait pas. Même si Pia prétendait être devenue cynique, il aurait juré que sous sa carapace se cachait toujours un cœur tendre et vulnérable.

En un sens, il se réjouissait de penser qu'elle n'avait pas tant changé que cela par sa faute, même si ça la rendait d'autant plus dangereuse pour lui.

Mais pourquoi s'inquiéter ? Il était juste venu l'aider, se rappela-t-il.

— Mon père est mort quelques mois plus tard, reprit-il. Le bruit a couru qu'il avait eu le cœur brisé mais, en réalité, sa santé laissait déjà à désirer avant l'accident. C'est ainsi que, en l'espace d'un an, je suis devenu duc.

— Et vous avez créé Sunhill Investments, dit Pia. Ce sont des années bien remplies.

Il inclina la tête.

— Je devais absolument trouver les fonds pour entretenir le patrimoine ducal.

A la mort de son père, le poids du duché était retombé sur ses épaules, et il s'était retrouvé dans l'obligation d'augmenter ses revenus pour prendre soin de sa famille.

Il était brusquement devenu responsable…

Entre ses efforts d'adaptation à sa nouvelle existence et des horaires de travail infernaux, il lui avait été facile d'oublier ses remords. Il était trop occupé pour repenser à sa fantastique nuit d'amour avec Pia, et au fait qu'il avait rompu son vœu de ne jamais être le premier.

— Vous ne m'avez pas donné de nouvelles, dit Pia, sans rancœur toutefois.

Il chercha son regard aux tons d'ambre chaud, qui l'avait fasciné lors de leur rencontre, et il vit qu'elle s'adoucissait.

— Je ne cherche pas à excuser mes actes.

— Pourquoi avez-vous pris la peine d'arranger ce contrat avec Lucy ? demanda Pia. Pour vous racheter ?

Pia était décidément une fine mouche, se dit-il. D'ailleurs, c'était justement sa vivacité d'esprit qui l'avait tout de suite attiré.

— Si je dis oui, me laisserez-vous faire ?

— Je sais, par expérience, que ce serait dangereux de vous laisser faire quoi que ce soit !

Il rit doucement.

— Même si c'est un service à vous rendre ?

— Sans conditions ?

Il se réjouit de sentir sa volonté fléchir.

— Sans conditions. Il s'agit juste de me permettre d'alléger ma conscience.

— Ce serait donc pure charité de ma part ?

— En quelque sorte.

— Ainsi, vous rachèteriez aussi le scandale créé par votre ami Easterbridge au mariage de Belinda ?

— Je ne me sens pas concerné par les actes d'Easterbridge.

Sur ces mots, sans lui laisser le temps de changer d'avis, il sortit un stylo de la poche intérieure de sa veste et s'appuya contre le mur pour appliquer sa signature sur le contrat.

Elle le regarda faire avec une certaine méfiance, mais prit néanmoins le feuillet qu'il lui tendait. Elle le lut puis, soudain, elle leva la tête, une étincelle malicieuse dans le regard.

— Comme c'est généreux de votre part ! D-dois-je vous baiser les pieds ?

Il haussa négligemment les épaules. Il comprenait fort bien qu'elle s'amuse à ses dépens.

— M'autorisez-vous à faire amende honorable, oui ou non ? demanda-t-il en lui tendant le stylo.

Cependant, elle hésitait encore.

Baissant les yeux sur M. Darcy, il fronça les sourcils.

— Un de nos témoins désire que vous signiez.

M. Darcy posait sur eux son regard fixe et impassible. C'était une attitude familière aux chats, il en convenait, mais il avait tout de même le sentiment désagréable que l'animal en savait un peu trop.

— Je ne suis pas une entreprise de bienfaisance, maugréa Pia en s'emparant néanmoins du stylo.

Dans le geste, leurs doigts se frôlèrent, et il eut la sensation de recevoir une décharge électrique.

— Bien sûr que si ! répliqua-t-il sans laisser voir son trouble. Je suppose que vous avez adopté M. Darcy dans un refuge ?

— Il s'agissait de lui sauver la vie, c'est différent !

— Croyez-vous ? Et d'ailleurs, que savez-vous de M. Darcy avant votre rencontre ? Il a peut-être eu un comportement répréhensible.

— Je préfère rester dans le doute. Pas comme avec vous !

Il posa une main sur son cœur.

— Pourtant, nous ne savions rien l'un de l'autre quand nous nous sommes rencontrés. Comme M. Darcy et vous. Si vous avez trouvé assez de bonté dans votre cœur pour l'adopter, sûrement que vous…

— V-vous n'êtes pas u-un animal perdu, rétorqua-t-elle.

— A mon grand regret.

Avec un haussement d'épaules, à son tour, elle prit appui sur le mur pour signer. Après quoi, elle lui tendit l'exemplaire du contrat.

— Formidable ! dit-il avec un sourire. Je vous embrasserais volontiers pour sceller notre accord, mais je suis sûr que vous trouveriez le geste déplacé.

— Et vous auriez raison !

— Une poignée de main, alors ?

Comme elle le dévisageait, il lui retourna un regard aussi neutre que possible. Alors, lentement, comme à regret, elle lui tendit la main. Il la prit dans la sienne et frissonna en sentant passer entre eux la vibration du courant familier.

Elle avait une petite main, avec des doigts fins aux ongles soigneusement manucurés mais dépourvus de vernis. C'était une main qui lui ressemblait, délicate et soignée mais pratique.

Quand elle voulut reprendre sa main, il resserra son étreinte pour des raisons qu'il ne tenait pas à analyser.

Elle le regarda d'un air interrogateur, et dans les profondeurs ambrées de ses yeux, il lut son trouble.

Dans un geste courtois, il se pencha et lui fit un baisemain en bonne et due forme.

En se redressant, il la sentit tressaillir.

— Pourquoi avez-vous fait ça ? demanda-t-elle.

— C'est un usage répandu chez les ducs.

Evidemment, le contexte ne collait pas. Mais, comme il mourait d'envie de la toucher, il avait balayé les subtilités du protocole.

— Bien sûr, admit-elle d'un ton léger. Je connais les usages de votre monde, même si je n'en fais pas partie.

— Vous avez accepté d'en faire partie, répliqua-t-il. Que diriez-vous d'assister à une pièce de théâtre avec moi, demain soir ?

— C-comment ? demanda-t-elle, interloquée. Pourquoi ?

— C'est le spectacle dans lequel Lucy joue, répondit-il avec un sourire. Voir ma sœur en scène, dans son élément, vous donnera des aperçus très utiles de sa personnalité.

Il lut une expression de soulagement sur son visage et comprit qu'elle avait craint qu'il ne revienne sur sa promesse avant que sa signature soit sèche sur le contrat.

Avait-elle eu raison ? Essayait-il de la séduire ? Oui.

Enfin, non ! rectifia-t-il précipitamment.

Malgré tout, Pia ne semblait pas convaincue.

— Je ne sais pas si…

— J'ai des fauteuils d'orchestre, fit-il vivement pour achever de la convaincre.

Il lui adressa un clin d'œil.

— J'ai profité de mes relations bien placées.

— Vous me comprenez très bien ! dit-elle, agacée.

— Je crains que non. Et c'est bien mon problème. Je passerai demain, à 19 heures, ajouta-t-il très vite pour contrer ses objections.

Il baissa les yeux sur le chat.

— J'espère que M. Darcy ne m'en voudra pas trop de passer la soirée tout seul.

— Pourquoi ? Il vous rappelle désagréablement que vous tenez le rôle du méchant ?

Il sourit.

— Comment avez-vous deviné ?

— Je n'ai pas peur, dit-elle en le regardant bien en face.

— Ah bon ?

Il baissa les yeux vers M. Darcy.

— En tout cas, je suis bien certain qu'un seul de nous deux sait valser.

Elle parut décontenancée et même, l'espace d'un instant, elle prit l'air rêveur, comme si l'idée de valser avait réveillé sa fibre romantique.

Tandis que M. Darcy continuait de les observer,

imperturbable, il se rendit compte que le moment était venu de s'éclipser avant d'être trop tenté.

— Comme j'ai épuisé le choix des salutations acceptables, mon au revoir sera plutôt banal, déclara-t-il.

— Vous m'en voyez infiniment rassurée, dit Pia, redescendant sur terre.

Il posa un doigt sur son petit nez, en hommage à son impertinence. Mais, dominé par une pulsion supérieure, il laissa son doigt s'égarer plus bas, sur ses lèvres roses et appétissantes.

Tous deux se figèrent.

— Demain soir, murmura-t-il.

Pour ne pas céder à la tentation de l'embrasser, il s'élança vers la porte. En la refermant derrière lui, il refusa de se demander pourquoi il lui était si difficile de quitter Pia.

C'était une situation embarrassante et qui mettait en péril ses meilleures intentions.

- 5 -

Pia fixa un moment la porte derrière laquelle Hawk avait disparu. Puis, agitée d'émotions contradictoires, elle alla s'asseoir sur le canapé. Ainsi qu'il l'avait fait un peu plus tôt, elle porta ses doigts à ses lèvres. Il avait eu envie de l'embrasser, elle l'aurait juré. La dernière fois qu'il l'avait embrassée, c'était il y avait trois ans…

Elle mit de la musique dans l'espoir de se détendre, et, quelques instants plus tard, la pièce résonna des accords mélodieux d'un ensemble orchestral. Finalement, elle s'assoupit.

— V-voulez-vous boire quelque chose ? s'enquit-elle.

Elle entendit le rire de James, derrière elle, tout proche.

— Drôle de question alors que nous sortons d'un bar !

A vrai dire, elle se sentait un peu étourdie. Sans doute l'effet du dernier cocktail pris au bar, en discutant avec la directrice de l'agence immobilière.

— Pia…, dit-il en posant les mains sur ses épaules.

A son contact, elle se raidit tandis qu'un grand trouble s'emparait d'elle.

— Détends-toi, murmura-t-il à son oreille.

Comme il caressait les petits cheveux de sa nuque, elle frissonna.

— Vraiment, je…

Quand il lui mordilla le lobe de l'oreille, elle trouva la force de demander :

— V-vous ne voulez pas que nous apprenions à nous connaître un peu mieux ?

— Oh, si ! répondit-il avec un petit rire. J'ai envie de te connaître *beaucoup mieux*.

Elle sentit derrière elle son corps frôler le sien et frémit délicieusement. Doucement, il la fit pivoter et chercha son regard.

— J'en meurs d'envie depuis…

Il se pencha et effleura ses lèvres d'un baiser.

— … que nous avons quitté le bar.

Elle poussa un soupir extasié. Son fantasme se réalisait. L'homme de sa vie était là, tout contre elle.

Il la prit par les épaules, la caressant de ses pouces en dessinant des cercles apaisants sur sa peau.

— Nous ne ferons que ce que tu souhaites, dit-il.

— C-c'est bien ce qui me fait peur.

Il sourit.

— Ah, Pia, tu es vraiment exceptionnelle ! Laisse-moi te montrer à quel point.

Il prit son visage dans ses mains et l'embrassa.

Avec un soupir, elle referma ses doigts sur la chemise de James tout en se laissant envahir par le plaisir.

Et, tandis qu'il l'embrassait avec fougue, elle sentit

son sexe durcir contre elle. Elle desserra l'étreinte de ses doigts et posa les mains à plat sur son torse où elle perçut les battements de son cœur.

Autour d'eux, les notes mélancoliques des instruments à cordes résonnaient doucement.

Elle sentit qu'elle s'abandonnait tandis que le moindre atome de son corps semblait avoir une conscience aiguë de James. Elle soupira contre ses lèvres. Elle aurait tant voulu que ce baiser ne s'arrête jamais.

Cédant au désir de se dévêtir, elle envoya promener ses sandales avant de s'écarter légèrement.

— Mon lit n'est pas très grand, murmura-t-elle d'un ton d'excuse.

Et elle rougit.

Une fossette se creusa dans la joue de James alors qu'il désignait de la tête son minuscule canapé.

— Tu n'as jamais fait l'amour sur une causeuse ?

Elle n'avait jamais fait l'amour du tout, mais n'osait pas l'avouer de peur qu'il ne s'enfuie.

Elle haussa une épaule.

— Pourquoi se compliquer la vie quand on dispose d'un lit ?

— En effet, dit-il en effleurant du nez la peau douce de son cou.

Ses sens émoustillés par la caresse, elle se raccrocha à ses bras et sentit ses muscles puissants saillir sous ses doigts. Ensuite, il joua avec la fermeture à glissière du dos de sa robe.

— Je peux ? demanda-t-il tout bas.

— Oui, s'il te plaît, répondit-elle dans un souffle.

Elle entendit le bruit de la fermeture qu'on descendait et sa robe glissa, révélant à James qu'elle ne portait pas de soutien-gorge.

Il recula et la regarda avec une expression d'extase.

— Ah ! Pia, tu es si belle. Aussi belle que je l'imaginais !

— Embrasse-moi, murmura-t-elle.

Il s'assit sur le bras de la causeuse et, l'attirant à lui, posa ses lèvres sur son sein. Elle se sentit basculer. Son cœur battant sauvagement, elle glissa ses doigts dans les cheveux de James.

Il acheva de lui ôter sa robe et, les lèvres toujours pressées sur son sein, retira sa culotte. Puis il souffla doucement sur le mamelon dressé.

— Est-ce que tu veux bien que je t'embrasse là ?

Au lieu de répondre, elle guida sa tête vers la pointe de son sein et ferma les yeux tandis qu'il la prenait entre ses lèvres.

Il l'excita de la langue, attisant le feu de leur désir.

Après quoi, elle se retrouva sur ses genoux, l'embrassant passionnément. Son sexe en érection se pressait contre elle, et il lui caressait la cuisse. Quand ils se séparèrent, il poussa un gémissement rauque.

— Pitié, Pia !

Elle se serra plus étroitement contre lui. Il lui baisa la tempe, et son souffle lui chatouilla l'oreille. Un à un, elle défit les boutons de sa chemise, admirant le cou puissant qui émergeait du col.

— Pia, murmura-t-il, je t'en prie, dis-moi que tu veux continuer.

— Qui a parlé d'arrêter ?

Elle souhaitait par-dessus tout parvenir à la

conclusion de son fantasme. Son dernier verre, au bar, lui avait donné un délicieux sentiment de libération, et la séduction de James savait mieux que tout chasser les inhibitions.

— Ah, Pia…

Il glissa une main entre ses cuisses et elle crut s'évanouir tant la sensation était vertigineuse.

— Je veux juste que tu saches que je suis indemne de toute maladie, déclara-t-il.

— Moi aussi. Je n'ai jamais eu de rapport sans protection.

C'était la pure vérité, hormis qu'elle n'avait tout simplement jamais fait l'amour.

Il l'embrassa dans le cou.

— J'ai des préservatifs sur moi, dit-il. Ne crois pas que je sois venu ici avec une intention particulière, mais je mentirais en disant que je n'ai pas été attiré par toi à l'instant où je t'ai vue.

— Mmm… quand m'as-tu remarquée ?

— Quelques minutes avant que tu essaies de passer commande, répondit-il. « Cendrillon, me suis-je dit, la chance me sourit ! Si je lui viens en aide, elle me prendra pour le Prince charmant ! »

Elle ressentit un drôle de pincement au cœur. Il avait donc deviné son côté romantique et sa passion pour les histoires d'amour qui finissaient bien ?

Elle l'attira à elle et lui donna un baiser. Alors, il l'étreignit et ils s'embrassèrent comme si leur vie en dépendait. Quand ils se séparèrent, il la souleva dans ses bras et se mit debout.

— Que préférez-vous, Cendrillon ?

Elle était tentée par la causeuse, mais décida néanmoins que ce serait pour une autre fois.

— Le lit, dit-elle.

— Point de vue que je partage entièrement.

Il l'emporta derrière le paravent.

— Tu vois, ajouta-t-il, nous avons beaucoup en commun.

— A part monter à cheval et pêcher ?

Alors qu'il s'apprêtait à la déposer sur le lit, il suspendit son geste.

— Trésor, dit-il d'une voix enrouée, cette nuit n'est-elle pas justement consacrée à ça : pêcher et chevaucher ?

L'évocation la fit frémir de tout son corps. Quand il la posa sur le lit, elle se souleva sur les coudes et, la gorge serrée, le regarda se déshabiller.

Il défit les derniers boutons de sa chemise et tira les pans de son pantalon. Elle était fascinée par la vue de ses muscles durs jouant sous la peau hâlée. Elle ne s'était pas trompée : il était bâti comme un dieu grec.

A présent, débarrassé de ses vêtements, il se tenait devant elle, complètement nu, son sexe dressé dessinant un imposant relief contre sa silhouette ferme.

— Tu es beau, dit-elle, le souffle court.

Il eut un sourire fat.

— C'est ce que je dis toujours !

Elle se rendit compte que, si elle avait déjà vu des photos d'hommes nus, c'était la première fois qu'elle en voyait un en chair et en os. Et, encore une fois, James dépassait toutes ses espérances. Il était vraiment impressionnant, grand, musclé et néanmoins svelte. Le triangle de son ventre plat s'achevait sur son sexe tendu. Il n'y avait aucun doute à émettre sur son désir de coucher avec elle.

Elle ressentit un délicieux picotement d'anticipation.

Comme s'il devinait sa réaction, il s'agenouilla sur le lit et entreprit de couvrir son corps de baisers. Les yeux au plafond, ses doigts emmêlés dans les cheveux de James, elle crut mourir de plaisir.

Après avoir embrassé l'endroit où pointait sa hanche, il fit courir ses lèvres sur la tendre peau de l'intérieur de sa cuisse, puis il la mordilla. D'un doigt, il souligna la fente de son sexe, et elle gémit en balançant la tête d'un côté et de l'autre pour finalement cacher son visage dans l'oreiller.

Il la lâcha afin de sortir un paquet de préservatifs de la poche de son pantalon. Avec une grande économie de mouvements, il mit la protection en place et s'allongea contre elle. Alors, des mains et des lèvres, il l'apaisa tout en lui murmurant des mots doux à l'oreille.

Elle se trouvait perdue dans un tourbillon de sensations et d'émotions. Elle se sentait toute petite et enveloppée par lui.

Quand il s'installa entre ses jambes, elle se demanda avec inquiétude si elle allait supporter l'épreuve d'une telle saillie. Cependant, en quelques secondes, elle était de nouveau consumée par le désir.

Il dévorait ses lèvres tandis que ses mains la préparaient par de douces caresses. Le moment tant attendu était arrivé. L'homme dont elle avait rêvé allait lui faire l'amour.

Quand il poussa en elle, elle s'efforça de se détendre.

— Noue tes jambes autour de ma taille, murmura-t-il d'une voix étranglée.

Elle obéit, et il la prit par les hanches. Puis, plongeant son regard dans le sien, il murmura d'une voix de gorge :

— Laisse-moi te prendre, Pia. Laisse-moi te donner du plaisir…

Elle se cambra contre lui, et, la tête au creux de son cou, il la pénétra.

Elle poussa un grand cri et se mordit la lèvre.

Il s'immobilisa.

Quelques secondes s'écoulèrent dans une parfaite immobilité. Elle entendait les battements du cœur de James résonner dans sa poitrine.

Enfin, il leva la tête, l'air profondément choqué.

— Tu es vierge, dit-il, incrédule.

Elle se passa la langue sur les lèvres.

— J-je l'étais. Il me semble que le passé est désormais plus approprié.

Elle se sentait distendue, et comblée à un point presque insupportable où le plaisir rejoignait la douleur. C'était une sensation étrange à laquelle elle essayait de s'habituer.

— Pourquoi ?

Elle déglutit et dit dans un souffle :

— J'avais envie de coucher avec toi. Est-ce un crime ?

Fermant les yeux, il posa son front sur le sien.

— Tu es si incroyablement étroite, chaude et douce. Une douceur que je n'ai jamais connue. Pia, je ne peux pas…

Craignant qu'il ne se retire, elle resserra l'étreinte de ses jambes sur ses reins.

— N-ne bouge surtout pas !

Après un moment, elle le sentit se détendre, comme s'il admettait, à contrecœur, sa défaite.

— Je vais essayer de faire au mieux pour toi, chuchota-t-il.

Et il se mit à bouger en elle, tout doucement, ses doigts la caressant aux endroits susceptibles de lui donner du plaisir et d'apaiser la crispation de son corps.

De son côté, elle s'efforçait de se concentrer sur ses sensations.

Et soudain, elle sentit naître une petite étincelle, puis un léger picotement. Grâce aux habiles caresses de James, son corps s'éveillait au plaisir.

Et, à mesure qu'elle se détendait, une voluptueuse tension naissait entre ses cuisses. Une tension qui montait, montait, et exigeait une délivrance.

Quand il glissa une main entre leurs corps pour caresser son clitoris, elle cria et, avant de comprendre ce qui lui arrivait, elle fut emportée par une vague de plaisir.

Son corps ondulait autour du sexe de James, qui semblait souffrir le martyre.

— Pitié ! gronda-t-il.

Mais il était trop tard. Avec un juron étouffé, il lui saisit les hanches et enfonça son sexe au plus profond du sien. Elle revint de nouveau à la charge, et, dans un ultime coup de reins, il explosa en elle.

Comme il se laissait retomber sur le lit, elle le

serra dans ses bras. Et ce fut seulement alors qu'elle prit conscience des larmes qui brouillaient sa vision.

Par le miracle des caresses de James, elle était devenue une vraie femme. Jamais elle n'aurait rêvé plus belle initiation.

Elle ferma les yeux et s'endormit, vaincue par la fatigue, le plaisir et l'émotion.

Quand elle les rouvrit, James avait disparu.

Pia revint brutalement au présent. Ce n'était plus le plafond de son studio qu'elle contemplait, mais celui de son appartement.

Trois ans s'étaient écoulés. Le décor de sa vie avait changé, mais c'était le même homme.

Hawk.

Sa présence était encore palpable, et son corps vibrait comme s'ils venaient de faire l'amour.

Elle secoua la tête.

Quelle sotte de lui avoir permis de pénétrer dans son intimité une nouvelle fois. Et elle se fit le serment de ne plus jamais, sous aucun prétexte, le laisser entrer dans sa vie.

Pia feignait de s'absorber dans l'étude du programme tandis que, assise à l'orchestre près de Hawk, elle attendait qu'en s'éteignant les lumières annoncent le début de la comédie musicale dans laquelle Lucy tenait le premier rôle.

Elle avait revêtu une robe stricte qu'elle portait parfois pour assister à des soirées en relation avec son métier et elle espérait que le message serait compris : elle n'était ici que par conscience professionnelle.

Elle jeta un regard de biais à Hawk. Même vêtu très classiquement d'un pantalon noir et d'une chemise bleu clair, il dégageait un air d'assurance tout aristocratique.

Si seulement elle n'était pas aussi consciente des quelques centimètres qui les séparaient et de son bras qui menaçait à tout moment de frôler le sien. D'un geste décidé, elle ramena son bras contre elle, manifestant ainsi qu'elle lui cédait l'accoudoir. Et, pour se donner une contenance, elle lissa sa jupe. Ce qui, constata-t-elle, attira l'attention de Hawk sur ses cuisses.

Devant son air intéressé, elle regretta son geste.

— J'ai une proposition à vous faire, chuchota-t-il.

— J-je n'en doute pas, riposta-t-elle, maudissant son bégaiement. Les propositions semblent être votre fort.

Il eut l'indécence de sourire.

— C'est que… vous réveillez mes bas instincts.

— N'exagérons rien ! Pour autant que je sache, vos bas instincts n'ont pas besoin de moi pour être éveillés.

— N'êtes-vous pas curieuse de savoir ce que je vous propose ? demanda-t-il en riant.

Elle se força à adopter une attitude digne.

— A moins que votre offre concerne mon métier, ça ne m'intéresse pas.

Il se tourna vers elle. Dans le mouvement, la jambe de Hawk frôla la sienne, et le contact déclencha un tumulte d'émotions qu'elle parvint à dissimuler.

— En réalité, si. Mon offre est professionnelle, je veux dire.

Cette fois, elle ne chercha pas à dissimuler son intérêt.

— Vraiment ?

— Vraiment. Victoria, une de mes amies, a besoin d'aide pour organiser son mariage.

— Comment ? Une femme prête à renoncer à vous ? C'est donc possible ?

— Nous ne sommes jamais sortis ensemble, répondit-il sans se vexer. Le fiancé est un de mes anciens camarades de classe. Je les ai présentés l'un à l'autre au cours d'une soirée, l'an dernier.

— Dites donc, tous les gens se marient autour de vous ! A quand votre tour ?

— J'attendrai encore un peu.

A une époque, elle l'avait mis à une place de choix dans ses fantasmes de mariage, mais tout cela appartenait au passé, n'est-ce pas ? Au lieu d'emprunter un chemin bien tracé, ils s'étaient égarés sur une voie de garage. Il n'y avait pas à revenir là-dessus.

— Quand doit avoir lieu le mariage ? demanda-t-elle.

— Samedi prochain.

— Samedi prochain !

Sûrement, elle avait mal entendu.

Mais il hocha la tête.

— La coordonnatrice retenue pour le mariage est en quarantaine à l'étranger. Je ne plaisante pas, ajouta-t-il devant son air effaré. Elle est partie pour un safari-photo avec son petit ami, et ils ont été exposés à la tuberculose. Elle ne rentrera pas à New York pour la date prévue.

— Je suppose que je devrais vous remercier, dit-elle.

— Etant donné les circonstances, ce serait approprié.

Il sortit un morceau de papier de sa poche.

— Voici les coordonnées de Victoria. L'appellerez-vous ?

Elle prit le papier. Au même moment, les lumières déclinèrent, annonçant le début du spectacle.

— Oui, murmura-t-elle.

— C'est bien, dit Hawk en lui tapotant gentiment le genou. Au fait, ajouta-t-il, je serai invité au mariage.

— Ce sera du déjà-vu.

Malgré l'obscurité, elle vit qu'il souriait.

— C'est que j'ai développé un certain goût pour le caviar d'aubergines.

Elle lui jeta un regard sévère avant de repousser sa main qui s'était attardée sur son genou. Elle faisait son possible pour conserver une attitude digne, mais en réalité elle était émue. Voilà qu'il l'aidait, une fois de plus.

Pourvu seulement que ses sentiments à son égard ne deviennent pas troubles.

Elle pourrait facilement se mettre à éprouver de la gratitude envers lui.

Ou pire.

- 6 -

Hawk gara son Aston Martin devant le jardin botanique où le mariage de Victoria devait avoir lieu, à 4 heures de l'après-midi, ce samedi. Il leva les yeux vers le ciel d'un bleu limpide. Une brise tiède soufflait. Il sourit. C'était le temps idéal.

Alors que le voiturier approchait pour prendre ses clés, il entendit son portable sonner. Pia. Avec un sourire, il prit l'appel.

— Hawk, où êtes-vous ? demanda-t-elle sans préambule.

— Je remets mes clés au voiturier. Pourquoi ?

— Figurez-vous que la fiancée a oublié son voile dans une voiture de location qui vient de repartir. J'ai besoin de votre aide !

— Que…

— Vous avez entendu ? demanda-t-elle d'une voix suraiguë. Oh ! Je mourrai si mon nom est une fois encore associé à un désastre !

— Allons, calmez-vous. Connaissez-vous le nom du service de voitures ?

Elle le lui donna. Après avoir adressé un signe de tête négatif au voiturier, il remit le contact.

— Appelez le service, dit-il à Pia. Qu'ils prennent contact avec le chauffeur.

— C'est fait ! Ils essaient de le joindre. Il ne peut être bien loin. En tout cas, je l'espère, sinon, nous n'aurons jamais le voile à temps pour la cérémonie.

— Ne vous inquiétez pas, je m'en occupe !

D'une main, il s'apprêtait déjà à faire demi-tour.

— Pensez-vous qu'il retourne à Manhattan ? demanda-t-il.

— Je crois qu'il a pris la direction du sud. Attendez, je viens avec vous !

— Non. On a besoin de vous ici.

— Regardez sur votre gauche. J'arrive !

Il tourna la tête et la vit accourir vers lui, à travers la pelouse, son portable à l'oreille.

Avec un juron, il arrêta la voiture. Un instant plus tard, elle y grimpait. Tout en redémarrant, il lui adressa un clin d'œil amusé.

— Je vous assure, je n'ai jamais vu de femme si pressée de monter en voiture avec moi !

— Accélérez ! s'écria-t-elle, à bout de souffle. Je suis au bord de la crise de nerfs !

— C'est aussi la première fois qu'une femme apprécie mon aptitude à aller vite.

— R-roulez ! C'est tout ce qu'on vous demande.

Déjà, elle composait un numéro sur son portable. Sans doute celui de la compagnie de location de voitures.

Du coin de l'œil, il l'examina. Elle portait une robe de satin mordoré à manches courtes, légèrement évasée, et des chaussures à talons assorties. Une tenue élégante mais discrète, destinée à ne pas faire d'ombre aux invitées.

Elle dut recevoir de bonnes nouvelles car, après avoir raccroché, elle poussa un soupir de soulagement.

— Ils ont joint le chauffeur, dit-elle. Il sort de l'autoroute et nous attend à trois sorties de là, à la pompe à essence.

— Parfait.

Il désigna sa robe de la tête.

— Vous êtes jolie.

Elle lui lança un regard surpris.

— Merci, dit-elle néanmoins.

— Une chose m'intrigue. Est-ce que vous choisissez vos vêtements avec l'arrière-pensée de piquer un sprint ? Vous avez fait un bon temps en traversant la pelouse. Plutôt impressionnant avec ces chaussures.

— Les mariages sont pleins d'imprévus, répliqua-t-elle. Vous devriez le savoir mieux que personne.

— Tout de même, je m'étonne que vous m'ayez appelé au secours. Je me prendrais volontiers pour le preux chevalier accouru au secours de la demoiselle en détresse.

— Ne rêvez pas ! riposta-t-elle sèchement. Je connais très peu de gens à ce mariage, et c'est vous qui m'avez mise dans cette situation ! Alors, le moins que vous puissiez faire est de vous rendre utile.

Il rit.

— Oui, bien sûr.

Malgré son envie de continuer à la taquiner, il garda le silence jusqu'à la station d'essence. Comme convenu, le chauffeur les y attendait, un sac à la main. Après que Pia eut récupéré le voile et remercié le chauffeur, elle regrimpa à toute vitesse dans la voiture.

— La cérémonie est sauvée, dit-il.

— Il ne faut jurer de rien avant que tout soit terminé. Je parle d'expérience !

— Vous avez sans doute raison. Mais il me semble que vous pourriez tout de même récompenser votre héros d'un baiser…

Il la vit écarquiller les yeux. Mais, sans lui laisser le temps de réagir, il posait déjà ses lèvres sur les siennes.

Quel délice ! pensa-t-il. Ses lèvres étaient aussi douces que du miel.

Tout en sachant qu'il n'avait pas le droit de continuer, il l'embrassa avec un regain d'ardeur lorsqu'il l'entendit émettre un petit bruit surpris.

Elle ne le repoussa pas. Et même, comme il lui caressait la joue, elle se laissa aller contre lui avec un soupir. Et il dut faire appel à toute sa volonté pour la lâcher.

— Voilà, j'ai eu ma récompense, murmura-t-il.

— Je… je…

Elle s'éclaircit la gorge.

— Franchement, je dois avouer que vous êtes un as du baiser.

Dans un geste plein d'emphase, il posa une main sur son cœur.

— C'est si rare que j'aie l'occasion de me conduire galamment.

Elle hésita, puis regarda droit devant elle.

— Il faut y retourner, dit-elle.

Ils refirent le chemin inverse en un temps record. Alors qu'il s'arrêtait devant le voiturier, sans perdre un instant, elle bondit hors de la voiture. En la voyant s'éloigner en courant, il songea, admiratif, qu'en bonne professionnelle elle avait réglé la situation en un minimum de temps.

Après avoir confié la voiture à l'employé, il se dirigea vers les invités rassemblés sur la pelouse, dans le décor luxuriant du jardin botanique.

Il n'eut que le temps de s'entretenir avec quelques personnes de connaissance car, peu après, la cérémonie commençait.

La fiancée était jolie, le futur époux radieux, mais lui n'avait d'yeux que pour Pia, qui se tenait debout, en retrait, à quelques mètres de son siège situé dans les derniers rangs.

Comme elle jetait un coup d'œil dans sa direction, il lui fit signe de venir s'asseoir près de lui. Elle eut une brève hésitation, mais vint finalement s'installer sur le siège voisin. Il s'en réjouit mais, comme il regardait les futurs mariés, il prit conscience d'avoir agi bien légèrement.

S'il avait décidé d'assister seul à ce mariage, c'était pour éviter toute supputation. A son âge, et dans sa position… Les gens avaient tôt fait de voir une future duchesse dans la moindre compagne.

Il frissonna en songeant qu'on s'attendait à ce qu'il imite Timothy. Timothy sortait d'Eton, comme lui, et Victoria, une fille de baron, avait fréquenté les meilleures écoles et travaillait maintenant comme assistante d'un talentueux décorateur anglais.

Victoria avait la naissance et l'éducation requises pour devenir femme de duc, et sa mère aurait certainement approuvé un tel choix s'il avait dû la lui présenter comme étant sa fiancée. Ce qui l'amena à penser à une autre femme qui plaisait à la duchesse : Michelene Ward-Fombley. Mais il écarta tout de suite l'idée.

Il jeta un coup d'œil à Pia, assise près de lui. Son métier l'ayant amenée à se frotter aux grands de ce monde, elle savait parfaitement se comporter en société, mais n'en avait pas de meilleures origines pour autant. Parmi les aristocrates, elle serait toujours conseillère de la mariée, jamais la mariée elle-même.

A cet instant, il nota son air ému. Ainsi, les mariages lui mettaient la larme à l'œil…

C'était pour l'aider qu'il lui avait proposé de coordonner les mariages de Victoria et de Lucy mais, en même temps, il avait touché du doigt les limites de leur relation. Il aimait trop la taquiner. Il trouvait tellement plaisant de se livrer à des joutes oratoires avec elle et de voir ses yeux étinceler de colère. Il aimait la façon dont elle était réactive. Et lorsqu'il l'avait embrassée… difficile d'imaginer meilleure réaction que ça.

Pourtant, il détestait l'idée de la faire souffrir ; il lui avait déjà fait assez de mal comme ça, se rappela-t-il. Aucune relation n'était possible entre eux, et il ferait bien de s'abstenir de se torturer avec des baisers qui ne pouvaient mener nulle part. Elle méritait de vivre sa vie, et lui aussi.

L'aboiement d'un chien le tira soudain de ses pensées. Près de lui, Pia s'était aussitôt redressée sur son siège.

Il avait remarqué la présence assez surprenante de l'épagneul king-charles de Victoria, le collier orné d'un nœud et tenu en laisse par un employé.

Et voilà que le chien avait échappé à la surveillance de son gardien et s'était mis en tête de déchiqueter un arrangement floral.

— Pas les fleurs, par pitié, murmura Pia. Nous n'avons pas encore pris les photos !

Comment s'appelait donc le chien de Victoria, se demandait-il. Feefee ? Finola ? A vrai dire, « Empêcheur de tourner rond », lui aurait mieux convenu.

Il vit la fiancée s'agenouiller et le chien partir en courant, un bouquet dans la gueule.

Inutile de demander si quelqu'un voyait une objection à ce mariage…

— Il faut faire quelque chose ! gémit Pia.

Comme elle se levait, il l'imita et posa une main sur son poignet.

— Inutile. Avec ces talons, vous ne le rattraperez jamais…

— Il s'appelle Finola, dit Pia.

— Empêcheur de tourner rond, oui !

L'animal venait d'éviter un invité bien intentionné.

Les invités tournaient la tête de tous côtés pour localiser l'auteur du chaos, et le bon ordre de la cérémonie se trouvait perturbé. L'animal, qui galopait maintenant vers la sortie, n'allait pas tarder à passer près de lui. Sachant qu'il avait tout à gagner auprès de Pia s'il récupérait le chien rebelle, il prit son élan et plongea vers la boule de poils.

Il entendit des cris d'encouragement. Un instant plus tard, ses bras se refermaient sur le chien tandis que lui-même atterrissait lourdement au sol.

Plaqué comme il l'était, le chien renonça au bouquet et se remit à aboyer. Il y eut des applaudissements.

— Bien joué ! fit une voix masculine.

Tout en maintenant solidement l'animal qui se débattait, Hawk se releva. Victoria accourut vers lui en appelant son chien.

Pia récupéra le bouquet passablement défraîchi et, pendant qu'elle l'examinait avec un mélange d'incrédulité et de consternation, il lui murmura :

— Jamais deux sans trois.

Elle leva les yeux vers lui.

— S'il vous plaît, dites-moi que c'est la troisième.

Avant qu'il puisse la rassurer, Victoria lui prit Finola des bras et serra l'animal contre son cœur. Comme elle éclatait de rire, des invités joignirent leur gaieté à la sienne tandis que d'autres souriaient poliment.

Hawk constata du coin de l'œil que Pia se détendait et s'autorisait même à sourire. Il croyait lire dans ses pensées. Si la fiancée et les invités trouvaient la situation comique, la partie était gagnée.

— Oh ! Le vilain chien, s'exclama Victoria.

Il se retint de lever les yeux au ciel. Au fond, il préférait les femmes qui possédaient des chats plutôt que des chiens…

Inclinant la tête, il accepta avec modestie les félicitations des invités.

— Merci, Hawk, dit Victoria. Tu as sauvé la journée.

Il regarda Pia, un sourire aux lèvres.

— Je suis heureux de m'être rendu utile.

Pia ne pipa mot.

Finalement, Victoria retourna à l'autel, son bouquet

dans les bras. Le chien était solidement tenu en laisse, et le reste de la cérémonie se déroula sans heurt.

A son grand regret, Pia ne reprit pas place à côté de lui, mais choisit de rester au niveau de la première rangée de sièges. A la lumière des récents événements, on n'aurait su l'en blâmer.

Une fois la cérémonie terminée, il alla la retrouver près du bar.

— Vous buvez quelque chose ? demanda-t-il en s'approchant d'elle par-derrière.

Elle se retourna, amusée.

— C'est curieux. J'ai une impression de déjà-vu.

Il sourit.

— Je l'espérais bien ! Vous vous en êtes très bien sortie.

— Grâce à vous !

— C'était bien le moins que je puisse faire, répliqua-t-il. C'est moi qui vous ai mise en relation avec une future mariée un peu excentrique !

— Avec les meilleures intentions du monde, dit-elle en souriant.

Il fut ébloui et se fit la réflexion qu'avec un tel sourire elle pouvait illuminer une pièce. Il l'imaginait, d'un coup de baguette magique, projeter autour d'elle le halo de paillettes lumineuses des fées.

Il secoua la tête avec un air de résignation amusée.

— Un chien qui vole la vedette à la fiancée ! Qui aurait pu imaginer une chose pareille ?

— Figurez-vous que j'ai vu un cochon apprivoisé remonter l'allée en pleine cérémonie.

— Je ne crois pas que Finola plairait à M. Darcy.

— Pour ça, je pense qu'il serait d'accord avec vous ! répliqua-t-elle en riant.

Ils discutèrent quelques instants du mariage, de la beauté de la mariée, de la magnificence du décor et des invités parmi lesquels il reconnaissait certains visages.

— Pour moi, c'est une réception de travail, déclara-t-elle comme pour les rappeler tous deux à la réalité.

— Je suppose vous devez rester jusqu'à la fin, dit-il.

Elle hocha la tête.

— Je dois m'assurer que nous laissons les lieux en ordre.

Il regarda au-dehors et constata qu'il faisait déjà noir.

— Comment regagnez-vous votre appartement ? demanda-t-il.

Elle haussa négligemment les épaules.

— Je prendrai une voiture de service.

— Je vous reconduirai.

— Je… c-ce n'est pas nécessaire.

— Je sais. Mais je suis tout de même à votre disposition, ajouta-t-il avec un sourire.

La réception ne s'acheva pas avant plusieurs heures. Il nota que, malgré sa fatigue, Pia restait fraîche et appétissante.

Les invités partis et les locaux en état, voyant qu'il était toujours là, Pia accepta sa proposition. Ils traversèrent Manhattan en silence, suffisamment à l'aise dans leur compagnie mutuelle pour ne pas se sentir obligés d'entretenir la conversation.

Après s'être garé devant l'immeuble de Pia, il

s'aperçut qu'elle s'était endormie, la tête renversée contre le dossier, les lèvres entrouvertes.

Il coupa le contact et, profitant de son abandon, la contempla un instant.

Ses cheveux blonds étaient fins et légers comme ceux d'un bébé, ses sourcils délicatement dessinés. Il laissa son regard glisser sur ses lèvres. Leur fard n'était plus qu'un souvenir, mais elles n'avaient pas besoin d'artifice pour qu'il soit séduit.

Il débattit avec lui-même mais, finalement incapable de résister à la tentation, il prit délicatement Pia par le menton et posa ses lèvres sur les siennes. L'effet fut si magique qu'il s'attarda plus longuement qu'il ne l'avait prévu.

Il la vit battre des cils, puis ouvrir les yeux.

Il recula.

— Q-que se passe-t-il ? bredouilla-t-elle.

— J'éveillais la Belle au bois dormant d'un baiser.

Elle cligna des yeux.

— Je n'avais pas l'intention de m'endormir. Quelle drôle d'idée !

— Auriez-vous préféré que j'aille tout droit chez moi, sans vous réveiller ?

— Bien sûr que non ! répondit-elle.

Mais son ton manquait de conviction.

Le sourire aux lèvres, il se détourna pour ouvrir sa portière. Il atteignit celle de Pia à temps pour l'aider à descendre, mais elle hésita une seconde avant de placer sa main dans la sienne.

A présent, il était habitué au grésillement que déclenchait le moindre contact physique entre eux.

— Bonne nuit, monsieur le duc, dit-elle quand elle fut descendue de voiture.

Il sourit.

— Bonne nuit, Pia.

Il la regarda se diriger vers l'immeuble et attendit qu'elle ait disparu de sa vue pour remonter en voiture. Comme il se glissait dans la circulation, il reconnut qu'il poussait un peu trop loin le bouchon avec elle.

Mais, se dit-il, le principal était de savoir où se trouvaient les limites.

Enfin, il l'espérait.

- 7 -

« UN DUC HOMME-À-TOUT-FAIRE.

Notre très cher duc au profil de rapace envisage, semble-t-il, une carrière d'assistant de coordonnatrice de mariage... »

Pia grinça des dents en lisant la rubrique mondaine de Jane Hollings dans *The New York Intelligencer.*

— Qu'est-ce qui cloche ? s'enquit son amie.

Elle venait de retrouver ses amies Belinda et Tamara dans le restaurant où elles avaient l'habitude de prendre leur brunch du dimanche.

— Jane Hollings parle de Hawk et moi dans ses échos, répondit-elle tout en faisant défiler l'article sur l'écran de son smartphone. Apparemment, elle a eu vent des services qu'il m'a rendus hier, lors d'un mariage mouvementé.

— Elle n'a pas perdu son temps, dit Belinda.

— En tout cas, c'est en ligne, répliqua Pia. Son article paraîtra dans le journal de lundi, et je pourrai avoir l'infini plaisir de voir mon nom accolé à celui... du duc de Hawkshire.

Belinda regarda Tamara.

— Est-ce que ce journal n'appartient pas à ton mari ? Il pourrait peut-être mettre des bâtons dans les roues de cette horrible femme ?

Tamara s'éclaircit la gorge.

— J'ai un scoop.

— Nous sommes au courant, souviens-toi, dit Belinda d'un ton railleur. Tu es enceinte, et Sawyer est le père.

— Ça, c'est un vieux scoop.

Tamara regarda tour à tour ses deux amies.

— La nouvelle, c'est que Sawyer et moi avons l'intention de rester ensemble.

— Pour le bébé ? demanda Belinda d'un ton réprobateur. Mon chou, ce n'est pas…

Tamara secoua la tête.

— Non. Nous nous aimons.

Belinda demeura sans voix. Enfin, elle fit signe à un serveur.

— Un autre Bloody Mary, s'il vous plaît !

Le sujet était évidemment sensible pour Belinda, qui attendait toujours l'annulation de son mariage avec le marquis d'Easterbridge pour épouser l'homme de sa vie.

— Je suppose que je devrais vous donner du *My Lady,* songea tout haut Pia. Tamara a épousé un comte ; quant à toi, Belinda, ton époux étant marquis, ça fait de toi une…

— Tais-toi ! s'exclama Belinda. Je prévois d'envoyer le titre aux orties le plus rapidement possible !

Pia soupira.

— D'accord, d'accord.

Belinda se tourna vers Tamara.

— Je n'arrive pas à croire que tu abandonnes tes amies pour ce milieu aristocratique !

— Je n'abandonne personne ! C'est juste que…

— Quoi ? demanda Belinda, sardonique. Tu fais un mariage de raison avec Sawyer, et puis…

Elle claqua des doigts.

— … voilà que, comme par magie, tu te retrouves enceinte de lui, et amoureuse, de surcroît !

Sa bonne humeur intacte, Tamara haussa les épaules en souriant.

— C'est la chose la plus excitante qui me soit jamais arrivée, avoua-t-elle. Je ne cherchais pas l'amour et, si tu m'avais posé la question il y a quelques mois, j'aurais juré que Sawyer était bien le dernier des hommes…

Le regard de Tamara se perdit dans le vague tandis que sa phrase demeurait en suspens.

— Je me rends compte que Sawyer est celui que j'attendais depuis toujours, reprit-elle. Et ce qui est formidable, c'est qu'il ressent la même chose que moi !

Belinda prit le verre que le serveur venait de poser devant elle et en avala une gorgée.

— Eh bien, je suis ravie pour toi, Tamara. Au moins, une d'entre nous est heureuse.

Tamara sourit faiblement.

— Merci. Je sais que Pia et toi n'appréciez guère les amis de Sawyer…

— Tu parles de mon mari ? demanda malicieusement Belinda.

— Tu parles de Hawk ? s'enquit au même instant Pia.

— … mais Sawyer et moi espérons que vous serez tous assez compréhensifs pour vous côtoyer poliment à la petite fête que nous donnons samedi prochain.

— Une fête pour signaler que vous êtes mariés pour de bon ? suggéra Belinda.

— En quelque sorte, reconnut Tamara.

Elle regarda Pia.

— Tu viendras, n'est-ce pas ? Toi qui aimes tout ce qui a trait aux mariages.

Pia soupira. Oui, elle avait l'âme romanesque et tenait à faire plaisir à son amie. Mais, en même temps, ne s'était-elle pas juré d'éviter Hawk ?

— Comment t'entends-tu avec Hawk en ce moment ? demanda brusquement Tamara, comme si elle devinait ses réticences. Je sais que tu t'occupes du mariage de sa sœur. Mais que signifient ces bruits que Hollings fait courir sur vous ?

Elle hésita. Que révéler à ses amies ? Elle n'avait pas envie de parler des baisers volés, ni du plaisir qu'ils lui avaient procuré.

Hawk avait prétendu vouloir faire amende honorable, et elle l'avait laissé faire. Enfin, elle avait plus que laissé faire. Elle avait participé.

Elle se rappela leurs baisers, son excitation, le sentiment d'être emportée par la passion, comme dans ses rêves, et la divine sensation de ne faire qu'un avec l'âme sœur.

Elle secoua la tête pour tenter de s'éclaircir les idées.

Elle ne devait même pas y songer. Elle avait déjà bien assez joué avec le feu.

Et pourtant…

En apprenant la cause de son brusque départ après la nuit qu'ils avaient passée ensemble, elle avait ressenti de la compassion pour Hawk. Ses parents à elle étaient bien vivants et en bonne santé et, même si elle était enfant unique, elle pouvait imaginer le terrible chagrin que Hawk avait dû ressentir à la disparition prématurée de son frère.

Mais ce n'était pas une excuse.

D'ailleurs, il agissait envers elle comme s'il se sentait coupable. Normal. La mort de son frère n'expliquait pas à elle seule pourquoi il n'avait pas essayé de la retrouver par la suite. Il voulait l'oublier, et l'idée faisait mal. Cependant, quelle autre explication donner à son comportement ? Elle ne comptait tout simplement pas assez pour lui.

Et pourtant…

Etait-elle vraiment en danger ? Même si elle s'attendrissait et laissait leurs sentiments aller à leur conclusion naturelle, elle n'était plus l'ingénue fraîchement débarquée de Pennsylvanie. Et elle montrerait à Hawk qu'elle était capable de jouer dans la cour des grands.

Elle pouvait apprécier qu'il flirte avec elle sans devenir complètement idiote. Certaines femmes se contentaient très bien d'amours passagères. Et d'ailleurs, elle avait déjà eu une aventure sans lendemain. Avec lui.

Soudain, elle se rendit compte que Belinda et Tamara l'observaient d'un air intrigué et elle toussota.

— Hawk a été… très serviable.

Elle haussa les épaules.

— J-je suppose que j'éprouve des sentiments ambivalents envers lui.

— Des sentiments ambivalents ? répéta Belinda,

sourcils froncés. Je t'en supplie, ne me dis pas que tu es tombée amoureuse de lui ?

— Bien sûr que non !

— Tu as le cœur trop tendre, et je détesterais…

— N-ne t'inquiète pas pour moi. Chat échaudé craint l'eau froide ! Seulement, étant donné que j'organise le mariage de sa sœur, il vaut mieux que je sois en bons termes avec lui.

— Parfait, dit Tamara. Je suis heureuse que tu ne voies pas d'inconvénients à assister avec Hawk à ma soirée.

Belinda fit la moue.

— Ce n'est pas Hawk qui m'inquiète…

Pia refusa d'admettre que, pour sa part, c'était bel et bien Hawk qui l'inquiétait.

Hawk buvait une gorgée de vin quand il eut la sensation que tous ses sens se mettaient en ébullition.

Pia.

Levant la tête, il la vit pénétrer dans le salon de la demeure new-yorkaise du comte et de la comtesse de Melton, superbe dans sa robe fourreau noir et blanc qui la faisait paraître plus grande qu'elle n'était et dévoilait ses belles jambes. Poursuivant son examen, il vit qu'elle portait des chaussures à talons découvrant ses orteils, et la vue de ses petits ongles parés de vernis rose lui parut la plus érotique du monde.

Franchement, sous des dehors inoffensifs, cette femme était une bombe ! Si elle l'appâtait ainsi, c'en était fait de ses résolutions.

Il se dirigeait vers elle quand une main se posa sur

son bras, l'arrêtant dans sa course. Tournant la tête, il découvrit son ami Colin, marquis d'Easterbridge.

Colin lui adressa un sourire narquois.

— Le bourreau des cœurs est de retour, dirait-on. Attention, mon vieux ! Tes intentions sont visibles à des kilomètres.

Il sourit du bout des lèvres.

— Si quelqu'un est en danger, c'est bien moi. Elle paraît inoffensive, mais…

Colin rit.

— Toutes les mêmes.

Colin pensait sans doute à sa propre femme, Belinda Wentworth, marquise d'Easterbridge devant la loi. Hawk se demanda où en était la situation des deux époux, mais ne voulut pas se montrer indiscret. Colin représentait parfois une énigme, même aux yeux de ses amis.

— Je connais l'espèce, dit-il.

Colin lui jeta un regard entendu.

— Je n'en doute pas !

Sur un haussement d'épaules, Hawk tourna le dos à Colin et reprit sa route vers Pia.

D'accord, il la trouvait infiniment désirable, et son regard trahissait ses sentiments. Mais quelle importance, après tout ?

Elle le regardait approcher, visiblement dans l'expectative.

— Je ne vous offre pas de boire un verre, plaisanta-t-il en arrivant près d'elle. Vous êtes magnifique, soit dit en passant.

En réalité, pensa-t-il, il ne s'agissait pas du tout

d'une remarque faite en passant. Rien d'autre que l'éclat de Pia ne comptait à cet instant.

Elle rougit.

— M-merci. Un verre de vin me ferait plaisir.

Il en préleva deux sur le plateau d'un serveur et lui en tendit un.

— Santé, fit-il en heurtant légèrement son verre au sien. Comment se passe l'organisation du mariage de ma sœur ? Si j'ai bien compris, elle vous a rendu visite deux fois cette semaine.

Elle but une gorgée de vin.

— Oui. Nous avons discuté invitations et décor. Heureusement, elle a déjà choisi sa robe.

Elle sourit, comme s'ils partageaient une plaisanterie privée.

— Jusqu'ici, tout marche comme sur des roulettes.

— Ce n'est pas juste ! Moi, je n'ai été chez vous qu'une fois !

Elle demeura quelques instants silencieuse avant d'éclater de rire.

— Seriez-vous jaloux ?

Il hésita. Pia accepterait-elle de flirter avec lui ? Les échanges verbaux étaient courants entre eux mais, d'habitude, elle ne se montrait pas si… réceptive.

— Plutôt ! Au fait, comment va M. Darcy ? A mon avis, il lui manque un modèle masculin.

— Postuleriez-vous pour l'emploi ?

— J'en meurs d'envie !

Elle feignit l'agacement.

— Vous arrive-t-il d'être sérieux ?

— Me croiriez-vous si je vous disais que oui ?

Ce n'était que trop vrai. Alors qu'il adorait leur

badinage, le poids de ses responsabilités l'empêchait de s'évader de son rôle de duc.

Pia chercha son regard.

— Ma remarque est injuste, dit-elle. Je sais que, en tant que chef de famille, vous vous sentez responsable de votre sœur. E-et puis, vous m'avez beaucoup aidée.

— Lucy vous a parlé de moi ?

Pia hocha la tête.

— Toujours prête à redorer mon image, à ce que je vois.

Par-dessus l'épaule de Pia, Hawk observa la petite scène qui se jouait entre Colin et Belinda : Colin venait de s'approcher de Belinda, qui tourna les talons pour se diriger vers la porte d'un pas résolu. Sans se presser, son verre à la main, Colin lui emboîta le pas.

Notant sa distraction, Pia tourna la tête.

— Il semble que j'ai raté quelque chose…

— La confrontation n'a pas eu lieu. Belinda s'est éclipsée avant que Colin l'aborde.

— Ce qui n'est pas notre cas.

Il lui jeta un regard surpris, avant de sourire.

— Nous avons de la chance.

Elle soupira.

— Easterbridge devrait accorder l'annulation de leur mariage à Belinda et la laisser vivre sa vie. Au lieu de ça, il semble prendre plaisir à la torturer.

— Mes amis ne sont pas des êtres odieux, quoi que vous en pensiez.

— En un sens, c'est curieux qu'Easterbridge et

vous soyez amis. Il refuse de divorcer tandis que vous…

— Oui ? demanda-t-il, haussant les sourcils d'un air narquois.

— … vous n'avez jamais été marié, fit-elle sans conviction.

A l'expression de Pia, il devinait qu'elle avait eu l'intention de le ranger dans la catégorie des gens qui refusaient de s'engager, mais avait renoncé à formuler sa pensée jusqu'au bout. Après tout, peut-être Lucy avait-elle réussi à le réhabiliter auprès de Pia…

— Revenons à des sujets moins susceptibles de froisser mon ego, dit-il. Lucy aurait donc chanté mes louanges ?

Avec un petit sourire, Pia hocha la tête.

— Lucy m'a raconté que vous aviez travaillé d'arrache-pied ces trois dernières années pour vous glisser dans la peau d'un duc, apprendre à gérer les biens familiaux et fonder Sunhill Investments.

— Cela vous surprend ?

Elle hésita un instant avant de secouer la tête.

— Non… J'ai bien vu que vous aviez changé.

Elle marqua une pause avant d'ajouter :

— La période qui a suivi la mort de votre frère et de votre père a dû être très difficile à vivre.

A présent, il se passait des jours sans qu'il pense à eux, mais il avait eu beaucoup de mal à accepter ce coup du destin.

— William et moi avions deux ans d'écart et, sans avoir le même statut, nous nous entendions très bien. J'ai toujours su que, en tant que cadet, je jouirais de ma liberté alors que lui endosserait toutes les responsabilités.

Jamais encore il n'avait fait de confidence aussi intime à quiconque. Mais tout était si facile avec Pia, peut-être parce qu'elle ne se posait pas en juge.

— Et, un jour, dit-elle, votre liberté s'est envolée…

— Ainsi en a voulu le sort.

— Vous avez la réputation d'être un coureur de jupons, déclara-t-elle sur le ton de la constatation. On raconte…

— Ce sont de vieilles histoires, coupa-t-il. Mais, avec internet, les ragots ont la vie dure. J'ai deux métiers qui me sollicitent pratiquement vingt-quatre heures sur vingt-quatre, il faut bien que je sois sérieux si je veux assumer mes responsabilités.

— Je n'avais pas remarqué !

— C'est que vous excitez mes pires instincts. Peut-être parce que, avec vous, je parviens à me détendre et à plaisanter.

Elle rougit.

— Je suis une cible facile.

— Je trouve que vous vous défendez pas mal !

Elle s'humecta les lèvres, geste qui attira son attention sur elles. Et il les considéra avec envie.

— Aimeriez-vous découvrir un aspect moins léger de mon caractère ? demanda-t-il comme une idée lui passait par la tête. Demain, je vais faire de l'escalade dans un club de gym de Brooklyn. Accompagnez-moi.

— A-t-on jamais vu un duc faire de l'escalade ? s'exclama Pia, narquoise.

— Je suis un duc moderne, répondit-il avec une

hauteur feinte. J'ai besoin d'un exutoire aux gènes guerriers que m'ont légués mes ancêtres.

— Oh ! Je vois.

Il n'ajouta pas que l'escalade lui offrait l'exutoire parfait à ses pulsions sexuelles.

Parce que là, tout de suite, il se sentait un besoin urgent de *la* conquérir.

- 8 -

Elle sentait encore le contact de ses mains partout sur son corps.

C'était, en tout cas, ce qu'il semblait à Pia. Tout en lui apprenant comment utiliser l'équipement et placer ses pieds sur le mur d'escalade, Hawk avait paru couvrir son corps de caresses mieux encore qu'il ne l'aurait fait dans un lit.

Tout en buvant un soda, le cœur battant de l'effort accompli, elle le regarda en essayant de ne pas se jeter à son cou. Il était si beau. En short et T-shirt humides de sueur, son corps mince et musclé offert à son regard avide, il dégageait une sensualité primitive et virile.

Et son corps réagissait avec une intensité qui la mettait mal à l'aise. Pourvu qu'il n'aille pas remarquer les pointes de ses seins qui saillaient sous son T-shirt… Enfin, avec un peu de chance, il attribuerait sa réaction à un souffle d'air frais sur sa peau humide.

Après avoir longuement bu de l'eau, il reboucha la bouteille en la regardant d'un air songeur.

— D'habitude, les femmes ne se montrent pas aussi indulgentes envers ma passion de l'escalade, déclara-t-il. En tout cas, vous êtes la seule à avoir accepté de m'accompagner.

— Je suis une bonne pâte, dit-elle en plaisantant, bien que la remarque lui ait fait chaud au cœur.

— Vous vous êtes débrouillée comme un chef ! s'exclama-t-il, les yeux brillant d'admiration. Mes félicitations.

— Merci.

Elle reboucha sa bouteille. Elle avait étanché sa soif. En ce qui concernait l'eau, en tout cas.

— Avez-vous jamais rencontré un de vos homonymes au cours de vos escalades ? demanda-t-elle.

— Vous voulez savoir si j'ai rencontré un duc ? s'enquit-il, l'air amusé. Une seule fois, malheureusement. Et notre rencontre l'a moins impressionné que moi.

Elle s'humecta les lèvres.

— Pourquoi vous appelle-t-on Hawk ?

— Je n'ai pas eu mon mot à dire. Ce sont Easterbridge et Melton qui m'ont baptisé ainsi, et le surnom m'est resté.

— Le titre de duc vous va bien.

Il se frotta l'arête du nez.

— A cause de mon nez cassé, qui m'apparente à un rapace ?

— Comment est-ce arrivé ? demanda-t-elle.

— Ah…

Il hésita un instant avant de répondre.

— Au risque de souligner mes mauvaises manières passées, je dois avouer avoir participé à une bagarre de bar quand j'étais étudiant.

— Vous n'y étiez pour rien, bien sûr ?

— Bien sûr. Et on a interdit aux participants d'ébruiter l'affaire.

— Je parie qu'Easterbridge et Melton en savent long à ce sujet.

Hawk rit.

— Libre à vous d'essayer de leur tirer les vers du nez !

— Je le ferai peut-être, répliqua-t-elle d'un ton léger.

Il la contempla un moment.

— Si nous partions, au lieu de dire des bêtises ? proposa-t-il enfin.

— Entièrement d'accord !

— N'avez-vous pas rendez-vous avec Lucy, cet après-midi ?

— Si. Sa doublure la remplace aujourd'hui. Je dois la retrouver chez vous.

— Dans ce cas, pourquoi ne pas rentrer avec moi ? Vous seriez plus à l'aise qu'ici pour prendre une douche et vous changer. Et nous pourrons nous restaurer et tuer le temps ensemble en attendant l'heure de votre rendez-vous.

Elle hésita. Prendre une douche et se changer chez Hawk ? Jamais de la vie ! Elle pensa à son sac de gymnastique qui l'attendait dans un casier du vestiaire des femmes. Elle serait en sécurité là-bas, au milieu de ses consœurs. Alors qu'en compagnie d'un descendant de conquérants…

Hawk lui sourit.

— Je promets de ne pas vous mordre. Nous disposons de chambres d'amis équipées de salle de bains. Vous y serez très bien.

Elle rougit en se rendant compte qu'il avait deviné ses pensées.

Mais enfin, quel mal y aurait-il à accepter sa proposition ? Lucy serait probablement à la maison, ou encore la femme de ménage.

Sauf que, quand ils arrivèrent, elle apprit que Lucy était absente et qu'elle ne rentrerait pas avant l'heure du rendez-vous. Quant au personnel, il n'était nulle part en vue.

Le vin étant tiré, il fallait le boire, se dit-elle en choisissant une chambre d'amis décorée de tons jaunes et bleus et dotée d'un lit à colonnes voilé de blanc. Elle se doucha dans la salle de bains attenante, toute de marbre blanc, puis s'enveloppa dans une épaisse serviette de bain.

Revenue dans la chambre, elle contempla le lit. Il paraissait si confortable qu'elle fut tentée de s'y allonger.

Détournant le regard, elle s'habilla d'un pull émeraude à encolure carrée, soulignée d'un galon rouge, et d'une jupe grise. Elle marqua sa taille à l'aide d'une large ceinture de cuir noir et passa des leggings noirs et des ballerines dorées.

Une fois prête, elle regagna le rez-de-chaussée. Devant la porte que Hawk lui avait désignée comme étant celle de sa chambre, elle s'arrêta et hésita un instant avant de frapper.

Quand il lui ouvrit, elle eut un choc en le découvrant encore plus beau que dans son souvenir. En chemise blanche, pantalon noir, les cheveux humides de la douche, il dégageait un magnétisme animal.

Pourquoi fallait-il que sans le moindre effort il apparaisse tellement séduisant ?

Il la soumit à un examen rapide quoique attentif et, face à son sourire sensuel, elle sentit les battements de son cœur s'accélérer.

— Une femme ravissante frappe à ma porte ! En d'autres circonstances, je vous aurais invitée à entrer et j'aurais donné libre cours à mes bas instincts !

— J-je ne voulais pas me promener toute seule dans votre maison… On aurait pu me prendre pour une rôdeuse !

— Comment s'appelle l'héroïne de conte de fées qui fourre son nez où il ne faut pas ? demanda-t-il avec un large sourire. Son nom ne me revient pas.

— Il n'y en a pas ! protesta-t-elle avec énergie. D-de t-toute façon, je ne crois pas aux contes de fées.

Il lui prit la main.

— Tant mieux. Comme ça, nous nous en fabriquerons un bien à nous.

Et, s'écartant, il l'attira dans sa chambre.

Tandis qu'elle examinait le décor, il balaya la pièce d'un large geste.

— Voici ma chambre ! déclara-t-il avec un sourire coquin. Pour le cas où vous vous demanderiez à quoi elle ressemble. Ou plutôt, dans notre conte, au cas où l'héroïne tiendrait à savoir à quoi elle ressemble.

Non seulement l'héroïne tenait à connaître sa chambre mais, en plus, elle désirait passionnément que le héros ait envie d'elle.

— T-très belle pièce, bredouilla-t-elle.

Elle admira les beaux meubles sombres qui contrastaient avec un tissu d'ameublement à rayures crème et vertes. Mais ce fut surtout le grand lit à colonnes qui attira son attention avec sa superbe tête de lit de bois sculpté. Elle le contempla un moment tout en s'humectant les lèvres, puis son regard croisa celui de Hawk, et elle se rendit compte qu'il guettait sa réaction.

Elle voulut dire quelque chose, se ravisa.

— Je déteste mon bégaiement, dit-elle enfin un peu sottement.

— Et moi je l'adore !

Il se pencha vers elle, une lueur dans l'œil.

— Il me permet de deviner à quel point je vous trouble.

Elle rougit, parce qu'elle ne pouvait nier.

— V-vous aviez p-promis que vous ne mordriez pas !

— Le petit chaperon rouge et le grand méchant loup ?

Il se rapprocha.

— J'aime !

Elle ne put s'empêcher de rire.

— Vous êtes incorrigible !

Il lui caressa doucement le bras.

— J'ai promis de ne pas mordre, mais ça laisse le champ ouvert à bien des possibilités…

— Je ne suis pas le petit chaperon rouge !

— Ne vous énervez pas…

Il déposa un petit baiser sur ses lèvres.

Il s'était tout de suite redressé mais, presque instantanément, ses lèvres revinrent chercher les siennes comme s'il ne pouvait s'en empêcher et, cette fois, elles s'y attardèrent.

Il referma les bras sur elle, et elle noua les siens à son cou. Et leurs corps, si différents pourtant, s'épousèrent pour ne plus faire qu'un.

Il sentait la menthe fraîche et, quand son baiser se fit plus insistant, elle s'abandonna à lui avec une sourde plainte. Ils s'embrassèrent longuement, fiévreusement, avant de finir par se séparer.

— Pia, murmura-t-il contre ses lèvres, comment pourrais-je jamais oublier ?

Elle ne voulait pas qu'il oublie. Elle voulait que son souvenir le poursuive, tout comme le sien l'avait poursuivie tout au long de ces années.

Elle ne l'avait jamais oublié. Son premier amant.

Soudain, il la souleva dans ses bras et l'emporta vers le lit où il la déposa. Puis il s'allongea près d'elle et la reprit dans ses bras.

— Tu sais à qui tu me fais penser, Pia ? demanda-t-il en écartant ses cheveux de son visage. A une nymphe, ou à une fée.

— Evidemment, avec mes chaussures à talons plats…

— Même avec des talons, tu es petite, dit-il en riant.

Il glissa ses doigts dans ses cheveux, qui se répandirent sur le dessus-de-lit.

— Tu sais, je n'avais jamais vu de nymphe des bois se hisser en haut d'un mur d'escalade !

Elle sentait son poids peser délicieusement contre son flanc et se croyait au paradis.

— Je n'ose pas imaginer à quoi je ressemble, vue du sol !

— J'ai eu du mal à me retenir de faire ça, dit-il en lui caressant la jambe.

— Oh…

Il glissa un genou entre ses jambes et l'embrassa avec ardeur.

— L-Lucy va rentrer, dit-elle dans un souffle.

— Pas avant un moment.

Elle sentait son sexe dur contre elle et, devant l'évidence de son désir, ses seins se tendirent et une chaleur humide fit palpiter le creux de ses cuisses.

— Pourquoi me suis-je donné la peine de m'habiller ? murmura-t-elle.

La vibration du rire de Hawk se répercuta dans sa poitrine.

— Ne t'inquiète pas, dit-il en posant un baiser mouillé près de son oreille. Nous allons remédier à la situation.

Et, joignant le geste à la parole, il la débarrassa en un rien de temps de ses chaussures et de ses leggings, puis il s'accroupit entre ses jambes.

Elle sentit son souffle chaud sur sa cuisse et le contact de sa joue râpeuse contre sa peau. Il embrassa l'intérieur d'une cuisse, puis l'autre, et elle frissonna de plaisir.

Quand il pinça sa tendre chair entre ses lèvres, elle ne put retenir une plainte qui sembla l'exciter davantage.

Elle glissa ses doigts dans ses cheveux, attira son visage à elle et l'embrassa avec une sorte de désespoir. Elle était folle de croire qu'elle pourrait lui laisser un souvenir impérissable, se dit-elle. Folle de penser qu'un homme aussi expérimenté pourrait s'attacher à une petite oie blanche.

A ce moment, il poussa un sourd grognement de plaisir.

— Ah, Pia… tu me rends fou…

Hardiment, elle posa une main sur son sexe et le pétrit à travers le pantalon.

— Je crois m'en apercevoir.

Il poussa un soupir rauque.

— Tu es loin d'être aussi timide que dans mon souvenir.

Elle l'espérait bien.

Depuis qu'il l'avait quittée, elle s'était fait un point d'honneur d'étudier des films romantiques, de lire quelques livres et de louer des vidéos pour essayer de venir à bout de sa naïveté et de son inexpérience. Elle se persuadait qu'elle n'aurait pas succombé aussi facilement au savoir-faire de Hawk si elle avait été plus versée dans les choses du sexe. Et qu'il ne l'aurait pas quittée si elle avait été plus habile.

Mais le moment n'était guère choisi pour lui expliquer d'où elle tenait son expérience.

— Tu ne m'aimerais pas… désinhibée ? demanda-t-elle d'un ton innocent.

— Au contraire. J'adorerais ! Voyons… comment vais-je te retirer ces vêtements, ajouta-t-il en la dévorant des yeux.

Elle se glissa hors du lit.

— Inutile ! Je vais me déshabiller pour toi.

Il eut un sourire particulièrement sexy qui la fit chavirer intérieurement.

Elle fit passer son pull par-dessus sa tête et le jeta

sur une commode. Puis, plongeant ses yeux dans le regard brûlant de Hawk, elle le provoqua en soulignant lascivement les contours de son soutien-gorge de dentelle du bout des doigts.

Avec un regard de fauve, il guettait ses moindres gestes.

Elle passa le bout de sa langue sur ses lèvres.

— Ce sera le strip-tease le plus rapide de l'histoire, déclara-t-il d'une voix âpre. Besoin d'aide ?

Elle savait que les pointes de ses seins saillaient sous le tissu du soutien-gorge, effets conjoints de son excitation et de la fraîcheur de la pièce. Elle avait une poitrine un peu forte qui lui donnait l'apparence d'une fée aux seins plantureux. Elle avait bien remarqué qu'ils plaisaient aux hommes, mais aucun ne les avait regardés avec une telle convoitise.

Comme, de l'index, il lui faisait signe d'approcher, elle obéit en frissonnant. Dès qu'elle fut à sa portée, il l'attira à califourchon sur lui.

Leurs bouches se rencontrèrent, avides. Puis il dévora ses seins, et elle rejeta la tête en arrière pour mieux savourer la divine sensation.

— Hawk…

Il dégrafa son soutien-gorge et l'écarta. Alors, il prit ses seins à pleines mains et les caressa de la langue et des lèvres.

Les sensations se succédaient, intenses et terriblement excitantes.

Il lâcha ses seins et s'assit également, si bien qu'ils se retrouvèrent face à face.

— Si nous ne mettons pas la pédale douce, murmura-t-il, ce sera terminé dans deux minutes.

— T-trois ans, c'est long…

— Trop long.

D'une main, elle détacha un bouton de sa chemise, puis un deuxième. Et, pendant l'opération, elle était consciente de la respiration précipitée de Hawk.

Elle retira finalement ses boutons de manchette et entreprit de lui ôter sa chemise.

— Et maintenant ? demanda-t-il quand il fut torse nu.

— Tu n'es qu'à moitié nu ! protesta-t-elle.

— Je vais me faire un plaisir de remédier au plus vite à cette situation !

Il la repoussa et bondit hors du lit. Mais elle le retint d'une main posée sur son bras.

— Laisse-moi faire.

Elle se leva à son tour et, à gestes lents mais précis, détacha sa ceinture et baissa la fermeture de son pantalon, non sans frôler au passage son sexe en érection. Apparemment au bord de l'asphyxie, il se débarrassa de ses chaussures et l'aida à faire glisser pantalon et caleçon le long de ses hanches.

Elle contempla un moment son sexe dressé avant de s'agenouiller devant lui.

— Ah, Pia… Pia…, gronda-t-il.

Elle le sentait tendu à l'extrême et, quand elle le prit dans sa bouche, il agrippa en gémissant le bord de la table de nuit.

— Pia, dit-il d'une voix enrouée par le désir. Tu as vraiment changé.

En trois ans, elle avait eu le temps de se repasser le film de leur nuit et de remanier le scénario. Au personnage d'innocente séduite, elle préférait celui de séductrice.

Et, à présent, l'occasion lui était donnée de réaliser quelques-uns de ses fantasmes. Et avec *lui*. C'était une chance extraordinaire, parce qu'il y avait toujours joué un rôle de premier plan dans les scènes qu'elle avait imaginées.

Elle s'appliqua à lui donner du plaisir tout en savourant ses gémissements de volupté. Elle avait tellement envie qu'il perde tout contrôle de lui-même.

Mais soudain, il la repoussa.

— Je ne veux pas savoir comment tu as acquis une telle dextérité, dit-il d'un air sombre.

S'il savait, il serait bien surpris…, pensa-t-elle, heureuse, malgré tout, d'avoir excité sa jalousie.

— P-prends-moi, pria-t-elle. H-Hawk, s'il te plaît.

Il la souleva dans ses bras et la posa sur le lit. Puis il dégrafa sa ceinture et lui retira sa jupe, le dernier rempart qui la protégeait de son regard avide.

— Tu es si belle, dit-il d'un ton émerveillé. Tu me rends fou de désir.

L'aveu la remplit d'allégresse. Le cœur battant, elle le regarda ouvrir le tiroir de la table de nuit et en sortir un sachet.

— Je ne peux pas savoir que tu es dans les parages sans prendre mes précautions, fit-il d'un ton d'excuse.

Elle lui adressa un petit sourire.

— C-c'est un peu comme quitter la maison sans ton BlackBerry ?

Il rit.

— A peu près.

Quand il eut mis la protection en place, elle

l'étreignit. Elle avait tellement envie de le sentir en elle. Elle voulait de nouveau atteindre le plaisir avec lui. Ça faisait si longtemps…

Il s'allongea sur elle.

— Ah, Pia, j'ai tellement envie de toi…

Quand il la pénétra, ils fermèrent les yeux, savourant la douce sensation que procurait l'union de leurs corps. Puis il se mit à bouger, et une délicieuse tension commença à monter en elle.

Ils s'embrassaient, tout en gémissant de volupté. Il mordit la peau délicate de son cou tandis que, ses mains dans son dos, elle l'attirait plus profondément en elle.

Elle ressentit une contraction, puis une autre.

— Jouis pour moi, Pia, murmura-t-il. Jouis…

Comme elle sentait son corps trembler, au bord de la délivrance, elle agrippa le dessus-de-lit à pleines mains pendant qu'il travaillait sans relâche à sa jouissance.

— Pia, fit-il à son oreille, dis-le. S'il te plaît, mon cœur.

— H-hawk, j-je t'en prie, j-jouis…

A cet instant, il gronda et s'immobilisa, puis se répandit en elle, déclenchant son orgasme en même temps que le sien.

Elle cria de plaisir, et il la serra très fort contre son corps moite.

Le cœur battant, ils s'effondrèrent, comblés.

C'était un rêve, se disait Pia. Le plus merveilleux des rêves.

- 9 -

En temps normal, un lunch avec Colin et Sawyer dans la salle à manger de l'hôtel historique Sherry-Netherland aurait dû représenter un moment de convivialité et de détente.

Malheureusement, ces derniers temps, la notoriété qui s'attachait aux pas du trio troublait quelque peu leur sérénité.

L'air moqueur, Colin leva les yeux de son BlackBerry.

— Eh bien, Melton, on dirait que Jane Hollings a remis le couvert.

Sawyer fit signe à un serveur de lui remplir son verre de vin avant de répondre.

— Je me demande bien ce que cette vipère a encore été chercher.

— Nous, encore une fois. Ou, plus précisément, Hawkshire.

— Comme c'est aimable à toi, Melton, dit sèchement Hawk, de nous citer dans la rubrique potins de ton journal !

Sawyer se contenta de sourire.

— Que raconte donc Hollings aujourd'hui ?

— Il paraît qu'une carrière d'apprenti coordonnateur de mariage s'ouvrirait devant Hawk.

Sawyer se tourna vers Hawk.

— Et tu nous cachais ça ?

Il haussa les épaules. Il s'était bien douté qu'il allait faire l'objet des railleries de ses amis mais n'avait pas préparé de défense.

— Il paraît, poursuivit Colin, les yeux sur son BlackBerry, qu'un « certain duc a été vu en charmante compagnie ». Et l'article conclut par cette phrase : « Les cloches du mariage s'apprêteraient-elles à sonner ? »

— Toujours aussi drôle, notre Jane Hollings, dit Sawyer.

— Une véritable mine d'informations, renchérit Colin.

Hawk demeura obstinément silencieux, refusant d'ajouter son grain de sel aux commentaires de ses amis.

— Comment va ta mère, Hawk ? s'enquit Sawyer. La dernière fois que j'ai eu le plaisir de la voir, elle parlait de te trouver une fiancée. En fait, je crois qu'un nom, en particulier, a franchi ses lèvres.

— Michelene Ward-Fombley, dit Hawk.

Sawyer hocha la tête.

— C'est ça ! Mais, dis-moi, c'est un excellent choix, fit-il en lui jetant un regard acéré.

Bien sûr, Sawyer et Colin connaissaient Michelene, pensa Hawk avec une certaine amertume. C'était la petite-fille d'un vicomte, pas d'un obscur habitant d'une petite ville de Pennsylvanie…

Michelene et lui étaient sortis plusieurs fois ensemble, quand il essayait de se conformer à son nouveau rôle de duc. C'était une des candidates les mieux placées pour devenir duchesse. La preuve :

elle avait été fiancée à son frère, William. Mais il avait mis toute son énergie dans le développement de son entreprise et, encore sous le choc de son deuil, il avait cessé d'appeler Michelene. Cela ne lui avait pas posé de problème particulier, car elle n'éveillait guère d'émotion en lui. Pourtant, l'an passé, à cause de l'insistance de sa mère, il avait de nouveau caressé l'idée de faire Michelene duchesse de Hawkshire.

— A quoi joues-tu, Hawk ? demanda Sawyer.

Hawk demeura impénétrable. Il trouvait agaçant que Sawyer joue les protecteurs, non seulement avec Tamara, qu'il s'était mis à aimer d'amour, mais aussi avec ses amies, Pia et Belinda.

Pia.

Que Sawyer et Colin aillent au diable ! Il n'avait aucune envie de parler de Pia avec eux. La veille, il avait vécu une expérience éblouissante avec elle. C'était étrange ; il avait l'impression d'être viscéralement lié à elle. Peut-être cela expliquait-il qu'il ne l'ait jamais oubliée…

Elle était vierge quand il l'avait rencontrée mais, s'il se fiait à ses prouesses de l'après-midi précédent, en trois ans, elle avait beaucoup appris.

Tout en se faisant cette réflexion, qui impliquait qu'elle ait connu d'autres hommes, il eut l'impression d'avoir reçu un coup de poing dans l'estomac. Il ne voulait pas de cela. Il la voulait inexpérimentée comme au premier jour. La veille, il avait projeté de la séduire mais, finalement, c'était elle qui l'avait séduit.

Voyons… Avait-il vraiment eu l'intention de la séduire, en dépit de ses nobles intentions ?

Il devait avouer que, quand elle était entrée dans sa chambre, il n'avait plus songé qu'à l'embrasser. Mais il en avait eu envie bien avant ça. Quand, toute la matinée, juchée sur le mur d'escalade, elle lui avait offert une vue affolante de son postérieur. Avant encore, quand elle avait couru vers lui à travers la pelouse, au jardin botanique. Ou bien quand…

Il la désirait comme un fou. Ces dernières vingt-quatre heures, il n'avait pensé qu'à une chose : se retrouver au lit avec elle. Et, maintenant qu'ils étaient redevenus amants, il n'avait aucune envie de faire machine arrière. Contrairement à trois ans plus tôt, il tenait à poursuivre leur relation, même si c'était en totale contradiction avec ses nouveaux principes.

Si sa sœur n'était pas rentrée à la maison, ils auraient passé la journée au lit. Au lieu de ça, Pia était allée à la rencontre de Lucy, avec le plus grand naturel, comme si elle ne venait pas d'épuiser son frère, et elle avait prétendu qu'elle venait d'arriver.

Il trouvait déroutant que leur épisode amoureux la laisse aussi calme et ne comprenait pas pourquoi. Il ne pouvait envisager une liaison sérieuse avec elle, pas avec les responsabilités qui lui incombaient désormais.

Un peu tardivement, il se rendit compte que ses amis attendaient une réponse.

— Je ne joue pas, répliqua-t-il.

Et c'était vrai. Il ne jouait plus, même s'il ne savait que faire de sa relation avec Pia. Il se sentait complètement déboussolé.

Sawyer parut dubitatif.

— Alors, tu n'es pas vraiment engag…

— Je ne joue pas, répéta-t-il d'un ton sec.

Sawyer le dévisagea.

— J'espère que Pia ne va pas faire les frais de ton inconscience.

Pas de danger, se dit-il. Si quelqu'un risquait de souffrir dans l'histoire, c'était bien lui.

Pia ressentit un frisson d'anticipation quand le gardien de son immeuble l'appela pour la prévenir que Hawk était à la loge. Après avoir demandé qu'on le laisse monter, elle se força à respirer calmement en regardant M. Darcy, qui semblait résigné à l'idée de la voir recommencer la même erreur.

Elle sentait la réprobation du petit félin, croyant deviner ses pensées.

« Encore lui ! Elle n'apprendra donc jamais ? »

— Ne me regarde pas comme ça ! s'exclama-t-elle. D'abord, je suis sûre qu'il a une excellente raison d'être ici !

« Bien sûr. Et un chat a neuf vies, c'est ça ? »

— Tu es beaucoup trop cynique pour un chat. Je me demande bien pourquoi je suis allée te chercher au refuge.

« C'est que je suis l'antidote à ton romantisme effréné. »

C'était faux. Elle avait perdu son ingénuité d'autrefois, se dit-elle.

D'un air détaché, M. Darcy regagna son panier, se mit en boule et ferma les yeux.

Elle rougit brusquement en se remémorant son interlude amoureux du dimanche après-midi avec

Hawk. C'était choquant de constater avec quelle facilité elle avait oublié ses inhibitions. Si elle avait complètement perdu la tête, Hawk aussi avait paru troublé.

Enfin, elle l'espérait.

Elle n'arrivait toujours pas à croire qu'elle ose se mesurer à Hawk dans le domaine de la séduction. Elle avait mis la barre très haut, sans doute, même si elle ne voulait pas l'avouer, pour prouver qu'elle pouvait se l'attacher, contrairement à la première fois.

Elle s'enjoignit à la prudence. Il n'était pas question de risquer son cœur. La petite fille qui croyait aux contes de fées n'existait plus. A la place, il y avait une adulte qui prenait son plaisir avec Hawk et était prête à lui dire adieu, sans regret, le moment venu.

Elle consulta le réveil. 17 heures un peu passées. Il avait donc décidé de venir la voir juste après la fermeture des marchés financiers.

Elle ne l'avait pas vu depuis qu'ils s'étaient retrouvés au lit ensemble, mais tout cela allait changer.

A sa sortie de l'ascenseur, Hawk découvrit Pia qui l'attendait sur le pas de sa porte.

— B-bonjour, bredouilla-t-elle.

Elle portait une robe bleue toute simple, ses cheveux tombaient sur ses épaules, et une légère touche de fard éclairait ses lèvres.

Et, dans sa simplicité, elle lui parut adorable.

Sans perdre un instant, il la prit dans ses bras et lui donna un fougueux baiser.

— Tu ne peux pas savoir à quel point ton bégaiement m'excite ! dit-il quand il lâcha enfin ses lèvres.

Elle rougit.

— Vraiment ? Quel drôle de compliment !

Il posa un baiser sur le bout de son nez.

— Ne sais-tu pas que ton exquis défaut de prononciation est d'un érotisme insoutenable ?

— Tu me gênes…

— Il ne faut pas. Je te trouve merveilleuse.

Par-dessus l'épaule de Pia, il aperçut M. Darcy qui le contemplait de ses yeux dorés, et il eut l'impression d'avoir encore baissé d'un cran dans l'estime du chat. L'animal aurait-il compris qu'il était le méchant de l'histoire ?

D'un air sévère, il soutint le regard du chat jusqu'à ce que celui-ci baisse la tête et reprenne son somme.

— Quelque chose ne va pas ? demanda Pia tout en reculant pour le laisser pénétrer dans son appartement.

Dès qu'elle eut refermé la porte, il glissa un bras autour de sa taille et la serra contre lui.

— Rien du tout, sauf que, depuis dimanche, je meurs d'impatience de te voir.

Il avait quitté son bureau plus tôt, en espérant faire une bonne surprise à Pia. Et, à en juger par sa réaction, il ne s'était pas trompé.

Elle glissa ses bras autour de son cou.

— Ah oui ?

— J'ai eu un travail fou cette semaine et, à mon retour de Chicago, hier soir, j'ai compris que des coups de téléphone ne me suffiraient pas.

— C'est vrai ?

Il lui mordilla doucement l'oreille.

— Seule ta présence peut m'apaiser.

— Vous savez, Votre Grâce, ce n'est pas régulier. Un client peut se présenter à tout moment, ou le téléphone sonner.

— Attends-tu quelqu'un ?

— Non, reconnut-elle.

— Alors, je ne vois pas où est le problème !

— Le problème, insista-t-elle en riant, c'est qu'on dirait le seigneur des lieux renversant la soubrette dans un coin.

— Tu dis ça parce que je t'emploie ? murmura-t-il en effleurant sa tempe d'un baiser.

— Exactement ! N-n'oublie pas que nous avons eu des relations sexuelles dans ta chambre, juste avant mon rendez-vous avec ta sœur.

Il s'amusa du ton prude qu'elle avait adopté en même temps qu'il s'en trouva excité. Cet échange était plus érotique que les plus audacieuses tentatives de séduction dont il avait été l'objet. Sans le savoir, elle excellait dans le jeu de rôle…

— Je ferais mieux de te poser la question directement, dit-il. Accepterais-tu de me rendre service ?

Elle pencha la tête en faisant mine de réfléchir.

— Voyons…

Sans attendre de réponse, il se faufila sous sa robe et, glissant les doigts sous sa culotte, il caressa les plis de son sexe.

Il vit les yeux de Pia noircir sous l'effet du désir.

— Je veux connaître chaque parcelle de ton corps, murmura-t-il. Je veux te goûter partout et apprendre ton odeur.

Les paupières de Pia s'abaissèrent, et elle agrippa son bras.

— Pia ?

Il scruta son visage et vit ses paupières battre.

— O-oui, j-je te rendrai service. C'est si… excitant.

D'un geste, il la souleva et l'emporta vers la chambre.

— Sommes-nous condamnés à toujours faire l'amour l'après-midi ? demanda-t-elle.

— Je serai prêt à tout moment qui vous conviendra, princesse.

Après l'avoir déposée sur le lit, il la contempla. Avec son regard lourd de désir, ses cheveux blonds répandus sur le dessus-de-lit et ses lèvres roses et humides de ses baisers, elle était tout simplement splendide.

— H-Hawk…

Il ferma les yeux et prit une profonde inspiration.

— Ne dis plus rien ou j'explose !

Il lui retira ses chaussures, souleva sa robe et fit glisser sa culotte le long de ses jambes. Ensuite, il prit ses fesses à pleines mains pour l'attirer à lui. La sentant tout abandonnée à ses caresses, il embrassa l'intérieur d'une cuisse, puis l'autre. Mais, quand il posa finalement sa bouche sur son sexe, elle se crispa.

Tout doucement, il l'excita des lèvres et de la langue et, en un rien de temps, la pièce résonna de ses halètements et de ses cris de plaisir.

— H-H-Hawk… Oh !

Et, dans un long gémissement de volupté, elle jouit.

Il se redressa. Elle était si réactive qu'il avait bien du mal à se contrôler.

Sans la quitter des yeux, il retira ses chaussures, sa chemise et ouvrit son pantalon. De sa poche, il sortit un préservatif qu'il eut tôt fait de mettre en place.

Ils débordaient de passion, pensa-t-il en s'allongeant sur elle. Il s'était précipité chez elle en sortant du travail, et ils étaient si pressés de faire l'amour qu'ils n'avaient même pas pris la peine de se déshabiller entièrement.

Il ne se rappelait pas avoir été aussi émoustillé depuis l'époque où, adolescent, il découvrait le sexe.

Et Pia, de son côté, paraissait aussi impatiente que lui de passer à l'acte. Elle le prit par le cou et se cambra contre lui.

Tous deux poussèrent un cri de plaisir quand il la pénétra.

Il avait bien du mal à garder la maîtrise de la situation. Pia était aussi étroite que lorsqu'il lui avait pris sa virginité. Et il avait la sensation qu'il pourrait se perdre indéfiniment en elle.

Ses mouvements de va-et-vient les emmenaient toujours plus loin dans le plaisir et, bientôt, il n'eut plus qu'une idée en tête : atteindre la jouissance.

Soudain, il la sentit se tordre sous lui.

— H-Hawk. Oh ! S'il te plaît…

Elle n'avait pas à l'implorer. Elle n'avait pas plus tôt ouvert la bouche qu'il explosait en elle, et il eut la joie de sentir l'orgasme de Pia se déchaîner en même temps.

Avec un sourd gémissement, il s'effondra sur elle. A présent, ils gisaient sur le lit, enlacés et comblés. En la voyant si détendue, il décida de pousser son avantage.

— Viens pêcher et faire du cheval avec moi, dit-il tout de go.

Elle émit un petit rire.

— Toi, au moins, tu sais choisir ton moment ! N'est-ce pas ce que nous venons de faire ?

Il secoua la tête.

— Je pensais à autre chose.

— Ah ?

— Accompagne-moi en Angleterre, à Silderly Park.

C'est-à-dire le domaine ancestral.

Elle souleva la tête pour le regarder.

Son invitation n'avait plus rien à voir avec le mariage de Lucy. Il voulait qu'en visitant Silderly Park elle apprenne à connaître l'homme qu'il était vraiment.

S'il n'avait pas prémédité ce petit coup de théâtre, très vite il se rendit compte de l'importance qu'il attachait à sa réponse.

— Oui, murmura-t-elle avant de reposer la tête sur son épaule.

Il eut un sourire béat.

Pia était sienne, et il comptait bien qu'elle le reste.

- 10 -

— Les invitations partiront la semaine prochaine, dit Pia.

On était lundi après-midi. Profitant de ce que le théâtre faisait relâche, Lucy et Pia avaient convenu d'un rendez-vous autour d'une tasse de thé, dans la maison d'Upper East Side pour discuter préparatifs de mariage.

— Formidable ! dit Lucy, lissant ses cheveux blonds. Derek sera heureux de savoir que tu t'en es occupée.

C'était un plaisir de travailler avec la sœur de Hawk, se disait Pia tout en essayant de ne pas penser au retour imminent de celui-ci.

Lucy et Derek désiraient un mariage simple, avec néanmoins quelques clins d'œil aux ancêtres anglais de Lucy et au milieu du théâtre.

Jusqu'à présent, tout se déroulait à merveille. Durant les précédentes entrevues, le couple avait choisi le photographe, l'orchestre et le fleuriste en causant un minimum d'embarras. Et aujourd'hui, Lucy et elle avaient discuté de la musique de mariage, du choix de lectures et de divers détails pratiques de la cérémonie.

— Il faudra que tu consultes le site web du fleuriste, dit Pia. Mais, pour te donner des idées, je t'ai apporté les photos des mariages que j'ai organisés.

Elle poussa l'album vers Lucy.

— Je te le laisse pour que tu prennes ton temps, ajouta-t-elle. Tu remarqueras que certaines fiancées tiennent à un arrangement floral élaboré tandis que d'autres préfèrent la simplicité.

Lucy entreprit de feuilleter l'album.

— Tu es vraiment organisée, Pia.

— Merci.

Le compliment lui fit plaisir, car ils étaient rares dans son métier. La plupart des futures mariées étaient trop stressées par les préparatifs de l'affaire de leur vie pour se montrer reconnaissantes envers la personne qu'elles employaient.

— Un point auquel tu dois réfléchir maintenant, dit-elle, c'est la musique que tu souhaites entendre jouer au cours de la réception.

— Je voudrais des airs de spectacle de Broadway, répondit Lucy sans hésiter.

— Pas de problème.

Puis un doute lui vint.

— Dis-moi, Lucy, demanda-t-elle tout en cherchant ses mots, ta mère n'aurait-elle pas formulé certains désirs ?

D'expérience, Pia savait que les mariages entraînaient d'interminables négociations familiales, et que personne n'avait plus d'idées que la mère de la fiancée sur le déroulement de la cérémonie.

D'un geste sec, Lucy referma l'album.

— Mère veut bien faire, mais c'est parfois un vrai dragon. Heureusement, Hawk est là pour arrondir les angles, ajouta Lucy en souriant. Et, bien sûr, que le mariage ait lieu à des milliers de kilomètres de Silderly Park facilite les choses !

Pia découvrait un nouvel aspect de la personnalité de Hawk, qui semblait trouver normal, en tant que chef de famille, de protéger sa petite sœur de l'autorité envahissante de leur mère.

— Si tu avais l'intention de limiter son ingérence, c'est très habile, en effet, d'organiser le mariage à New York.

— C'est l'idée de Derek, dit Lucy.

Pia sourit.

— Je parie que c'est lui qui a eu également l'idée d'un mariage de la Saint-Sylvestre. C'est un choix original.

— Je sais ! répondit Lucy en s'esclaffant. Ça va rendre ma mère folle ! Je la vois déjà, la cisaille à la main, passer sa colère sur ses arbustes quand elle apprendra la nouvelle.

Pia imagina la scène haute en couleur que Lucy lui décrivait et sourit.

— Tu as un talent certain pour les évocations, Lucy, dit-elle en plaisantant. On ne peut pas douter de ta vocation !

La gaieté de Lucy redoubla.

— Mon premier acte de rébellion.

— Tes parents n'étaient pas d'accord ? demanda-t-elle avec curiosité.

Les yeux de Lucy pétillèrent.

— Bien sûr que non ! Les seules actrices de notre arbre généalogique viennent de la main gauche !

Elle fut tentée de demander négligemment si des

Carsdale avaient eu une coordonnatrice de mariage pour maîtresse mais se ravisa. Elle se demanda néanmoins ce que savait ou soupçonnait Lucy de sa relation avec Hawk, et comment elle réagirait si elle savait qu'elle parlait à la maîtresse du présent duc de Hawkshire.

— Hawk m'a soutenue, poursuivit Lucy. Franchement, c'est grâce à lui que j'ai pu m'installer à New York.

Elle fut heureuse de constater que Lucy pensait tant de bien de son frère.

— A propos de Hawk, reprit celle-ci, il a le projet de t'emmener visiter Silderly Park, je crois.

Comme elle ignorait ce que Hawk avait dit exactement à Lucy, elle hésita.

— C'est vrai. Il m'a invitée à passer quelques jours à Silderly Park pour euh… pêcher et monter à cheval.

En prononçant ces mots, elle sentit ses joues s'empourprer. Elle ne pourrait donc plus parler de pêche et d'équitation sans rougir ?

— Dans ce cas, promets-moi de rester à Oxford jusqu'au 1er décembre et d'assister à la fête de fiançailles que ma mère organise à Silderly Park.

— Je…

C'était bien la première fois qu'une cliente l'invitait à ses fiançailles.

— Dis oui, Pia ! Je serais si heureuse que tu sois présente.

Elle essaya de déchiffrer l'expression de la jeune femme, mais tout ce qu'elle vit, ce fut un désir sincère.

— Je…

Finalement, elle s'éclaircit la gorge.

— D'accord !

Pour récompense, elle reçut un sourire radieux, plein de reconnaissance de Lucy.

L'art de la persuasion était donc bien une caractéristique Carsdale. En tout cas, ce qu'elle pouvait en déduire, c'était que soit Lucy ne soupçonnait pas la nature des relations entre son frère et elle, soit c'était vraiment une excellente actrice.

Dans ses échos, Jane Hollings avait fait allusion à la possibilité d'une liaison entre eux, mais elle doutait fort que Lucy lise ce genre de littérature. Elle s'intéressait beaucoup plus à l'actualité théâtrale qu'aux potins mondains.

— Merci pour l'invitation, dit Pia, revenant au présent.

Lucy rit.

— Ne sois pas idiote ! C'est moi qui devrais te remercier d'accepter de fréquenter ma mère et mon frère.

Malheureusement, elle faisait beaucoup plus qu'accepter Hawk.

Pour être honnête, elle devait reconnaître qu'il avait changé en trois ans. Il avait endossé ses responsabilités de duc et de chef de famille sans rechigner et, au prix d'un labeur acharné, avait redressé les finances de la famille. Avec elle, il se montrait plein d'attentions. Il suffisait de voir comment il avait cherché à la sortir de la mauvaise passe où elle se trouvait pour comprendre qu'il possédait un cœur d'or. Et, ce qui ne gâchait rien, c'était un amant merveilleux.

Elle se demanda ce qu'il avait pensé de leurs ébats amoureux et s'il avait apprécié ses nouveaux talents.

Lucy l'examina avec attention.

— Ecoute, Pia, je ne voudrais pas me montrer indiscrète, mais je n'ai pu m'empêcher de remarquer que mon frère et toi sembliez à couteaux tirés quand tu es arrivée ici pour notre premier rendez-vous.

Si Pia était surprise de voir Lucy aborder le problème, elle n'en montra rien.

— C'est vrai, avoua-t-elle. Je... J'avais une mauvaise opinion de lui depuis notre première rencontre, il y a trois ans.

Là, c'était inexact. Elle avait été si fascinée par le personnage qu'elle avait couché avec lui. C'était ensuite que les choses s'étaient gâtées.

Lucy sourit.

— Je peux comprendre ! Bien qu'il ne m'en ait jamais parlé parce que j'étais trop jeune, je sais qu'à une époque mon frère jouait les play-boys !

Elle se tut et dévisagea Pia.

— Mais cette période s'est achevée il y a trois ans.

— Hawk m'a raconté, dit Pia d'un ton plein de compassion.

Elle avait soudain l'impression que Lucy en savait plus long qu'elle ne voulait bien le dire. Essayait-elle de la convaincre que Hawk avait changé ? Et, si oui, pourquoi ? En quoi l'opinion de la coordonnatrice de son mariage sur son frère pouvait-elle importer à ses yeux ?

Encore une fois, elle se demanda jusqu'où allaient les soupçons de Lucy — si soupçons il y avait — et quelle serait sa réaction si elle apprenait que Hawk et elle étaient amants.

Lucy soupira.

— On ne peut pas récrire le passé, n'est-ce pas ? En tout cas, Hawk a très bien assumé ses responsabilités à la tête de la famille, et Sunhill Investments a permis de redresser les finances ducales en deux ans. Ce qui est remarquable.

Pia se força à sourire. Voilà à quoi Hawk avait consacré son temps pour mieux l'oublier. Et le doute s'insinua en elle. Elle serait folle de croire qu'elle pourrait, d'une manière ou d'une autre, retenir l'attention d'un homme comme lui, et encore plus d'imaginer devenir indispensable à son bonheur. Il était duc, et fortuné. Elle était une petite coordonnatrice de mariage de Pennsylvanie.

Elle repoussa cette idée par trop démoralisante et tenta de nouveau de se persuader qu'elle était préparée à la fin éventuelle de leur liaison.

Lucy posa une main sur son bras.

— Tout ce que je dis, Pia, c'est que Hawk n'est plus la personne qu'il était il y a trois ans. Tu devrais lui donner sa chance.

Quel genre de chance supposait-elle donc que Pia pouvait accorder à Hawk ? Suggérait-elle que Pia devrait l'apprécier assez pour entretenir des relations amicales avec lui, ou bien…

Pia ouvrit et referma la bouche.

— Je lui ai pardonné, dit-elle finalement. Ne t'inquiète pas, Hawk et moi saurons nous comporter en personnes civilisées.

Pour tout dire, dernièrement, ils s'entendaient si

bien qu'ils finissaient régulièrement par coucher ensemble.

Bien qu'évasive, la réponse sembla satisfaire Lucy.

— Tant mieux ! Parce que je sais qu'il t'aime bien. Il faut voir tous les compliments qu'il a faits sur toi pour me suggérer de te prendre comme coordonnatrice.

Elle sourit vaguement.

Sans qu'elle sache sur quoi se basait la sœur de Hawk pour affirmer qu'il l'aimait bien, l'idée lui causa un frémissement de joie.

Une réaction un peu inquiétante, si l'on y réfléchissait…

Pia marchait près de Hawk dans les jardins superbement entretenus de Silderly Park.

Depuis leur arrivée dans la propriété familiale, deux jours auparavant, ils étaient allés à la pêche et avaient fait des promenades à cheval, comme prévu. Elle avait aussi passé beaucoup de temps à essayer de s'y retrouver dans les nombreuses pièces que comptait la demeure.

Elle ne voulait pas se montrer impressionnée par le château médiéval, avec ses vastes pièces aux plafonds peints et aux murs lambrissés de chêne et ses salles de réception qui abritaient une impressionnante collection d'œuvres des XVIIIe et XIXe siècles au nombre desquelles figuraient des tableaux de Gainsborough et de sir Joshua Reynolds.

Contrairement à Tamara et à Belinda, elle n'était pas née dans un milieu aisé ni socialement élevé et ne se sentait pas à l'aise dans ce lieu. Peut-être que, si elle avait été plus proche des nantis de ce monde, elle aurait tout de suite flairé en James Fielding un personnage plus important…

— Les jardins ont été créés à la fin du XVIIIe siècle, expliqua Hawk, la tirant de ses réflexions. Des centaines d'espèces différentes de rosiers ornent les massifs.

Pia joignit les mains de ravissement.

— Ce serait un endroit formidable pour sélectionner des roses à proposer aux futures mariées, elles qui cherchent toujours quelque chose de différent et d'unique !

— Si le sujet t'intéresse, le jardinier sera ravi de te renseigner…

Il lui jeta un regard de biais.

— … à moins que tu ne reviennes au printemps.

Elle sentit un délicieux frisson courir le long de son dos. Envisageait-il que leur relation dure jusque-là ?

— Peut-être, répondit-elle en évitant son regard. Comme tu peux l'imaginer, je suis très occupée au printemps.

— Bien sûr. Mais peut-être réussiras-tu à me caser dans ton emploi du temps.

Elle s'aventura à le regarder. Avec sa veste de tweed et son pantalon de lainage, il avait tout à fait l'allure d'un châtelain.

— Si je suis occupée, c'est grâce à toi, répliqua-t-elle d'un ton léger. Juste avant de quitter New York, j'ai reçu un appel d'une de tes amies.

Hawk sourit.

— Je les pousse vers l'autel pour ton bien !

— Je suis surprise que tu n'ouvres pas ta propre boîte !

— Si j'en étais capable, je le ferais, dit-il, feignant de se montrer sérieux, mais mon expérience dans ce domaine se borne à récupérer les voiles des mariées et à sauver les bouquets de fleurs des dents des chiens.

Elle rit.

Il était exact que, depuis le scandale du mariage de Belinda, ses propositions de travail provenaient essentiellement de Hawk. Elle lui devait beaucoup. Et c'était encore lui qui avait payé son vol en première classe pour Londres.

Ils s'arrêtèrent près d'arbustes taillés selon des formes étranges. Se tournant vers elle, il lui caressa la joue.

Elle sentit naître en elle une bouffée de désir en même temps qu'elle avait l'impression que le temps s'arrêtait.

— N-ne me dis pas, bredouilla-t-elle, que ces jardins sont le décor de rendez-vous amoureux.

— Si seulement on n'était pas en novembre, murmura-t-il, des petites rides de sourire au coin des yeux, je te montrerais. Par chance, je connais un lit tout près d'ici.

Elle s'échauffa tandis qu'il se penchait sur elle et s'emparait de ses lèvres. Elle savait à quel lit il faisait allusion. Elle avait dormi dedans la nuit précédente.

A Silderly Park, la chambre de Hawk faisait partie d'une suite plus vaste que son appartement de New York. Avec son grand lit à colonnes, son papier peint rouge et blanc et son plafond orné de feuillage doré, elle était digne d'un duc.

A vrai dire, tout dans la demeure de Hawk évoquait un conte de fées. Y compris son propriétaire.

C'était facile de se laisser griser, surtout quand on avait l'âme romantique, comme elle… Et elle dut se rappeler sévèrement qu'elle devait garder les pieds sur terre.

La prenant par la main, il l'entraîna vers la maison. Tout le long du chemin, ils s'étreignirent et échangèrent des baisers sans se soucier d'être vus.

Dans sa chambre, sans la quitter des yeux, il la déshabilla avec une telle tendresse qu'elle en eut la gorge nouée.

Ils firent l'amour langoureusement, comme s'ils n'avaient d'autre souci au monde que de se donner du plaisir.

Ensuite, soupirant de bonheur, elle se blottit contre lui.

— Il faudrait vraiment que nous arrêtions ça, dit-elle après un moment.

— Quoi ? De faire l'amour l'après-midi ?

— Oui. C'est décadent.

— C'est le seul plaisir que je m'autorise ! protesta-t-il.

Soulevant la tête, elle lui sourit.

— C'est que je ne suis pas habituée.

Il parut surpris.

— Pas possible ?

— Tu n'as donc pas deviné ? demanda-t-elle en hésitant.

Il fouilla son regard.

— Tu es mon premier et unique amant.

Elle marqua une pause avant d'ajouter :

— I-il n'y a eu personne après toi.

Le visage de Hawk exprimait la plus totale stupéfaction.

— Voyons, Pia, tu es une femme désirable et…

Son cœur se gonfla de tendresse.

— C-ce n'est pas par manque d'occasion, dit-elle avec un petit rire, mais par choix.

Il se souleva sur un coude pour la regarder.

— Je ne comprends pas. Tu as pris l'initiative, pas du tout comme dans mes souvenirs.

— J'ai lu des livres, regardé des vidéos. Je voulais faire mon éducation toute seule.

« Pour ne plus courir le risque de te perdre à cause de mon inexpérience », voulait-elle ajouter pour se montrer exacte.

Il demeura un moment silencieux, puis son expression s'adoucit.

— Ah, Pia ! dit-il en lui donnant un doux baiser. Tu me vois très honoré.

Elle se serra contre lui.

— C'est pour ça que tu n'emploies pas de contraceptifs, murmura-t-il.

Elle hocha la tête.

— Je n'en avais pas besoin.

— Quand nous avons couché ensemble, après la séance d'escalade, tu as dit que trois ans c'était long. Je croyais que tu parlais de nous. Mais tu parlais de la dernière fois que tu avais fait l'amour, n'est-ce pas ?

Elle acquiesça de la tête, puis laissa libre cours à sa gaieté.

— J'aimerais bien que nous fassions l'amour plus souvent !

Il émit un bruit à mi-chemin du grondement et du rire.

— Je ne sais pas si je tiendrai le rythme !

En riant, elle l'embrassa.

— Tes performances ayant été exceptionnelles jusqu'à présent, je pensais que…

Il la fit taire d'un baiser.

— Coquine !

Ensuite, aucun des deux ne songea à sortir du lit avant un très long moment.

Pia n'avait pas eu d'autre amant que lui…

A cette idée, il éprouva un brusque sentiment de possessivité. Il avait détesté imaginer Pia avec d'autres hommes, apprenant des choses… des choses qu'il aurait pu se charger de lui apprendre.

Mais elle n'avait pas eu d'autre amant que lui…

— Qu'en penses-tu, Hawk ?

Il leva la tête pour croiser trois paires d'yeux féminins qui l'observaient. Ceux de sa mère, de sa sœur et de Pia qui, installées dans un salon de Silderly Park, discutaient divers détails du mariage. Réfugié près de la cheminée, il s'était cru en lieu sûr.

— Que penses-tu d'asseoir le baron Worling près de la princesse Adelaide de Meznia ? demanda la duchesse, répétant visiblement sa question.

Il devait bien exister une subtilité d'étiquette, sinon sa mère ne se fatiguerait pas à lui demander son avis, mais il ne voyait vraiment pas laquelle.

Le baron Worling aurait-il une piètre conversation ? La princesse Adelaide jugerait-elle le baron indigne de son intérêt ? A moins qu'un ancêtre du baron ait battu en duel un membre de la royale famille d'Adelaide ?

Il haussa les épaules.

— Je vous fais entièrement confiance.

Toutefois, la duchesse demeurait perplexe.

— Et si nous placions le prince héritier de Belagia à gauche de la princesse Adelaide ? suggéra Pia.

Le visage de sa mère s'illumina.

— Excellente idée !

Il jeta un coup d'œil plein de reconnaissance à Pia.

Il la trouvait jolie à croquer dans sa robe à pois bleu marine, élégante bien que modeste. Que Pia en soit consciente ou pas, elle avait choisi la tenue que la duchesse douairière de Hawkshire approuverait sans réserve.

La conversation reprenant, il se mit en quête du meilleur moyen d'être seul avec Pia.

Et s'il inventait un coup de téléphone qui exigeait une réponse immédiate ? Ou peut-être pourrait-il feindre un besoin urgent de la consulter sur la tenue qu'il porterait le jour du mariage ?

Il réprima un sourire.

La veille, ils avaient fait une promenade à cheval, et il lui avait présenté les merveilles tant naturelles qu'architecturales de la propriété. Il n'arrivait pas à se rappeler quand il avait pris autant de plaisir à faire visiter le domaine ancestral dont il était pourtant si fier.

Surprenant le regard songeur de sa mère, il lui retourna un sourire affable.

Suspectait-elle quelque chose entre Pia et lui ? Eh bien, qu'elle cogite ! Pia et lui occupaient des chambres séparées, et Silderly Park était si vaste qu'il était peu probable que leurs promenades nocturnes le long des couloirs aient attiré l'attention de quiconque.

La vérité était qu'il avait bien du mal à démêler les sentiments qu'il éprouvait. Et comment en aurait-il parlé avec elle quand lui-même ne les comprenait pas ?

Il avait essayé de réparer sa mauvaise action passée, certes, mais les choses s'étaient compliquées par la suite. Il avait une grande part de responsabilité dans la situation actuelle, essentiellement parce qu'il n'arrivait pas à se maîtriser quand il s'agissait de Pia.

Il était son premier et unique amant.

C'était renversant. Et grisant.

Et inquiétant aussi.

Depuis des années, il respectait son serment de ne jamais s'impliquer dans une relation avec une femme. Raison pour laquelle il refusait de coucher avec des vierges.

Enfin, jusqu'à Pia.

Et, si un certain chaos régnait dans ses pensées, une chose était sûre : il ne voulait pas la voir souffrir de son fait.

A ce moment, le majordome entra, suivi d'une jeune femme brune dont l'allure lui évoqua un vague souvenir. Mais, voyant le visage de sa mère s'éclairer, il fut frappé d'un horrible pressentiment.

— Mlle Michelene Ward-Fombley, annonça le majordome.

- 11 -

En voyant la jolie jeune femme brune pénétrer dans le salon, Pia eut le sentiment inexplicable que quelque chose clochait.

De son côté, la duchesse se leva gracieusement de son siège, un sourire ravi aux lèvres.

— Michelene, ma chère ! Comme c'est gentil de venir nous rendre visite.

Michelene s'avança et les deux femmes échangèrent de petits baisers qui n'effleuraient pas les joues.

Pia regarda autour d'elle et vit que Lucy avait l'air contrariée tandis que Hawk restait immobile au coin de la cheminée.

La duchesse se leva pour procéder aux présentations.

— … et voici Pia Lumley, qui nous a été d'une grande aide en tant que coordonnatrice du mariage de Lucy, dit la mère de Hawk avec un sourire.

Pia serra la main de Michelene, qu'elle rangea immédiatement dans la catégorie des aristocrates possédant une froide maîtrise d'eux-mêmes.

Michelene regarda dans la direction de Hawk.

— Bonjour, Hawk, murmura-t-elle d'une voix sensuelle.

Pia se rembrunit. Hawk ? Pas Votre Grâce ? Quelle était donc la nature de leur relation ?

Elle se fit la réflexion qu'elle serait bien incapable d'imiter le ton de Michelene. Elle bégayait même en faisant l'amour, ce qui la complexait, bien que Hawk affirme adorer ça.

— Bonjour, Michelene, dit Hawk sans quitter son refuge. Ravi de te voir. J'ignorais qu'on attendait ta visite.

Pia nota le regard lourd de signification que Hawk jetait à sa mère, regard auquel la duchesse douairière répondit par une mimique satisfaite.

— Je ne t'avais pas dit que Michelene assisterait aux fiançailles de Lucy ? demanda-t-elle d'un air étonné. Tu m'en vois désolée.

Michelene eut un petit rire.

— J'espère que ma présence ne te dérange pas.

— Tu es toujours la bienvenue à Silderly Park, déclara Hawk, dévisageant tour à tour la jeune femme et sa mère.

La nouvelle venue était incontestablement proche des Carsdale, pensa Pia.

S'agissait-il d'une ancienne maîtresse de Hawk ? A cette idée, elle dut contenir un pincement de jalousie.

— Nous finissions de discuter des préparatifs de mariage, dit la duchesse en se rasseyant. Voulez-vous vous joindre à nous, Michelene ?

A leur tour, Pia et Lucy reprirent leurs places.

— Merci, répondit Michelene en s'installant dans un fauteuil. C'est certainement très instructif.

Elle adressa un sourire à Hawk, qui n'avait pas quitté son poste.

— A une époque, reprit-elle, j'ai envisagé de devenir coordonnatrice de mariage. Malheureusement, la vie a déjoué mes plans, et je suis restée dans le milieu de la mode.

Pia s'agita, mal à l'aise. A présent, elle se demandait si Michelene et Hawk n'avaient pas seulement été amants, mais s'ils n'avaient pas envisagé de passer devant l'autel. A moins que Michelene ait espéré une demande en mariage qui n'était jamais arrivée…

Elle tenta de se raisonner. A quoi bon laisser son imagination battre la campagne ? Elle n'avait aucune preuve que Hawk et Michelene soient seulement sortis ensemble et elle échafaudait déjà tout un roman !

— Q-quel type de mode ? demanda-t-elle.

La réapparition de son bégaiement devant cette femme si sûre d'elle la navra.

Michelene lui jeta un coup d'œil acéré.

— Je suis acheteuse pour Harvey Nichols.

Pia connaissait la marque de luxe et regrettait de ne pouvoir s'offrir plus souvent ses vêtements.

— Ce doit être un métier si intéressant, poursuivit Michelene. Vous avez sûrement des histoires passionnantes à raconter.

Cette année, particulièrement, pensa Pia.

— J'aime mon métier, répondit-elle. J'éprouve toujours un sentiment grisant à l'idée de participer à une des plus belles journées de la vie d'un couple.

Elle sentit le regard songeur de Hawk posé sur elle.

— Pia a été très efficace, fit Lucy avec un sourire chaleureux.

— Je vois, dit Michelene. Je vais prendre votre carte, mademoiselle Lumley. Pour le cas où une personne de ma connaissance aurait besoin de vos services…

Elle eut de nouveau l'impression que les paroles de Michelene avaient un sens caché.

Sur ces entrefaites, le majordome vint annoncer la couturière de Lucy. Comme celle-ci entrait, Pia nota l'expression énigmatique de Hawk. Et elle se promit de demander rapidement des éclaircissements sur la signification réelle de la conversation qui venait d'avoir lieu.

De sa place, à l'extrémité d'une des deux longues tables installées dans la salle de bal, Pia examinait les convives en smokings et robes du soir. Selon le vœu de la duchesse, après le dîner se tiendrait un bal.

Il avait été convenu que la duchesse douairière interviendrait très peu dans l'organisation du mariage de Lucy, qui l'avait laissée organiser la réception de ses fiançailles comme elle l'entendait, en contrepartie pour ainsi dire.

Pour être en accord avec le ton de la soirée, Pia avait passé une des deux robes longues qu'elle avait emportées. Elle avait choisi un style drapé grec, couleur lavande, qui laissait une épaule découverte et lui donnait l'air plus grande.

Tout en découpant une bouchée de son filet mignon, à l'occasion d'une pause dans la conversation avec ses voisins, elle jeta un regard furtif à Hawk, assis en milieu de table.

Il était beau et plein d'assurance tandis qu'il s'entretenait avec l'homme aux cheveux grisonnants assis à sa gauche, un prince d'un royaume depuis longtemps disparu, si la mémoire de Pia était bonne.

Voyant Michelene assise en face de lui, elle regretta de ne pas avoir questionné Hawk à son sujet. Pour tout dire, elle redoutait les réponses qu'il lui donnerait. Elle souffrirait certainement de l'entendre confirmer qu'il avait eu une relation avec Michelene. Et il ne lui avait fourni aucune explication.

Elle se tapota les lèvres avec sa serviette avant de boire une gorgée de vin.

Alors que les serveurs entreprenaient de débarrasser les assiettes, Hawk se leva, et le silence se fit dans la salle. Il prononça un bref discours, émaillé d'anecdotes amusantes sur sa sœur et son futur époux, et remercia les invités de leur présence. Après quoi, il leva son verre à la santé de l'heureux couple.

Quand il se rassit, ce fut au tour de la duchesse de prendre la parole.

— Je me réjouis du bonheur de Lucy et Derek, dit-elle en adressant un sourire indulgent aux fiancés assis près d'elle. Vous le savez tout comme moi, ma fille est une rebelle, qui n'en fait généralement qu'à sa tête…

Il y eut des rires parmi les invités.

— … mais, dans ce cas précis, je ne puis que me féliciter de son choix !

Elle leva son verre.

— C'est avec un grand plaisir que je vous accueille dans la famille, Derek.

Des bravos et des applaudissements s'élevèrent.

La duchesse leva plus haut son verre.

— Et je dois ajouter, mes amis, que je pense avoir, dans un avenir proche, l'occasion de souhaiter tout le bonheur du monde à un autre couple de fiancés !

Son regard se porta sur son fils avant de revenir sur sa fille et son futur gendre.

— A Lucy et Derek !

Comme tout le monde levait son verre et buvait une gorgée de champagne, Pia vit que la duchesse regardait Michelene, qui regardait Hawk, et que ce dernier dévisageait sa mère avec une expression indéfinissable.

Sentant son estomac se contracter, Pia reposa son verre intact sur la table. Elle devait sortir avant d'être prise de malaise. Murmurant une excuse à l'adresse de ses voisins de table, elle se leva et, s'efforçant de passer inaperçue, quitta en hâte la salle.

Anéantie par l'émotion, elle grimpa précipitamment l'escalier pour se réfugier dans sa chambre.

Elle s'était montrée si naïve, tout en se jurant de ne plus l'être ! Et pourtant, la veille, elle avait tout interprété de travers.

Michelene et Hawk n'avaient pas entretenu de relation dans le passé, ils en entretenaient une *actuellement* ! Et cette relation semblait devoir se solder par un mariage !

Tous ces sous-entendus, ces regards… Elle avait enfin mis en place les pièces du puzzle, mais au prix d'une cruelle humiliation, face à des dizaines de personnes.

Parvenue en haut des marches, elle emprunta le couloir de gauche.

— Pia, attends !

La voix de Hawk derrière elle.

Elle accéléra l'allure, espérant atteindre sa chambre et en verrouiller la porte avant qu'il ne la rattrape.

Pour rien au monde, elle n'aurait voulu s'effondrer devant lui.

Elle entendit Hawk monter l'escalier quatre à quatre et tenta d'accélérer encore l'allure, mais sa robe entravait ses mouvements. En un instant, il parvint à sa hauteur et, la saisissant par le bras, la fit pivoter.

— Q-que… me veux-tu ? demanda-t-elle, la gorge nouée par l'émotion. Il n'est pas minuit et C-Cendrillon n'a pas le droit de disparaître, c'est ça ?

— As-tu abandonné une pantoufle de vair derrière toi ?

Elle eut un rire nerveux.

— Non. Et tu n'es pas le Prince charmant.

Les traits de Hawk s'assombrirent.

— Allons discuter ailleurs.

Elle lui fut reconnaissante de ne pas lui demander les raisons de son bouleversement. Malgré tout…

— Je n'irai nulle part avec toi !

— Laisse-moi au moins m'expliquer !

— V-va au diable, Hawk ! J-je commençais juste à te faire confiance ! Et je découvre que pendant tout ce temps une fiancée t'attendait quelque part !

Il la regarda dans les yeux.

— Ça, c'est ce que ma mère aimerait croire.

— Tu voudrais me faire avaler que tu ignorais tout de cette fiancée ?

Il demeura silencieux.

Bien sûr, pensa-t-elle, amère, il craignait que ce qu'il dirait se retourne contre lui.

— Il me semble que ta mère a davantage que des espoirs !

Michelene aussi, évidemment. Pia se rappela l'expression contrariée de Lucy, la veille, en voyant paraître la jeune femme. La sœur de Hawk s'était-elle rendu compte que l'arrivée impromptue de Michelene placerait son frère dans une situation délicate ?

Hawk marmonna quelque chose.

— Michelene et toi semblez *très bien* vous connaître ! dit-elle.

— Ou tu te trompes, ou tu fais exprès de tout déformer ! répliqua-t-il d'un ton sec. Je me souviens être resté près de la cheminée quand Michelene est entrée et n'en avoir pas bougé.

— Tu sais très bien ce que je veux dire ! s'écria-t-elle, trépignant intérieurement. Et pourquoi devrais-je prendre pour argent comptant tout ce que tu me racontes ? Pour commencer, tu ne m'as jamais parlé de l'existence de cette fille !

— Je l'ai fréquentée très brièvement après le décès de mon frère. Apparemment, Michelene remplissait toutes les conditions pour devenir duchesse…

Il haussa les épaules.

— Et, comme je reprenais le flambeau, j'ai pensé que ça allait de soi.

En revanche, une union avec Pia n'allait pas de soi. Elle entendait ces paroles aussi clairement que s'il les avait prononcées.

Il était tombé dans l'effroyable machine à broyer des conventions sociales. Cependant, étant donné sa position, elle pouvait presque le comprendre.

Pourtant…

— D'après ta mère, l'annonce de vos fiançailles est imminente. Si je n'avais pas assisté à la réception, c'est en lisant les journaux que j'aurais appris l'existence de Michelene ?

A la pensée de Hawk se fiançant avec une autre, elle éprouvait un violent sentiment de trahison et un immense chagrin. Elle s'était crue préparée à la fin de leur histoire, mais pas de cette manière.

— Je ne suis pas engagé vis-à-vis d'elle, je t'assure, protesta Hawk. Je n'ai pas prévu de demande en mariage ni acheté de bague.

— Tu ferais mieux de te dépêcher ! Michelene attend.

D'ailleurs, quelqu'un pouvait arriver à tout instant et surprendre leur aparté. Il fallait qu'il retourne prendre sa place à la réception avant que son absence n'attire l'attention.

— Pia, tu es vraiment impossible !

— J-je dois l'être, bredouilla-t-elle, parce que je n'ai pas de chance avec les hommes. Au temps pour les contes de fées !

— Si seulement tu me laissais une chance de…

— C'est justement le problème ! Cette chance, je te l'ai laissée. Je n'arrive pas à croire que tu aies réussi à m'embobiner une fois de plus ! Comment ai-je pu être aussi bête ?

Comprenant qu'elle s'apprêtait à le planter là, il la prit par le bras et l'obligea à le regarder. Devant son expression déterminée, elle eut un aperçu de cet aspect implacable de sa personnalité qui lui avait permis de faire fortune en quelques années.

— Je ne t'ai pas trompée, affirma-t-il.

Et il l'embrassa. Dans son baiser, elle retrouva la passion de tous les baisers échangés jusque-là.

Elle perçut le goût du champagne sur ses lèvres, respira son odeur virile. C'était un mélange assez enivrant pour lui tourner la tête malgré sa colère.

Au prix d'un effort de volonté, elle s'arracha pourtant à son étreinte.

— Peut-être ne m'as-tu pas trompée, en effet. Je suis assez grande pour m'abuser toute seule !

Il la considéra, les yeux étincelants.

— Rassure-toi ! Je n'ai pas pensé que tu revenais vers moi avec l'intention de me demander en mariage ! s'exclama-t-elle tout en retenant ses larmes.

Il chercha son regard.

— Tu sais pourquoi je suis revenu vers toi…

Oui. Pour s'excuser.

— Pia…

— C-c'est t-trop tard, Hawk, dit-elle d'une voix brisée par l'émotion. De toute façon, il fallait bien que notre histoire s'arrête un jour, n'est-ce pas ? Alors, pourquoi pas maintenant ? Sauf que, cette fois, c'est moi qui m'en vais.

Avant que Hawk puisse répliquer, une voix cria son nom, et ils se retournèrent d'un même geste.

Michelene se tenait en haut de l'escalier.

Au comble de l'irritation, Pia se hâta dans la direction opposée. Après avoir refermé la porte de sa chambre derrière elle, elle s'y appuya.

Quand tout avait commencé, Hawk n'avait pour seule motivation que le désir de faire amende honorable. Jamais il n'avait prétendu l'aimer, se rappela-t-elle, la gorge serrée, ni promis d'avoir avec elle une relation de quelque ordre que ce soit.

Elle se mordit la lèvre pour l'empêcher de trembler, en même temps que les larmes jaillissaient de ses yeux. Un chagrin si dévastateur l'envahit qu'elle prit peur.

Comment allait-elle y survivre ?

- 12 -

Pia réussit à s'échapper plus facilement qu'elle ne l'aurait cru possible. Après avoir séché ses larmes et rassemblé ses affaires, elle se glissa hors de la maison sans être vue et demanda à l'un des chauffeurs de la maison de la conduire à Oxford.

Elle savait que là-bas elle trouverait à se loger dans une auberge, le temps de se retourner et de prendre un billet pour New York.

Mais, au cours de la nuit, elle se souvint que le comte et la comtesse de Melton séjournaient dans leur propriété de Gantswood Hall, située non loin d'Oxford. Aussi, le lendemain matin, après avoir passé un coup de téléphone à Tamara, elle prit un taxi pour se rendre chez son amie.

Quand elle arriva, vers midi, Tamara l'accueillit d'une étreinte affectueuse. Sachant que Pia devait assister aux fiançailles de Lucy Carsdale, Tamara ne fut pas surprise outre mesure de la voir débarquer chez elle à l'improviste.

La première chose que Pia remarqua était que la grossesse de son amie commençait à se voir. Vêtue d'une tunique de cachemire, de collants noirs, ses cheveux roux noués sur la nuque, Tamara paraissait heureuse et détendue.

Sa propre situation offrait un saisissant contraste avec celle de Tamara, pensa-t-elle. Impossible d'être plus éloignée de son bonheur. Elle était triste, déprimée. Elle avait passé une nuit exécrable, et aucune couche de maquillage n'était assez épaisse pour dissimuler sa pâleur et les cernes de ses yeux.

Tamara la dévisagea, sourcils froncés.

— Quelle petite mine tu as ! Qu'est-ce qui t'arrive ?

A quoi bon dissimuler la vérité à son amie ? De toute façon, elle finirait par l'apprendre.

— H-hier soir, c'était la réception de fiançailles de Lucy Carsdale, lâcha-t-elle.

Tamara écarquilla les yeux.

— Que s'est-il passé ? Dis-moi, Pia !

A sa grande honte, Pia fondit en larmes. Alors, Tamara la prit dans ses bras et la berça contre elle.

— Allons, allons, dit-elle d'une voix apaisante. Je suis sûre que ce n'est pas si grave.

Pia se redressa.

— Non. C'est encore pire !

Tamara ne pouvait pas se douter du rôle que Hawk jouait dans son désespoir. Quand Pia avait parlé à Tamara et Belinda de son départ pour l'Angleterre, elle n'avait pas précisé que Hawk l'avait personnellement invitée à séjourner à Silderly Park.

Tamara passa un bras autour des épaules de Pia.

— Viens dans le salon. Nous y serons tranquilles, et tu pourras tout me raconter.

Elle se laissa guider à travers la demeure centenaire jusqu'à une vaste pièce ouvrant par des portes-fenêtres sur les jardins, accueillante en dépit des chefs-d'œuvre qui recouvraient les murs.

Elle s'installa avec Tamara sur un canapé de brocart et prit le mouchoir que son amie lui tendait.

— Maintenant, dit cette dernière, je suis sûre que tu vas oublier très vite la cause de ce gros chagrin.

— Pas sûr. Ça fait trois ans que j'essaie d'oublier Hawk.

Tamara eut l'air étonnée.

— Il ne s'agit donc pas d'un incident qui s'est produit pendant la réception ?

— Si. C'était même un gros incident. J'ai découvert que Hawk avait une fiancée qui l'attendait en coulisse.

— Oh, Pia…

Rassemblant tout son courage, Pia raconta à Tamara les derniers événements. Son récit terminé, elle regarda son amie d'un air penaud.

— Comment ai-je pu me montrer aussi stupide ? demanda-t-elle d'une voix blanche. Comment ai-je fait pour retomber sous son charme ?

Tamara, tout comme Belinda, ignorait l'état des relations de Pia et Hawk. Sachant que ses amies l'auraient dissuadée de renouer sentimentalement avec lui, elle ne les avait pas mises dans la confidence. Mais, à présent, le moment était venu de tout avouer.

— J'ai couché avec lui, déclara-t-elle.

Tamara parut surprise mais pas autant que Pia l'aurait cru.

— La première fois que j'ai couché avec lui, il a disparu pendant trois ans, reprit-elle. Cette fois, nous couchons ensemble, et je découvre qu'il est quasi fiancé à une autre.

— Si je m'étais doutée, je t'aurais dissuadée de commettre cette folie !

Puis Tamara fronça les sourcils.

— C'est curieux, tout de même. Sawyer n'avait pas l'air au courant de cette histoire de fiançailles. Etant donné qu'ils sont amis, ça m'étonne que Hawk ne lui en ait pas parlé…

Pia haussa les épaules.

— Sawyer n'a peut-être pas jugé utile de me mettre en garde. Hawk et lui ont un passé, mais pas vraiment de présent. Et, maintenant, nous n'avons plus d'avenir.

Elle sentit son cœur se nouer. S'était-elle mise à espérer un avenir avec Hawk ? Peut-être pas. Mais ce qui lui était insupportable, c'était de penser qu'il en aurait un avec une autre.

C'était stupide ; elle n'aurait pas dû autant souffrir.

Pour être honnête avec elle-même, elle devait avouer qu'elle n'avait jamais complètement dépassé son histoire avec Hawk. Et maintenant… maintenant elle était amoureuse de lui alors qu'il allait en épouser une autre.

L'idée lui causa un choc.

— Pia ? Ça va ?

La gorge trop serrée pour parler, elle se contenta de hocher la tête.

Tamara lui caressa le bras.

— Je sais que ça fait mal. Il faut du temps.

— J'ai été si naïve, dit-elle avec effort. Quand Michelene est arrivée, j'ai pensé que Hawk et elle avaient peut-être eu une histoire. Il ne m'est pas venu à l'esprit que je ferais mieux de m'inquiéter pour l'avenir !

— Calme-toi. Je vais demander à Sawyer d'appeler Hawk et de le provoquer en duel.

Pia sourit tristement. Elle était reconnaissante à Tamara de se montrer si compréhensive. Il n'était pas certain que Belinda ait fait preuve d'autant de tact dans ces circonstances. Mais Tamara était heureuse en ménage tandis que Belinda attendait avec impatience d'être heureusement divorcée.

Elle adressa à Tamara un sourire mouillé.

— Merci d'essayer de me remonter le moral.

Tamara eut un petit sourire plein de tristesse.

— Je sais par quoi tu passes, crois-moi, Pia. J'ai vécu cet enfer il y a quelques mois.

— Mais tout s'est arrangé pour toi. Sawyer t'adore.

— A l'époque, je n'imaginais pas qu'un tel dénouement serait possible. Un jour viendra où tu seras de nouveau heureuse, je te le promets.

Elle soupira.

— Ce jour-là n'est pas près de venir. Et dire que je me suis engagée à m'occuper du mariage de Lucy ! Pas question de tout laisser tomber. Ce serait un coup fatal pour Pia Lumley Wedding Productions !

Tamara grimaça.

— J'aimerais pouvoir questionner tout de suite Sawyer, mais il a repris un vol pour New York hier, et je sais qu'actuellement il est en pleine réunion de travail.

— Ça ne changerait pas grand-chose.

— Comment s'appelle Michelene ?

— Ward-Fombley.

Tamara hocha la tête.

— J'ai déjà entendu ce nom quelque part…

— Elle est distinguée, et jolie.

— Toi aussi.

— Tu es gentille.

— C'était en rapport avec un événement mondain qui a eu lieu ici, en Angleterre…

— Ce ne serait pas surprenant. Si j'ai bien compris, elle venait en tête de la liste des candidates au mariage avec William, le frère aîné de Hawk, qui est décédé.

Tamara grimaça de nouveau.

— Et si Hawk s'entêtait, tout simplement, à accomplir ce qu'il estime être son devoir ?

— C'est possible, mais le problème reste le même.

Hawk assumait ses responsabilités depuis trois ans, et, si elle avait bien compris, elle était victime du dévouement qu'il portait à sa famille.

Elle se rappela l'expression de la duchesse, la veille. Oui, pensa-t-elle avec un élancement de douleur, Hawk avait sa vie toute tracée, et leurs chemins devaient se séparer, sans épanchement de sentiments ni engagement d'aucune sorte.

— Je dois réserver une place sur un vol pour New York, dit-elle. Avec un peu de chance, j'en obtiendrai une d'ici à demain.

Tamara parut contrariée.

— Je t'en prie, reste un peu. Tu n'es pas en état de voyager.

Bien que réconfortée par l'invitation, Pia secoua la tête.

— Merci pour tout, Tamara, dit-elle en se forçant

courageusement à sourire. Mais j'ai du travail qui m'attend à New York.

Et surtout, songea-t-elle, elle avait besoin de mettre le plus de distance possible entre Hawk et elle.

Installé dans son bureau de New York et profitant d'un rare moment de tranquillité, Hawk réfléchissait au gâchis qu'il avait provoqué.

Pia l'avait fui, et il avait dégringolé dans son estime.

Jane Hollings n'avait pas manqué de relater l'incident dans ses colonnes, grâce à sa boule de cristal et à ses contacts londoniens :

> « Se pourrait-il qu'un certain duc au profil de rapace ait renoué avec son passé de coureur de jupons avant de conduire à l'autel une jeune personne qui convienne à son rang ? »

Sa réputation de sérieux, si péniblement gagnée, menaçait de s'effondrer. Au cours des derniers mois, il avait mérité trois allusions à peine voilées dans les échos de Jane Hollings.

Pia avait fait voler en éclats sa résolution d'être d'une correction à toute épreuve. Il s'était cru changé ; elle lui avait prouvé son erreur.

Elle s'imaginait qu'il l'avait manipulée alors qu'il s'était tout simplement montré lamentable. Avec pour résultat que Pia avait été anéantie par les événements imprévus survenus au cours de la réception de fiançailles de Lucy.

Et Jane Hollings connaissait toute l'histoire.

Il lui serait aisé, bien sûr, d'aller trouver Pia et de la forcer à l'écouter. Il savait où elle vivait, et elle travaillait toujours à l'organisation du mariage de Lucy. Du moins le croyait-il.

Lucy était devenue plutôt discrète au sujet de Pia. Entre l'arrivée impromptue de Michelene et le départ précipité de Pia, sa sœur avait dû deviner certaines choses. Et, bien qu'elle ne le lui ait pas dit en face, elle le désapprouvait visiblement.

Le problème était : que dirait-il à Pia s'il obtenait qu'elle l'écoute ?

Il aurait dû lui parler de Michelene, lui expliquer. Mais quoi, exactement ? Jusqu'à la réapparition de Pia dans son existence, tout le monde, lui compris, supposait qu'il prendrait femme dans son milieu. Ç'aurait été si simple ! Un mariage convenable aurait assis sa réputation et contribué, avec sa réussite dans le milieu de la finance, à enterrer pour de bon sa vie de mauvais garçon.

Mais comment aurait-il pu avoir des vues sérieuses sur Michelene alors qu'il n'avait même pas pensé à elle pendant son aventure avec Pia ? La question était d'importance. En réalité, l'idée de demander Michelene en mariage n'avait jamais dépassé le stade de la velléité.

L'Interphone grésillant, il se pencha pour répondre.

— Sawyer Langsford désire vous voir.

— Faites-le entrer.

Il se leva au moment où son ami pénétrait dans le bureau. Il était content de le voir, même s'il soupçonnait les raisons de sa visite.

— Si tu es venu me faire des reproches, dit-il sans préambule, je peux t'assurer que je m'en tire très bien tout seul !

Sawyer sourit ironiquement.

— Tamara a suggéré un duel à l'aube, et j'ai dû lui expliquer que l'usage était passé de mode dans les milieux aristocratiques.

— Je l'espère bien ! marmonna Hawk en serrant la main de son ami. Ma mère détesterait que, faute d'héritier direct, le duché passe aux mains d'un cousin éloigné.

Sawyer sourit.

— Je t'en prie, assieds-toi, fit Hawk en lui désignant une chaise.

Pendant que Sawyer s'installait, il retourna prendre place derrière son bureau.

— En fait, dit Sawyer d'un ton chargé de sarcasme, j'ai justement l'impression que tu fais de ton mieux pour engendrer un héritier.

Sawyer faisait-il allusion à sa liaison avec Pia ou bien à son hypothétique projet d'épouser Michelene ? se demanda-t-il. Mais, au fond, ça n'avait pas tellement d'importance.

— C'est le cœur du problème, semble-t-il. En tout cas, l'affaire fait le bonheur de Jane Hollings.

Sawyer haussa les épaules.

— Que veux-tu que je te dise ? Ses prérogatives échappent à mon pouvoir.

— Manifestement.

— Même si je déteste souligner l'évidence, reconnais que Jane Hollings ne fait qu'évoquer le pétrin dans lequel tu t'es fourré tout seul.

Il soupira.

— A mon grand regret.

— En tout cas, sache que je venais te présenter

mes excuses. Je regrette que ton nom soit apparu dans un de mes journaux.

Il inclina la tête avec une feinte solennité.

— Merci. Je préfère infiniment ça à un duel à l'aube.

— Moi aussi. N'empêche que je voudrais m'assurer que tu tiens compte de Pia.

— J'ai agi de façon inconsidérée, je le reconnais. Il faut regarder la vérité en face : je suis un libertin de la pire espèce. J'ai débauché une innocente.

Au cours des derniers jours, il n'avait cessé de s'interroger sur ses intentions au sujet de Pia. Avait-il fait preuve de duplicité, de perversion ? Il se croyait plutôt lâche. Mais, que ses intentions aient été bonnes ou mauvaises, il était trop tard pour se poser la question.

— On peut toujours changer, dit Sawyer.

— Je croyais avoir changé !

— Ecoute, mon vieux, encore une fois, tu es le seul à pouvoir remédier à la situation.

— Mais comment ? Je me creuse la cervelle sans trouver de solution.

— Tu trouveras, répliqua Sawyer. J'étais à ta place il y a quelques mois et je pensais la même chose au sujet de Tamara. Sauf que ton titre t'est tombé dessus à l'improviste, contrairement à Easterbridge et moi qui avions eu le temps de nous habituer aux contraintes qui l'accompagnent. Mais je vais te dire une chose : le titre est une responsabilité, certes, mais on ne doit pas se laisser submerger par le devoir. Pense à ce qui te rend heureux plutôt qu'à ce qui est convenable… Enfin, ajouta Sawyer avec un sourire, n'oublie pas que les femmes apprécient les grands gestes.

Sawyer consulta sa montre.

— Maintenant, si tu es libre, allons déjeuner.

Hawk secoua la tête avec une incrédulité amusée. Les grands gestes, il en avait soupé.

Malgré tout, il avait bien envie d'explorer le champ des possibilités ouvert par son ami.

- 13 -

Pia avait décidé de se faire oublier.

Elle ne savait pas exactement d'où Jane Hollings tenait ses informations, mais la journaliste semblait puiser ses sources dans les lieux les plus improbables.

Elle se demanda même un moment si Jane Hollings n'avait pas enquêté auprès de M. Darcy. M. Darcy était faible. Il ne résisterait pas à une séance de grattage de ventre ou à une poignée de friandises pour chat.

Tandis qu'elle cheminait du métro au théâtre où, pour ne pas risquer de croiser Hawk, elle avait proposé à Lucy de la retrouver avant le spectacle, elle nota que c'était une journée de décembre particulièrement lumineuse.

Contrairement à son humeur.

Elle avait décidé de n'affronter Hawk que quand elle serait prête mais, en même temps, aussi illogique que cela puisse paraître, il lui manquait terriblement.

Tout portait à croire qu'il l'évitait, sinon pourquoi ne lui aurait-il donné aucun signe de vie depuis son départ de Silderly Park ? Il aurait pu venir la voir ; il savait où elle habitait.

Elle trouvait sa résignation blessante. S'il avait

tenu à elle n'aurait-il pas essayé de la faire revenir sur sa décision par tous les moyens ?

Elle soupira. Depuis leur confrontation, elle aurait dû chasser Hawk de son cœur. Au lieu de ça, elle n'était qu'un chaos d'émotions contradictoires.

Elle avait été naïve et sans doute le resterait-elle toujours. Elle n'avait pas appris à juguler sa nature trop confiante ni à protéger une sensibilité exacerbée.

En arrivant au Drury Theatre, elle se rendit dans la loge de Lucy. Quand elle frappa à la porte entrouverte et qu'elle entra sur l'invitation de Lucy, celle-ci l'accueillit à bras ouverts.

— Pia ! Quelle joie de te voir !

Sa brouille avec Hawk n'avait en rien altéré l'attitude de Lucy envers elle. Sa joie de vivre était contagieuse, et Pia sentait une réelle amitié naître entre elles.

— Veux-tu une tasse de thé ? proposa Lucy avec un petit rire. A moins que tu ne préfères du café ou un chocolat chaud.

— Rien, je t'en prie.

Pia ôta sa veste et son chapeau, que Lucy suspendit à une patère. Tout en s'asseyant, Pia regarda autour d'elle. La petite pièce contenait une table surmontée d'un grand miroir éclairé par de petites lampes scellées sur son pourtour et encombrée d'un tas désordonné de pots, de flacons et de tubes contenant des produits de maquillage. A part ça, il y avait la patère et quelques chaises, et des accessoires vestimentaires disséminés un peu partout.

Elle reporta son attention sur Lucy.

— Tu es la future mariée la plus sereine que je connaisse, dit-elle en souriant.

Lucy éclata de rire.

— Je suppose que je serais plus nerveuse si le travail ne m'accaparait pas autant ! Et puis j'ai l'habitude de jouer devant un public, et un mariage n'est-il pas un spectacle ?

— C'est une explication !

Lucy la considéra d'un air songeur.

— Je voulais te remercier d'avoir assisté à la réception de mes fiançailles. Tu es partie si vite de Silderly Park que je n'ai pas eu l'occasion de te le dire.

— Eh bien… j'en ai été ravie, dit-elle en évitant le regard de Lucy.

— J'espère que ton brusque départ n'était pas lié à l'arrivée de Michelene ?

La question, si directe, la démonta.

— P-pourquoi me demandes-tu ça ? bredouilla-t-elle.

Lucy lui adressa un sourire compatissant.

— Quand tu es sur le point de te marier et que tu as un crétin de frère, tu remarques bien des choses !

— Ne t'inquiète pas. Je suis parfaitement préparée à affronter les projets de m-mariage de H-Hawk et Michelene.

— Pia…

Elle lutta pour reprendre contenance. Ce serait si humiliant de craquer devant Lucy, qui ne manquerait pas d'aller tout raconter à Hawk par la suite !

Le sourire de Lucy s'effaça.

— Si ça peut t'aider, dit-elle d'un ton compréhensif, sache que Hawk tient à toi. Beaucoup.

S'il avait tenu à elle, songea Pia, il lui aurait parlé de Michelene et évité l'humiliation de découvrir en public la place qu'elle tenait dans sa vie.

S'il avait tenu à elle, il lui aurait téléphoné ou il aurait cherché à la voir, d'une manière ou d'une autre.

S'il avait tenu à elle, il ne se serait pas montré aussi charmeur et il n'aurait pas permis qu'elle tombe amoureuse de lui...

Hawk n'arrêterait-il donc jamais de jongler avec ses sentiments ?

Devant son silence, Lucy soupira.

— Je crois que l'arrivée de Michelene a surpris Hawk autant que toi.

— J'en suis persuadée, répliqua Pia. J'imagine aisément que Michelene l'a mis dans une situation très inconfortable. Se retrouver avec sa maîtresse et sa future femme sous le même toit n'est certainement pas le rêve !

Un peu tard, elle se mordit la lèvre. Elle en avait trop dit, mais Lucy ne releva pas.

— Parfois, Hawk a une étonnante aptitude à tout gâcher, dit Lucy en grimaçant.

— Parfois ? Sais-tu que quand nous nous sommes rencontrés il a prétendu s'appeler James Fielding, tout simplement !

— La rumeur est donc vraie, murmura Lucy, comme si elle se parlait à elle-même.

Elle s'était demandé ce que savait Lucy de sa relation avec Hawk. Elle avait maintenant la réponse.

Lucy chercha son regard.

— Tu peux me croire si je te dis que je n'ai jamais vu Hawk aussi heureux que quand il est avec toi.

Une part d'elle-même mourait d'envie de croire Lucy.

— Quand il a suggéré que je te prenne comme coordonnatrice, il m'a parlé de toi avec enthousiasme, poursuivit Lucy.

Elle se sentit rougir.

— I-il a dit qu'il voulait réparer le mal qu'il m'avait fait…

— Et il a également gâché ça, conclut Lucy.

Elle hocha la tête.

— Il ne m'a pas parlé de Michelene, dit-elle, un sanglot dans la voix. Mais j'aurais dû me douter qu'il y avait une fiancée convenable quelque part ! Il faut bien qu'il se marie pour tenir son rang.

Lucy laissa échapper un nouveau soupir.

— Hawk est duc, on n'y peut rien changer. Mais je ne sais pas trop ce qu'il ressent, et sans doute ne le sait-il pas lui-même. Depuis la mort de William et de père, j'ai l'impression qu'il est en pilotage automatique. Il n'a plus qu'un but dans la vie : remettre le duché sur pied.

Malgré elle, Pia sourit.

— Tu défends drôlement bien sa cause.

— C'est mon frère, et je manque d'impartialité, bien sûr. Mais j'aimerais aussi lui rendre service. Après tout, il m'a déniché une merveilleuse coordonnatrice pour mon mariage. Je voudrais tellement que tu lui pardonnes ses erreurs, même si c'est pour la seconde fois.

Elle se mordilla les lèvres.

— Tout ce que je te demande, c'est de lui laisser sa chance, insista Lucy.

Elle avait très envie de s'accrocher à la lueur d'espoir que Lucy lui faisait entrevoir. Celle-ci n'avait pas parlé d'amour éternel ni de mariage, bien sûr. Mais enfin, si Hawk tenait à elle…

Assaillie par un tourbillon de sentiments contradictoires, elle se laissa aller à envisager l'inenvisageable.

Elle aimait Hawk, sincèrement, profondément. Elle ne voulait pas le perdre.

Mais parviendrait-elle à poursuivre sa liaison avec lui tout en sachant que leur relation ne menait nulle part ? Et avait-elle le droit de renoncer au conte de fées dont elle avait toujours rêvé ?

— J'envisage de poursuivre ma liaison avec Hawk, d-du moins jusqu'à ce qu'il soit fiancé à Michelene, déclara Pia.

La nouvelle fit l'effet d'une bombe dans le restaurant où elle avait retrouvé Tamara et Belinda pour leur rituel brunch du dimanche.

— Quoi ? s'exclamèrent avec un bel ensemble ses deux amies.

Puis Tamara poussa un énorme soupir.

— Oh, Pia…

— As-tu perdu l'esprit ? demanda Belinda.

— Je savais que vous auriez du mal à comprendre, répondit-elle.

— Dis plutôt que c'est impossible à comprendre ! s'exclama Belinda.

— Entièrement d'accord ! renchérit Tamara.

— A la réflexion, c'est peut-être une bonne idée, reprit Belinda. On peut toujours rompre une liaison…

Evidemment, Belinda faisait allusion au fait qu'elle n'arrivait pas à divorcer.

— Je le savais ! poursuivit-elle. J'ai su qu'il y avait matière à se faire du souci à l'instant où tu as dit que tu l'avais peut-être mal jugé. Que t'a-t-il fait ?

— Il me rend heureuse, répondit-elle simplement.

Belinda leva les yeux au ciel, et Tamara posa une main sur le bras de Pia comme pour la retenir d'aller plus loin.

— Ça commence comme ça, assura Belinda. Au début, tu prends du bon temps et, un beau jour, tu te retrouves prête à te donner à lui pour l'éternité…

— Je croyais que nous discutions du cas de Pia, dit Tamara d'un ton sévère.

— C'est vrai, désolée.

Tamara regarda Pia.

— Est-ce que tu mesures la portée de ta décision ?

Après un instant d'hésitation, elle hocha la tête.

— J'aurais aimé pouvoir te prévenir au sujet de Michelene, fit Tamara en soupirant. Après ton départ de Gantswood Hall, j'ai questionné Sawyer. Il semble qu'il ait eu de vagues soupçons.

Elle secoua la tête d'un air mécontent.

— Vraiment dommage qu'il n'ait pas jugé bon de m'en parler !

— Pas de problème, Tamara, dit-elle. Tu n'y es pour rien.

Belinda paraissait perplexe.

— As-tu bien réfléchi, Pia ? Parce que, vois-tu, en tant que duc, il est tenu de produire un héritier légitime le plus vite possible. Tu ne disposerais donc que de peu de temps.

Le cœur plein de tristesse, elle avait mille fois retourné la question. Comme il avait dit n'avoir pas fait sa demande ni acheté de bague, secrètement elle espérait qu'un long moment s'écoulerait avant l'annonce officielle de ses fiançailles. Mais oserait-elle le croire ?

Et puis, après avoir réussi à quitter à peu près dignement Silderly Park, irait-elle jusqu'à s'abaisser à coucher avec Hawk sachant ce qu'elle savait ?

— Au fond, Tamara et moi ne sommes pas les mieux placées pour parler de ça, dit Belinda sur le ton de l'humour. Nous formons le club des premières épouses, après tout.

— Des premières et des dernières, rectifia Tamara.

— Parle pour toi, riposta Belinda. Moi, j'aimerais bien que Colin se trouve une autre femme ! Mais, même si nous ne sommes pas qualifiées pour te parler, nous te connaissons. Penses-tu réellement que tu puisses vivre une histoire avec Hawk en sachant que, d'un moment à l'autre, il va te quitter ?

— Je n'ai pas le choix ! répliqua-t-elle. Tamara et toi pouvez vous permettre d'épouser des aristocrates, mais moi, je n'appartiens pas à votre milieu et j'ignore tout de…

— C'est idiot ! s'exclama Tamara. Si on m'avait donné un dollar par aristocrate qui se mésallie, je n'aurais pas eu besoin de demander à Sawyer de me louer Pink Teddy Designs !

Elle ne put s'empêcher de sourire.

— Non que je pense que Hawk se mésallierait en t'épousant, ajouta vivement Tamara.

— Pas du tout ! renchérit Belinda.

— Regarde, moi, par exemple, reprit Tamara. Crois-tu que je sois de l'étoffe dont on fait les comtesses ?

De fait, jusqu'à son mariage, Tamara était une dessinatrice de bijoux new-yorkaise à l'esprit plutôt bohème. Mais elle était aussi fille de vicomte anglais. Et, en l'espace de quelques mois, elle s'était parfaitement adaptée aux attentes de son entourage.

Par-dessus tout, le bonheur de Tamara d'être aimée et d'attendre un enfant irradiait.

Si on lui donnait l'occasion de se marier dans l'aristocratie, elle n'était pas sûre de se débrouiller aussi bien, se disait Pia. Mais, évidemment, elle n'aurait pas cette chance. Hawk avait juré ses grands dieux qu'il n'était pas prêt à épouser Michelene, mais il n'avait pas non plus exprimé d'intentions sérieuses vis-à-vis d'elle.

Depuis l'enfance, elle rêvait d'histoires d'amour qui finissaient bien. Pouvait-elle attendre moins de la vie ? Peut-être se leurrait-elle en s'imaginant qu'une aventure sans lendemain avec Hawk était possible.

Tamara posa une main sur la sienne.

— Je ne veux plus t'entendre dire que tu n'as pas les compétences requises pour être duchesse ! Tu sais organiser des réceptions, tu pratiques comme un chef la pêche et l'équitation, deux passe-temps très prisés de l'aristocratie, tu es jolie, élégante…

Un sourire trembla sur les lèvres de Pia tandis qu'elle rougissait d'embarras. Elle n'osait pas dire à ses amies que Hawk pratiquait une espèce très particulière de pêche et d'équitation avec elle.

Belinda la dévisagea d'un air entendu.

— Mon avis est que tu ne dois pas t'abaisser à devenir le jouet de Hawk. Je te connais, Pia. Ce n'est pas toi.

Elle baissa les yeux sur sa serviette, qu'elle avait distraitement déchiquetée sur ses genoux. Son côté raisonnable donnait raison à Belinda. Mais il y avait une autre part d'elle-même qui refusait de penser aux lendemains et aux conséquences de ses actes. Cette part d'elle-même voulait seulement Hawk.

Peut-être était-elle condamnée à agir sous le coup de l'émotion quand il s'agissait de lui…

Elle releva la tête et vit que ses amies la regardaient avec une expression d'attente anxieuse.

— M. Darcy m'attend à la maison, dit-elle.

Belinda sembla trouver la réplique plutôt rassurante.

— Il est temps que tu apprennes à reconnaître les gens honnêtes !

Si seulement, pensa-t-elle, elle n'aimait pas autant un méchant duc que son cœur tenait à faire passer pour un Prince charmant.

- 14 -

Hawk leva les yeux de son bureau et se leva dès qu'il découvrit l'identité de sa visiteuse.

— Quelle surprise de vous voir de ce côté de l'Atlantique, mère !

Tout le monde semblait s'être donné le mot pour lui rendre visite. Tout le monde, sauf Pia.

La duchesse le regardait fixement.

Il fronça les sourcils. Sa mère était entrée sans se faire annoncer, signe que quelque chose d'important se tramait.

— Qu'est-ce que j'entends raconter sur Pia Lumley et toi ? demanda-t-elle brusquement. Une horrible femme a écrit…

— Jane Hollings.

— Pardon ?

— Jane Hollings, qui rédige une rubrique mondaine dans le *New York Intelligencer*, propriété du comte de Melton.

— Je ne comprends pas que Melton n'ait pas interdit la publication de ces horreurs ! C'est un de tes amis, n'est-ce pas ?

— Sawyer milite pour la liberté de la presse.

— Stupidités ! Cette femme souille ta réputation. Il faut faire quelque chose.

— Et que suggérez-vous, mère ? demanda Hawk en contournant son bureau.

La duchesse se redressa de toute sa hauteur.

— Il faut déclarer publiquement que tu ne t'intéresses pas à Mlle Lumley.

— Je ne m'intéresse pas à elle ?

— Certainement pas ! Cette Mme Hollings insinue que tu as une liaison avec l'équivalent d'une aide-ménagère ! Le duc de Hawkshire ne s'abaisse pas à courtiser une employée.

— Asseyez-vous, mère, dit Hawk en lui avançant un siège. Aimeriez-vous boire quelque chose ?

Lui-même aurait volontiers pris un alcool fort.

— Ne t'obstine pas, James. Un simple démenti fera l'affaire.

— Et que devrais-je démentir ?

Tout en s'asseyant, sa mère lui jeta un regard péremptoire.

— Que Mlle Lumley et toi…

— … avons une liaison ?

Sa mère acquiesça de la tête.

— C'est que, je ne peux pas faire ça, voyez-vous.

D'un air agacé, la duchesse ferma les yeux.

— Tu ne vas tout de même pas recommencer à jouer les mauvais garçons ! La situation est sérieuse, James.

— J'en conviens.

Les reproches étaient mérités. Il avait couché avec Pia et l'avait blessée. Pour la seconde fois.

Sa mère le fixait d'un regard sévère.

— Tu dois arrêter ça tout de suite. Mon grand-père était un coureur de jupons avéré qui a provoqué pas mal de désordre dans son sillage.

— Vous voulez parler de rejetons illégitimes ?

Le dos de la duchesse prit une rigidité d'acier.

— Ce ne sont pas des sujets qu'on aborde dans la famille. Modère un peu tes propos.

Hawk contint un sourire.

— Mais enfin, mère, vous appréciez grand-tante Ethel ?

— Bien sûr, c'est pourquoi nous ne reviendrons pas sur nos petites histoires de famille. Néanmoins, je ne supporterai pas de voir le passé se répéter.

— Dans ce cas, dit-il en haussant un sourcil, ne me poussez pas à épouser Michelene. Les écarts extraconjugaux de votre grand-père sont peut-être à attribuer à un mariage sans amour.

— Comme si je pouvais t'influencer en quoi que ce soit !

Sa mère était très habile à travestir la vérité, mais Hawk ne releva pas. Il était temps d'aborder une question bien plus importante et qui aurait dû être réglée depuis longtemps.

— Mère, dit-il avec une gentillesse forcée, Michelene était fiancée à William, soit, mais William n'est plus.

Il avait beaucoup réfléchi depuis son retour de Silderly Park. Surtout après la conversation avec Sawyer. Et il avait au moins compris une chose : il devait se montrer franc avec Michelene. Si apte à devenir duchesse soit-elle, il ne l'aimait pas et ne l'aimerait jamais.

Contrairement à son habitude, sa mère n'eut pas de réponse toute prête. Elle le regarda un moment puis, de façon tout à fait inattendue, ses yeux se mouillèrent de larmes.

— Je sais que c'est difficile pour vous, dit Hawk.

— William trouvait normal d'épouser Michelene, déclara enfin la duchesse. Il se conformait à ce qu'on attendait de lui parce qu'il connaissait l'étendue de ses responsabilités.

— Précisément. Et je me demande jusqu'à quel point il était épris d'elle. A une époque, j'ai soupçonné William de faire du bateau ou de piloter des avions parce que c'étaient les seuls moments où il se sentait libre. Cela mis à part, William a été éduqué avec le sens de ses responsabilités. Pas moi.

Sa mère parut accuser le coup, mais elle se reprit rapidement.

— Très bien. Mais que savons-nous de Pia Lumley ? D'où vient-elle ? Elle ne connaît rien à nos usages et à ce qu'on est en droit d'attendre de la duchesse de Hawkshire.

Il n'était pas d'accord. Sur tous les points qui comptaient vraiment, Pia possédait les qualités requises pour tenir le rôle de duchesse. Elle savait lui plaire.

— Elle est originaire de Pennsylvanie, dit-il. Elle sait recevoir parce que c'est son métier. C'est une coordonnatrice de mariage très appréciée par la bonne société new-yorkaise.

Comme sa mère ne disait mot, il insista.

— Elle monte à cheval comme une amazone et pêche habilement. Elle est douce et intelligente et, d'une façon touchante, dépourvue de fausseté ou de prétention. Bref, c'est un vrai souffle d'air frais.

— Eh bien, dit enfin la duchesse, avec toutes ces qualités, je me demande bien ce qu'elle peut te trouver !

Hawk rit, mais un peu jaune.

— Je me le demande aussi.

Il aimait Pia et il n'était pas digne d'elle.

Car, en prenant passionnément sa défense, il avait fait une énorme découverte.

Il aimait Pia.

Soudain, tout lui parut couler de source.

— James ?

Il regarda sa mère.

— Oui ?

— Tu sembles perdu dans tes pensées.

— Je suis peut-être tout simplement perdu.

Sa mère se leva.

— J'ai commis une erreur de jugement, dirait-on.

— Rien qui ne puisse être rattrapé, mère.

En tout cas, il l'espérait de toute son âme.

Il devait d'abord tirer quelques points au clair avec Michelene et, ensuite, il irait retrouver Pia.

Et, cette fois, s'il n'avait pas tout gâché, pour toujours.

Pia avait de bonnes raisons de penser que le jour du mariage de Lucy serait le pire de sa vie. Ce jour-là, Hawk et Michelene apparaîtraient en couple, s'ils n'annonçaient pas leurs fiançailles…

Qui d'autre que sa future épouse choisirait Hawk pour l'accompagner au mariage de sa sœur ? Cela allait de soi.

Une chose était sûre, elle ne paraîtrait pas à son bras. Elle travaillait, et l'époque où Hawk jouait les coursiers et les hommes à tout faire pour elle appartenait définitivement au passé.

La duchesse douairière devait être impatiente de voir un de ses enfants se rendre à l'autel, et l'autre annoncer ses fiançailles dans la foulée. Surtout quand l'autre était l'héritier du titre.

Pourtant, à mesure que la journée s'écoulait, il devenait de plus en plus évident que Michelene ne paraîtrait pas. Malgré tout, se refusant à de folles suppositions, elle s'absorbait dans son travail.

Par chance, Hawk n'essaya pas de l'approcher. Elle ignorait quelle aurait été sa réaction.

Au lieu de chercher à la voir, il passa la soirée à bavarder et à échanger des plaisanteries avec les invités.

L'avait-il reléguée au rang de simple employée ? se demandait-elle. L'idée faisait très mal.

Malgré tout, elle ne manquait pas une occasion de le regarder, engrangeant des souvenirs pour le moment où elle ne le verrait plus du tout.

Il était si beau, si séduisant, que c'en était douloureux.

A la fin de la soirée, elle était si lasse de maintenir les apparences devant Hawk et les invités qu'elle n'avait plus qu'une envie : mettre fin à son supplice.

Elle venait de quitter la salle de réception quand elle entendit quelqu'un la héler. Elle se retourna tout en sachant déjà à qui appartenait la voix.

Hawk.

Il s'avança vers elle, impeccable dans son costume

sombre. Elle consulta l'horloge. Il était presque minuit. Bientôt, ce serait la nouvelle année.

Dommage que Cendrillon ne puisse disparaître d'un coup de baguette magique. Elle n'avait pas de carrosse à sa disposition. Pas même de voiture. Et la réception devait se poursuivre jusqu'à 1 heure du matin.

Elle ne se sentait vraiment pas la force de l'affronter maintenant.

Il fallait qu'elle sorte… prendre l'air. N'importe quoi.

— J-je… j'allais…

— Tu partais ? demanda-t-il d'un air faussement étonné.

Elle l'envoya silencieusement au diable. Comment osait-il afficher une telle décontraction alors que, à cause de lui, elle menaçait de s'effondrer ?

— J'allais retoucher mon maquillage.

Excellente idée. Les toilettes pour dames étaient bien le seul endroit où Hawk n'essaierait pas de la suivre.

— Pourquoi ? Tu es parfaite.

Sauf que son cœur était en miettes…

Elle soupira.

— C'est une habitude. Les femmes vont se rafraîchir, se repoudrer le nez, remettre une touche de rouge à lèvres…

— Pourquoi ? Tu comptes que quelqu'un t'embrasse ?

Elle demeura sans voix. Etait-il donc à ce point dépourvu de cœur ?

— Pourquoi disparaître maintenant ? insista-t-il. Il est presque minuit.

Justement. Elle ne voulait pas montrer le spectacle d'une pauvre personne esseulée que personne n'embrasse, pas même un crapaud. D'accord, elle avait des excuses, puisqu'elle était en service, mais tout de même…

— N'est-ce pas la coutume de mettre des petits chapeaux et de souffler dans des mirlitons ? demanda-t-il.

Comme il s'approchait, elle remarqua qu'il tenait un petit sac à la main.

— Je t'ai apporté quelques accessoires, dit-il.

— Trop aimable d'avoir pensé à moi, répliqua-t-elle tout en se demandant comment il était possible qu'ils entretiennent une conversation aussi stupide.

— Tout à fait d'accord avec toi.

Elle regretta de n'avoir pas de plateau de hors-d'œuvre à sa portée. Dans l'état où elle se trouvait, elle n'était plus à un scandale près.

De son sac, Hawk tira une tiare, et elle mit un certain temps à admettre que la parure qu'il lui présentait n'était pas un de ces ornements fantaisie que les gens portent au réveillon de la Saint-Sylvestre.

Elle nageait en pleine confusion. Elle contempla longuement la parure constituée d'un entrelacs d'or serti de diamants.

En relevant la tête, elle crut rêver en voyant Hawk lui sourire d'un air tendre et prévenant.

Les yeux écarquillés, elle le regarda soulever la tiare et la poser sur sa tête.

Si elle en avait souvent rêvé, c'était la première fois de sa vie qu'elle portait une vraie tiare, en diamants.

— J'ai des épingles pour la maintenir en place, murmura-t-il en reculant pour la contempler. Il paraît que c'est plus sage.

Elle déglutit péniblement.

— Comme je ne savais pas quelle couleur tu porterais, reprit-il, j'ai opté pour le plus classique : la tiare en diamants Carsdale.

Elle avait beau essayer de rassembler ses idées, son cerveau refusait obstinément de fonctionner.

— B-bon choix, bredouilla-t-elle.

Indifférents aux deux personnes qui se tenaient de l'autre côté des portes, à l'intérieur de la salle, les invités continuaient de danser et de s'amuser en attendant le compte à rebours vers la nouvelle année.

— C'est la tiare que portent traditionnellement les futures épouses Carsdale, expliqua-t-il. Ma mère l'a portée le jour de son mariage.

Elle eut la sensation que son cœur s'arrêtait de battre.

L'idée que Hawk s'amuse à ses dépens lui était insupportable. Quelle cruauté si cette mise en scène était un stratagème pour la ramener dans son lit tout en projetant d'épouser Michelene ou une quelconque duchesse à pedigree…

— Pourquoi m'offres-tu de la porter ? demanda-t-elle.

— Que crois-tu ? répondit-il en scrutant son visage. C'est la nouvelle année, et un nouveau début… je l'espère.

— J-je n'ai pas besoin de tiare pour fêter la nouvelle année.

Hawk lui prit le menton.

— Je sais, dit-il tendrement. La question est de savoir si tu as besoin d'un duc très amoureux. Ce que j'ai à t'offrir n'est sans doute pas très drôle : des devoirs, des responsabilités et d'ennuyeuses réceptions…

Les yeux de Pia s'emplirent de larmes.

— Un jour, poursuivit Hawk en s'éclaircissant la gorge, tu as craqué pour un certain James Fielding, citoyen anonyme, et c'est le plus beau cadeau qu'on m'ait fait de ma vie.

Un espoir fou jaillit dans son cœur quand elle le vit mettre un genou en terre. Sortant une bague de sa poche, il lui prit la main.

Elle baissa les yeux sur lui et se mit à trembler d'une telle émotion qu'elle dut retenir la tiare de sa main libre.

Il lui sourit.

— Cette bague est assortie à la tiare.

Elle eut la sensation de manquer d'air.

— Je vous aime, Pia Lumley, dit Hawk d'un ton solennel, je vous aime de tout mon cœur. Me ferez-vous l'honneur d'accepter de devenir ma femme ?

Sa première demande en mariage ! Et formulée par l'homme de sa vie !

Restait un « détail ».

— Qu-que devient Michelene dans l'histoire ?

— C'est étrange. D'habitude, un homme ne s'attend pas à ce que sa demande en mariage se heurte à une question pareille.

— D'habitude, la femme concernée ne s'attend pas à ce qu'il demande la main d'une autre !

— Touché ! Mais il n'y a personne d'autre, Pia. Michelene sait qu'elle ne doit plus espérer devenir duchesse de Hawkshire. C'est la raison de son absence.

— Hawk…, dit-elle, un sanglot dans la voix.

Elle retira la tiare et la tint contre elle.

— J-je t'aime, ajouta-t-elle.

Elle vit le visage de Hawk s'illuminer.

— Et je veux t'épouser. M-mais…

— Pas de mais, coupa Hawk, glissant la bague à son doigt.

Il lui retira la tiare des mains, la posa sur une table et prit Pia dans ses bras pour un baiser plein de tendresse.

Quand il releva la tête, elle déglutit.

— Je n'ai pas l'étoffe d'une duchesse, déclara-t-elle.

— Pas d'accord. Où est la place d'une héroïne de conte de fées si ce n'est dans un palais ?

— Je vis un conte de fées, Hawk ! Figure-toi qu'après avoir découvert ce qui se tramait à propos de Michelene j'ai envisagé de poursuivre notre liaison jusqu'à tes fiançailles officielles. Seulement, je me suis rendu compte que ce n'était pas possible. Je t'aimais trop et je te voulais tout à moi !

Les yeux de Hawk étincelèrent.

— Je suis à toi, Pia. Corps et âme.

— Ta mère ne va pas être contente.

— Elle veut surtout me voir heureux. Tu sais, contrairement à la plupart de leurs ancêtres, mes parents ont fait un mariage d'amour.

— Avoue que je ne rentre pas dans le moule !

Il secoua la tête.

— Tu n'es peut-être pas aristocrate de naissance, mais tu l'es de caractère.

— Mais de telles responsabilités reposent sur tes épaules ! protesta-t-elle.

Hawk sourit.

— Je suppose qu'il est temps pour moi de suivre Lucy sur la voie de la rébellion ! Tu sais, depuis aujourd'hui, ma mère a déjà un gendre américain.

— Jusqu'ici, tu es parvenu à éliminer toutes les bonnes raisons que j'avais de ne pas t'épouser.

— C'est parce qu'il n'y en a que de mauvaises. Pia, m'aimes-tu ?

— Je t'aime, Hawk.

— Et moi aussi je t'aime, passionnément. C'est tout ce qui compte.

Ils s'embrassèrent, serrés l'un contre l'autre.

Quand ils finirent par se séparer, Hawk lui prit la main.

— Cette bague fait partie des bijoux de la famille Carsdale. Je ne voulais pas faire ma demande les mains vides, mais tu pourras en choisir une neuve, si tu préfères.

— Oh, non ! Elle est parfaite.

— Nous avons obtenu une seconde chance, dit-il avec un grand sourire.

— J'en suis heureuse.

— Tu sais comment s'appelle la sonnerie que je t'ai attribuée sur mon portable ? *Inoubliable*.

— Vraiment ? demanda-t-elle avec un sourire tremblant. Alors, j'ai réussi. Je ne voulais pas que tu m'oublies. C'est pourquoi…

Elle se tut, rougit.

— Oui ?

— C'est pourquoi j'ai de nouveau couché avec toi, dit-elle, se jetant à l'eau. Je me suis dit que, cette fois, je te ferais un tel effet que tu voudrais absolument recommencer !

— Tu étais déjà inoubliable la première fois.

— Et pourtant, tu es parti.

— A mon grand regret.

— Parce que ton frère a eu un accident et que tu as dû rentrer chez toi en toute hâte.

— Je ne suis pas parti parce que notre nuit ne signifiait rien, dit-il, mais parce que, au contraire, elle signifiait trop.

— Pourquoi ne m'as-tu pas dévoilé ta véritable identité ?

— Parce que j'aimais l'anonymat que me procurait James Fielding. C'était un tel soulagement de n'avoir pas à repousser des femmes qui n'en voulaient qu'à mon titre et mon argent. Je me sentais libre et heureux d'éviter les pièges de l'existence d'un fils cadet de duc. Je ne me doutais guère…

— … que tu deviendrais duc un jour ?

Il hocha la tête.

— Et qu'une petite personne qui s'était mise à compter beaucoup pour moi serait blessée par ma comédie.

— J'ai bien essayé de te haïr…

— Mais, tout au fond de toi-même, tu m'attendais, n'est-ce pas, Pia ? murmura-t-il d'une voix sourde.

Elle hocha la tête, saisie par la chaleur de son regard.

— Je n’aurai pas assez de toute ma vie pour bénir ma chance, dit-il en se penchant pour l’embrasser.

Elle lui tendit impatiemment ses lèvres. Mais elle profita de ce qu’ils reprenaient leur respiration pour murmurer :

— On ne peut pas se tenir ainsi. Nous allons scandaliser les gens.

— Je l’espère bien, chuchota-t-il d’un air coquin.

Car il était son vilain duc.

Epilogue

— Tu es divine, Pia ! J'attends notre nuit de noces avec une impatience que tu ne peux même pas imaginer.

Pia se détourna du miroir, et son cœur se mit à battre quand elle vit Hawk qui l'examinait depuis le seuil du salon d'habillage.

Il portait un habit à queue-de-pie qui soulignait à la perfection sa carrure. Et elle songea qu'elle aussi attendait avec impatience de se retrouver dans ses bras, dans l'intimité de leur chambre.

— Tu ne devrais pas être ici, dit-elle à contrecœur. Cela porte malheur de voir sa future épouse avant la cérémonie…

Elle avait choisi une robe de mariée incrustée de dentelle et pourvue d'une immense traîne. Avec la tiare qui retenait son voile, elle semblait sortir tout droit d'un conte de fées.

C'était une robe faite pour une princesse. Ou pour une duchesse…

Il eut un sourire désinvolte.

— Tu changeras d'avis quand tu verras ce que je t'apporte !

Elle l'examina d'un air soupçonneux.

— J-je ne vois pas ce que ça peut être. La coutume

veut qu'on présente l'alliance au cours de la cérémonie, non ?

D'ici à une heure, ils prononceraient leurs vœux dans la chapelle de Silderly Park.

— Je veux d'abord un baiser, dit Hawk.

Il vint la prendre dans ses bras, et, en sentant la tendre pression de ses lèvres sur les siennes, elle s'abandonna contre lui.

Quand il releva la tête, elle semblait perdue dans un rêve délicieux.

— S-si c'est une indication de ce que tu m'apportes, je dois te prévenir que nous n'avons ni le temps ni la tenue adéquate.

Hawk rit.

— Plus tard.

En entendant la promesse contenue dans sa voix, elle frissonna longuement.

— Oui, d'abord, une dure journée nous attend, dit-elle.

En effet, pour répondre aux souhaits de la duchesse douairière, après la cérémonie, un déjeuner serait servi pour plusieurs centaines de personnes. Et, pour ceux qui n'y auraient pas assisté, au retour d'une lune de miel passée sur les bords de la Méditerranée, ils donneraient une élégante réception à New York.

— Après ça, plaisanta Hawk, les clientes se bousculeront pour réclamer tes services.

— Je peux t'assurer que tu viendras toujours en premier sur ma liste !

— C'est rassurant, dit-il en souriant, de savoir que j'ai priorité sur tes talents d'organisatrice de réceptions pour le cas où d'autres amis désireraient se marier.

— Je croyais que tu avais épuisé toutes les possibilités pour faire renaître Pia Lumley Wedding Productions de ses cendres !

— J'ai juste demandé quelques faveurs, dit-il modestement. Le voile perdu et autres petits tracas ne sont pas de mon fait.

— Je l'espère bien !

— A propos, tu ne veux pas savoir pourquoi je suis ici ? demanda-t-il, reprenant son sérieux.

Sous son regard intrigué, il alla ouvrir le tiroir d'une commode.

— Je l'ai déposé ici tout à l'heure, expliqua-t-il en sortant un écrin. Je tenais à ajouter la touche finale à ta toilette.

— Hawk, non ! s'exclama Pia. Tu m'as déjà tant donné…

— Ça, c'est vrai, concéda Hawk avec un clin d'œil. Rien que mon cœur…

Elle eut un petit rire nerveux.

— Cela dit, poursuivit-il solennellement tout en ouvrant l'écrin, j'espère que tu feras une exception pour les boucles d'oreilles de l'héritage familial.

Pia tressaillit en découvrant deux superbes pendants d'oreilles en diamants.

— Ils ont été créés pour mon arrière-arrière-grand-mère paternelle et lui ont été présentés le jour de son mariage, dit-il en sondant son regard. Son union a duré soixante et un ans.

L'émotion lui serrait la gorge.

— C'est une histoire magnifique.

— Ne t'emballe pas trop, répliqua-t-il d'un ton railleur. Mon arrière-arrière-grand-mère a eu huit enfants.

— Oh !

Le sourire de Hawk s'élargit tandis qu'il se penchait sur elle.

— Ne t'inquiète pas, dit-il à voix basse. Je n'en oublierai pas pour autant M. Darcy.

— Hawk ? fit la voix de Lucy, résonnant dans le couloir.

— Si elle te trouve ici, chuchota Pia, tu vas te faire sérieusement houspiller.

— Rendez-vous à l'autel ! dit Hawk en lui dérobant un baiser.

Elle était si heureuse qu'il lui semblait que son cœur allait éclater.

— Et nous écrirons ensemble notre conte de fées…, murmura-t-elle.

CATHERINE MANN

Un secret sur le rivage

éditionsHarlequin

Titre original : THE MAVERICK PRINCE

Traduction française de FRANCINE SIRVEN

83-85, boulevard Vincent-Auriol, 75646 PARIS CEDEX 13.
Service Lectrices — Tél. : 01 45 82 47 47
www.harlequin.fr

Prologue

GlobalIntruder. com
Information exclusive
Pour diffusion immédiate

Une famille royale démasquée !

Et si votre voisin était un prince ? On ne sait jamais !

C'est le scoop de l'année, et nous le devons à l'un de nos reporters, digne de la plus grande confiance. Contrairement à ce qu'a toujours affirmé la rumeur, la monarchie déchue des Medina ne vit pas retirée derrière les remparts d'une forteresse perdue, quelque part en Argentine. En réalité, depuis plusieurs dizaines d'années, les richissimes trois héritiers de la famille royale résident aux Etats-Unis, parmi nous, simples mortels, et sous des noms d'emprunt.

Le cadet de la lignée, le très sexy Antonio, semble avoir trouvé refuge au Texas et fréquenterait une certaine Shannon Crawford. En voilà une qui risque de susciter la curiosité, et l'envie, maintenant que le secret sur l'identité de son riche armateur a été levé !

Mais pas de panique, mesdames ! Il reste encore deux mâles Medina — et pas des moindres — et, bonne nouvelle, leur cœur serait à prendre ! Selon nos sources, Duarte se cacherait dans son palace, sur la très chic île de Martha's Vineyard. Carlos quant à lui officierait en tant que chirurgien — excusez du peu — à Tacoma.

Aucune nouvelle en revanche de leur père, le roi Enrique Medina, ex-souverain de San Rinaldo, îlot paradisiaque au large des côtes espagnoles. Mais nos journalistes mènent l'enquête.

Pour tout savoir sur l'art et la manière de séduire un prince, veuillez vous reporter à la rubrique « Séduction » de GlobalIntruder. com.

Tentez votre chance !

- 1 -

Galveston Bay, Texas.

— Le roi prend la reine, déclara Antonio Medina d'un ton victorieux tout en ramassant ses jetons.

Il était ravi de son coup, vu qu'il avait mené le bluff sur un simple valet.

Ignorant la sonnerie de son iPhone, il rassembla ses gains tout en se faisant la réflexion qu'il ne jouait plus aussi souvent au poker depuis que sa société de pêche au gros avait pris une dimension internationale. Récemment pourtant, il s'était mis à fréquenter avec une certaine assiduité l'espace jeu du restaurant cinq étoiles de son ami Vernon, le Galveston Bay. Depuis Shannon, en vérité.

A la simple évocation de ce prénom, il balaya du regard la salle de restaurant, juste derrière la baie vitrée. C'était là qu'elle travaillait en tant que serveuse. Mais aucun signe de Shannon, de son corps élancé zigzaguant entre les tables habillées de nappes en lin, sur lesquelles trônaient verres en cristal et couverts en argent.

La sonnerie stridente d'un téléphone s'éleva une première fois, puis une deuxième. Mais, cette fois, ce n'était pas le sien. A la table, les deux amis de

Vernon Wolfe éteignirent dans un même élan leur portable avec un geste rageur. Il n'entretenait pas de liens particuliers avec les camarades de Vernon qui étaient tous plus âgés que lui. Mais, avant d'être propriétaire d'un hôtel, Vernon avait été capitaine de pêche et il n'avait pas hésité à aider Antonio lorsqu'il avait monté sa propre entreprise. De ce fait, chaque fois que Vernon lui proposait une partie, Antonio s'arrangeait pour répondre présent. Bien entendu, le fait que Shannon travaille ici n'était pas non plus étranger à sa disponibilité.

Vernon se redressa dans son fauteuil en cuir et jeta un regard excédé à son portable lorsque à son tour celui-ci se mit à fredonner les premières notes de la *Symphonie n° 5* de Beethoven.

— Ballsy a frôlé la quinte flush, Tony, tu l'as échappé belle, maugréa-t-il, la voix rocailleuse après tant d'années passées sur le pont à hurler après ses marins. Et j'ai cru un moment que Glenn allait nous sortir un carré.

— Que veux-tu, j'ai appris à bluffer avec le meilleur…, soupira Antonio, en esquissant un sourire.

Sourire était devenu une seconde nature, chez lui. Qui pouvait résister à un sourire ? Alors il souriait, en permanence, de sorte que personne ne pouvait jamais savoir à quoi il pensait, une espèce de verrou de sûreté entre les autres et son intimité. Mais sourire ne résolvait pas tout. Ainsi, il avait été impuissant à obtenir le pardon de Shannon, après leur dispute de la semaine dernière.

Masquant sa contrariété, Tony empila avec soin les jetons sur la table de bois fané, vestiges du vieux rafiot de Vernon, avant qu'il ne rentre définitivement au port.

— Ton copain Glenn a encore d'énormes progrès à faire, en matière de bluff, ajouta Tony.

Dès qu'il bluffait, Glenn se mettait en effet à siroter son irish coffee avec nervosité, personne autour de la table ne paraissant remarquer le tremblement de ses mains ni les perles de sueur à son front. Au contraire, chaque fois qu'il avait du jeu, l'avocat s'affalait sur son fauteuil et retirait sa cravate de soie, feignant une décontraction dont Tony n'était pas dupe.

Vernon ramassa les cartes et entreprit de les mélanger.

— N'empêche, continue à gagner comme ça, et je ne pourrai plus plaider ta cause. Certains n'aiment pas perdre, et il se pourrait que tu sois forcé de changer de climat, et vite…

La réflexion de Vernon fit éclater de rire Tony. Un rire forcé, bien entendu, car il n'irait nulle part. C'était ici chez lui, désormais. Il y avait sa vie, et le nom de Medina ne faisait plus partie de son vocabulaire. Aujourd'hui, il était Tony Castillo. Avec la bénédiction de son père. Du moins jusqu'à ces derniers temps.

Depuis six mois en effet, son père, Enrique Medina, roi déchu d'un petit royaume espagnol, ne cessait de lui envoyer des messages requérant sa présence sur l'île, au large de la Floride. Tony avait fui cette prison dorée le jour de ses dix-huit ans, pour ne jamais y revenir. Si Enrique était aussi malade qu'il le prétendait, eh bien ils régleraient leurs comptes au paradis… à moins que ce ne soit en enfer.

Il adorait le Texas. Tandis que pour ses frères le mois d'octobre ressemblait déjà à l'hiver, lui à Galveston Bay profitait de la douceur de l'été indien. A cette saison, on entendait encore le ronronnement du climatiseur dans le restaurant, niché au cœur du quartier touristique.

Les échos d'un morceau de flamenco joué par un guitariste lui parvinrent, mêlés au bourdonnement de la clientèle se pressant pour dîner. Les affaires marchaient plutôt bien pour Vernon. Antonio y avait veillé. Vernon par le passé n'avait pas hésité à lui donner du travail, alors que personne ne voulait faire confiance à un garçon de dix-huit ans, affublé d'une identité obscure. Quatorze ans et quelques millions de dollars plus tard, Tony se réjouissait qu'un petit pourcentage des bénéfices tirés de son affaire de transport maritime puisse assurer une retraite décente au vieux pêcheur de crevettes. Un juste retour des choses.

Vernon distribua les cartes pour une nouvelle partie. Glenn examina son jeu tout en repoussant son BlackBerry, qui s'était remis à sonner. Tony à son tour posa la main sur les cartes jetées devant lui… avant de se figer. Il tendit l'oreille, tout entier concentré soudain sur un son provenant de la salle de restaurant. Un rire, ou plutôt un subtil éclat de rire, qui s'éleva entre le cliquetis très distinct de la vaisselle et les palpitations de la guitare. Un son qui instantanément réveilla le désir en lui. Un désir violent, irrépressible, après une semaine sans elle.

Ses yeux parcoururent la salle de restaurant, puis Shannon apparut enfin, longeant le comptoir avant de s'arrêter prendre une commande auprès du maître d'hôtel. Elle plissa les yeux derrière ses lunettes rétro qui lui donnaient un air d'institutrice un peu sexy, une allure qu'il adorait, qui chaque fois attisait son désir.

La lumière déversée par les appliques sembla disperser mille diamants sur ses longs cheveux blonds. En dépit d'un chignon savamment déstructuré, elle faisait très stricte dans son uniforme, jupe noire et veste de smoking sur chemisier blanc. Stricte et sexy. Elle paraissait aussi exténuée.

Cela le mit en rage : il ne demandait qu'à l'aider ! Il le lui avait encore proposé, le week-end dernier. Ils venaient de faire l'amour dans sa villa de Bay Shore, et elle était en train de se rhabiller lorsqu'il avait abordé le sujet. Elle avait coupé court, sur un ton n'admettant pas la moindre réplique. Et depuis, pas un mot, pas même un coup de fil pour répondre à ses messages.

Shannon, si sensuelle, si entêtée. S'il lui avait suggéré de la prendre officiellement pour maîtresse, il aurait compris qu'elle se mette dans une telle colère. Mais il cherchait uniquement à lui venir en aide, à elle et à son fils de trois ans. N'avait-elle pas coutume de répéter qu'elle était prête à tout, pour Kolby ?

Là aussi, il aurait mieux fait de se taire, au lieu de parler de son fils.

A cette simple évocation, les lèvres si pulpeuses de Shannon s'étaient réduites à un trait fin et blême, et elle l'avait fusillé du regard. Le message était clair. Il pouvait aller se faire voir avec sa proposition. Il entendait encore le fracas de la porte d'entrée quand elle était sortie.

La plupart des femmes qu'il connaissait auraient sauté sur l'occasion, alléchées par sa fortune, les cadeaux somptueux. Pas Shannon. Au contraire, on avait l'impression que son argent la révulsait. Il lui avait fallu deux mois pour qu'elle accepte de boire simplement un café avec lui. Et deux mois supplémentaires pour l'attirer dans son lit. Et, près d'un mois plus tard, il n'arrivait toujours pas à la comprendre.

D'accord, il avait bâti un véritable petit empire industriel à Galveston Bay. Lorsqu'il y avait atterri, un peu par hasard, bien des années plus tôt, il était alors à la recherche d'une petite ville tranquille, sur la côte, un endroit qui lui rappellerait son pays natal.

Son pays, le vrai, se trouvait au large des côtes espagnoles. Rien à voir avec l'île-forteresse érigée par son père dans les eaux territoriales américaines. Celle dont il s'était échappé, le jour de ses dix-huit ans, renonçant dans la foulée au nom de Medina pour celui de Castillo. Un patronyme emprunté à l'arbre généalogique de la famille royale.

A l'époque, Tony Castillo s'était fait le serment de ne jamais revenir. Il avait tenu parole.

Il ne voulait même pas penser à ce que serait la réaction de Shannon si elle venait à découvrir son secret. Un secret qu'il n'avait nulle envie de partager.

Vernon tapota sur la table avec impatience, interrompant ses réflexions.

— Ton téléphone sonne encore. Prends l'appel, nous attendrons.

Mais Tony raccrocha sans même regarder l'écran de son iPhone. Les deux personnes qui comptaient le plus dans son existence étaient sous ses yeux. Shannon et Vernon. Alors, à quoi bon répondre…

— Sans doute des acheteurs potentiels, marmonna-t-il. Ils attendront que nous ayons terminé notre partie. Il n'y a pas d'urgence.

Glenn dégusta une gorgée d'irish coffee puis il déclara, narquois :

— Si je comprends bien, tu ne réponds à un appel que si cela te chante… ?

— Pas systématiquement, répondit Tony en glissant l'appareil dans la poche de sa veste.

Il n'avait même pas le courage d'entamer une polémique avec Glenn. Il n'aspirait qu'à une chose : le calme et la compagnie de Shannon après cette dure journée de travail.

A ce moment, le téléphone de Vernon sonna à son tour. Tout à coup, cela lui mit la puce à l'oreille. Que signifiait ce concert de sonneries. La situation en devenait presque ridicule !

— Ma femme, bougonna le vieux loup de mer, qui aussitôt se leva pour se retirer un peu à l'écart et décrocher. Oui, mon trésor ?

Pour la première fois de sa vie, Vernon était passé devant monsieur le maire, sept mois auparavant, et depuis il se comportait comme un éternel jeune marié. Tony repensa à ses parents, pour chasser aussitôt cette image d'un bonheur ancien. En réalité, de parents, il n'en comptait plus qu'un, sa mère étant décédée quand il avait cinq ans.

Vernon étouffa un cri de surprise, attirant l'attention de Tony. Il vit son vieux mentor écarquiller les yeux, pâlir. Que se passait-il donc ?

— Tony, dit-il après avoir raccroché, livide, la voix plus râpeuse que jamais. Tu ferais mieux d'écouter tes messages…

— Un problème ? demanda-t-il en attrapant son iPhone.

— Ce sera à toi de nous le dire, répondit Vernon, énigmatique, sans le quitter des yeux. En fait non, laisse tomber tes messages et branche-toi directement sur le Net.

— Où, sur le Net ? s'enquit Tony en pianotant sur son appareil.

— N'importe où, répondit Vernon qui se rassit, se laissant littéralement tomber sur son fauteuil. Partout, la nouvelle fait la une. Tu ne peux pas y échapper.

Sur l'écran de son iPhone, la page d'accueil d'internet s'ouvrit, avec en gros titre :

LA FAMILLE ROYALE DÉMASQUÉE !
LES MEDINA SONT PARMI NOUS !

Il cligna des yeux, sous le choc. L'impensable s'était produit. Cela n'aurait pourtant jamais dû arriver. Ligne après ligne, l'identité de ses frères puis la sienne étaient dévoilées, leur couverture disséquée, leur vie privée exposée. L'heure de vérité, celle que redoutait tant son père avait donc sonné. Il continua de lire, jusqu'à la fin. Jusqu'à :

TOUT SUR LA MAÎTRESSE DE MEDINA !

La spirale infernale des scoops… Instinctivement, il regarda derrière la baie vitrée, chercha des yeux Shannon.

Il l'aperçut, près du comptoir. Elle lui tournait le dos. Il ne disposait que de très peu de temps. Il devait absolument lui parler, tout de suite.

Il bondit sur ses pieds, faisant basculer son fauteuil dans son élan. Les camarades de Vernon lui lancèrent à peine un regard, ils s'étaient jetés sur leur téléphone et vérifiaient eux aussi leurs messages. Il s'approcha de la porte, agrippa la poignée, les yeux rivés sur la femme qui, par la douceur de ses mains courant sur sa peau nue, de ses cheveux caressant son torse, lui avait fait perdre la raison. Au point d'en oublier toute vigilance. Il tressaillit, saisi par un mauvais pressentiment.

Son instinct ne lui avait jamais fait défaut, au fil des années, l'inspirant dans les affaires quand il s'agissait de conclure des accords avec des millions de dollars en jeu. Ce même instinct l'avait guidé quand il fuyait, courant à perdre haleine à travers bois, avec à ses trousses les rebelles qui venaient de renverser son père, à San Rinaldo. Des rebelles qui n'auraient pas hésité à tirer sur des enfants, y compris sur un gamin de cinq ans !

Pas plus qu'ils n'avaient hésité à tirer sur une femme, leur mère.

Les Medina avaient trouvé asile aux Etats-Unis où ils avaient bénéficié d'une couverture ultra-secrète. Il y allait de leur sécurité. Sa famille avait été transférée sur une île, au large des côtes américaines, loin des curieux et des importuns, mais les rebelles ayant juré de les exterminer, la méfiance était devenue un réflexe. L'ennemi était partout ! Il ne fallait jamais baisser la garde.

Et lui, le pire égoïste qui soit sur cette Terre, il avait jeté Shannon en pâture à ces psychopathes, simplement parce qu'il avait envie de faire l'amour avec elle.

Il inspira profondément et tourna la poignée de la baie vitrée avant de s'arrêter net.

L'horreur dans les sublimes yeux gris-bleu de Shannon le fit frémir. Et, s'il avait eu encore le moindre doute, le téléphone portable dans sa main aurait fini de le persuader.

Elle savait.

Il n'y avait rien à savoir.

La rumeur découverte par la baby-sitter de son fils sur le Net était forcément une erreur. Tout comme les prétendues révélations contenues dans la demi-douzaine d'articles que Shannon avait pu consulter sur son téléphone, après son appel. Pure diffamation, grossiers mensonges, etc.

Les informations les plus folles circulaient sur la Toile, tout le monde savait cela. Les gens racontaient n'importe quoi sur les blogs, en quelques clics un mensonge avait valeur de vérité aux yeux des internautes.

La main de Tony sur son épaule, voilà où était la vérité. Un contact intime, qu'elle reconnaîtrait entre mille et qui éveillait en elle des sensations familières, mélange de chaleur et de frissons… Non, Tony n'était pas un inconnu pour elle, loin de là.

Mais elle avait beau essayer de se raisonner, le doute — qui n'était jamais bien loin — non seulement la rattrapa mais la submergea.

N'avait-elle pas commis la même erreur, avec son défunt époux ? En croyant aveuglément à tout ce qu'il disait, uniquement parce qu'elle voulait que ce soit vrai ?

Mais Tony n'était pas Nolan ! Tout allait rentrer dans l'ordre, et ils pourraient reprendre en toute quiétude le fil de leur relation. Sauf… Ils étaient fâchés. L'autre jour, elle était partie de chez lui en claquant la porte. Parce qu'il tenait absolument à lui donner de l'argent. Ce qui l'avait mise hors d'elle.

Et si c'était vrai ? S'il était prince ?

Elle réprima un rire hystérique. Plusieurs fois, il avait prétendu avoir de l'argent à dépenser. Se pouvait-il en réalité qu'il en possède bien plus que ce qu'elle pouvait imaginer ?

— Respire, ordonna Tony.

— Voilà, voilà, voilà, dit-elle en enfonçant ses lunettes sur son nez, priant pour que disparaissent ces fichus papillons noirs devant ses yeux. Tout va bien.

Sa vision en effet s'éclaircit, et elle put de ce fait constater que tous les regards convergeaient vers elle, dans la salle de restaurant. Mais… à quel moment Tony avait-il commencé à l'entraîner vers la porte ? Une angoisse profonde l'étreignit, sentiment d'une catastrophe imminente, car bientôt une meute de journalistes allait s'abattre sur elle.

— Bien, calme-toi…

C'était bien sa voix. Une voix dont l'accent n'avait rien de texan. Ni même d'un autre Etat du Sud. Et, à vrai dire, rien non plus qui rappelle le Nord. Comme s'il s'était appliqué à effacer toute trace d'appartenance régionale en lui. Elle tenta de se concentrer sur le son de cette voix en des moments particuliers, notamment ce timbre envoûtant quand ils faisaient l'amour.

— Tony, je t'en prie, dis-moi que tout cela n'est qu'un malentendu dont nous allons rire…

Il ne répondit pas. Le visage grave, il regarda par-dessus son épaule. Mais qu'était devenu son amant si plein d'insouciance ? Elle ne le reconnaissait plus, pourtant elle gardait le souvenir de la douceur de ses cheveux noirs et épais sous ses doigts. Dès le début, elle avait compris qu'elle avait affaire à un homme riche et influent, à sa tenue vestimentaire, à son mode de vie, et surtout à la fierté de son regard, à son attitude vaguement hautaine.

Elle nota alors sur son visage quelque chose d'aristocratique. Dans les pommettes, dans la mâchoire. Une beauté ténébreuse, irrésistible. A laquelle elle n'avait pas résisté, séduite par-dessus tout par son sourire.

Sortir avec un homme riche n'entrait pourtant pas dans ses projets, après tout ce qu'elle avait enduré par le passé, à cause de son ex-mari. Un escroc de la pire espèce. Elle s'était laissé étourdir par le faste et les paillettes du monde de Nolan, découvrant mais trop tard que tout ce faste n'était qu'illusion, une vulgaire fraude, financé par la trop célèbre chaîne de Ponzi.

Une fois de plus, la millième peut-être, à l'idée de toutes ces existences brisées par la faute de Nolan, la culpabilité lui coupa le souffle. S'il n'y avait eu son fils, elle ne sait pas ce qu'elle serait devenue, surtout après le suicide de Nolan. Mais, pour Kolby, elle avait tenu bon.

— Réponds-moi, supplia-t-elle, pleine d'espoir encore.

— Ce n'est pas le lieu…

Ce n'était pas très rassurant. Pourquoi Tony avait-il le pouvoir de lui faire du mal ? La colère soudain perça sous la douleur.

— Est-ce si difficile de dire « satanée rumeur » ? Vas-tu te décider à la fin ?

Il glissa un bras autour de ses épaules et l'attira contre lui.

— Trouvons un endroit plus discret.

— Non. Explique-moi ! Tout de suite !

Elle s'arracha au pouvoir d'attraction de son parfum, cocktail de bois de santal et de menthe, l'odeur de plaisirs exotiques.

Tony, ou peut-être Antonio, ou prince Medina, enfin qui qu'il soit approcha son visage du sien.

— Shannon, tiens-tu vraiment à ce que quelqu'un puisse nous entendre ? Les médias vont envahir notre ville d'ici peu, c'est déjà bien assez…

Elle était au bord des larmes et, derrière ses lunettes embuées, la salle ressemblait à un tableau de Francis Bacon.

— D'accord, allons discuter dans un endroit tranquille.

Il la guida vers la cuisine. Presque instinctivement, son pas se calqua sur le sien et leurs corps évoluèrent au même rythme comme s'ils dansaient ou comme s'ils… Des regards appuyés et des chuchotements les accompagnèrent durant ces quelques mètres. Tous étaient donc au courant, déjà ? Elle avait l'impression d'entendre des sonneries de téléphone portable venant de toutes parts, comme si un trou noir s'apprêtait à engloutir Galveston.

Personne n'osa les aborder, c'était comme s'ils traversaient un désert, elle saisit pourtant çà et là des bribes de discussions.

— Tony Castillo serait…

— … Medina…

— … avec cette serveuse…

Le bourdonnement des conversations enfla, aussi terrifiant qu'un nuage de sauterelles fondant sur le Texas. Sur sa vie.

— Impossible de discuter ici, gronda Tony. Je t'emmène ailleurs.

Son bras puissant se resserra comme un étau autour de ses épaules, ils franchirent la porte des cuisines, passèrent devant une rangée de cuisiniers au garde-à-vous, puis Tony se dirigea vers la sortie de secours. Elle n'eut d'autre choix que de le suivre.

Une fois à l'extérieur, le soleil de cette fin d'après-midi illumina son visage bronzé, mettant en valeur chacun de ses traits. Elle avait toujours eu le sentiment qu'il venait d'ailleurs, lui trouvant quelque chose d'exotique. Mais elle avait cru à l'histoire de ses parents décédés, comptables émigrés d'Amérique du Sud. Ses propres parents avaient perdu la vie dans un accident de voiture, juste avant qu'elle ne passe le bac. Comme ils avaient vécu une enfance similaire, elle s'était sentie proche de lui.

Et maintenant ? Elle n'était sûre de rien, excepté d'une chose. Son corps se fichait bien de la rumeur, lui qui la trahissait en cherchant à se rapprocher de celui de Tony, pour y trouver du réconfort, du plaisir, le réconfort du plaisir.

— Je dois avertir la direction. Je ne peux pas partir comme ça et risquer de perdre mon emploi.

Les pourboires le soir étaient plus généreux, et elle comptait chaque penny. Elle ne pouvait se permettre de reprendre une formation pour enseigner la musique, et faudrait-il trouver un poste. Des cours particuliers ? Les amateurs de hautbois étaient peu nombreux en ville.

— Je connais ton patron, rappelle-toi, répondit-il tout en débloquant la portière de sa voiture avec son porte-clés.

— Bien évidemment. Où avais-je la tête ? Monsieur a des relations, dit-elle avec un éclat de rire nerveux.

Si la rumeur Medina était avérée, pourrait-elle seulement retrouver du travail ? Elle avait déjà eu assez de mal à se faire embaucher quand, pour le monde entier, elle restait associée à l'image calamiteuse de Nolan et au scandale qui avait entouré sa mort. Certes, elle avait été lavée de tout soupçon, mais ils étaient nombreux encore à croire en sa culpabilité dans l'escroquerie élaborée par Nolan.

Il n'y avait eu aucune charge contre elle. Quant à

son mari, libéré sous caution, il était décédé à peine vingt-quatre heures plus tard.

Soudain, Tony marmonna un juron, puisé sans doute dans le registre des marins de la région. Aussitôt, elle fut aux aguets, regarda autour d'elle, mais ne remarqua rien de particulier… Puis elle entendit nettement le martèlement des pas sur le bitume et, la seconde d'après, elle vit un essaim d'individus courir droit sur eux, brandissant appareils photo, caméras et micros.

Etouffant un nouveau juron, Tony ouvrit à la hâte la portière côté passager de sa Cadillac et, en moins de deux secondes, elle se retrouva projetée à l'intérieur. Puis il fit le tour du véhicule, se glissa au volant et claqua la portière, le tout en un temps record, au nez et à la barbe des journalistes. La meute se pressa autour de la voiture, tambourinant aux vitres fumées. Elle se fit toute petite sur son siège tandis que Tony verrouillait la voiture.

Le puissant engin s'arracha à la cohue médiatique, doucement mais sûrement. Elle respira, plus exactement s'efforça de reprendre sa respiration avec calme. C'était donc ça, la vie des gens riches et célèbres ? Eh bien, non merci, pas pour elle !

Après une marche arrière, Tony enclencha la première et entreprit de traverser le parking, la foule s'écartant sur son chemin, comme la mer Rouge lors du partage des eaux. Quelques reporters trop zélés voulant à tout prix lui barrer la route trébuchèrent et mordirent la poussière, mais apparemment sans trop de dommages.

Quand il s'agissait d'avancer, Tony n'était pas du genre à trembler, elle ferait bien de se le rappeler.

Il parcourut le quartier touristique à une vitesse légèrement supérieure à celle autorisée, suffisante en tout cas pour semer la presse. Elle peinait à retrouver son calme et, une main accrochée au tableau de bord, elle jeta un regard discret vers Tony. Imperturbable, il tenait ses mains fermement plaquées sur le volant. Elle nota au passage sa montre de luxe scintillant à son poignet, les boutons de manchette impeccables à la boutonnière de sa chemise de grand couturier.

Elle reporta son attention sur l'extérieur. Les bâtiments de briques restaurés par la municipalité défilaient devant sa vitre. Un jeune couple en tenue de soirée se querellait, sur le trottoir. Encore choquée par l'assaut des paparazzi, elle finit néanmoins par se détendre, se sentant en sécurité dans cette puissante voiture, avec Tony.

Suffisamment en sécurité pour que la colère et le sentiment de trahison refassent surface. Elle était furieuse contre lui, depuis leur dispute du week-end dernier, à cause de son insistance à vouloir lui donner de l'argent. Mais cette colère n'était rien comparée à la rage qui couvait en elle à ce moment même.

— Bien, nous sommes seuls. Je t'écoute.

— C'est compliqué, dit-il en jetant un regard à son rétroviseur. Que veux-tu savoir ?

Elle dut se forcer pour articuler les mots qui risquaient de mener à une rupture définitive entre elle et Tony, le premier et le seul homme dans sa vie, depuis Nolan.

— Fais-tu partie de cette famille royale, celle que tout le monde croyait cachée en Argentine ?

Seul le ronronnement du moteur de la Cadillac lui répondit. Le soleil déclinant, les phares s'allumèrent automatiquement et soudain le faisceau d'une lueur blanchâtre balaya la rue devant eux.

Elle vit ses mains se figer sur le volant, il serra les dents puis hocha sèchement la tête.

— La rumeur sur le Net est vraie.

Et elle qui croyait son cœur à l'abri de tout nouveau naufrage.

Elle s'était sentie blessée dans sa fierté lorsque Tony lui avait proposé de l'argent, mais elle aurait fini par surmonter l'affront. Elle lui aurait fait comprendre l'importance, pour elle, de subvenir seule à ses besoins. Mais cette histoire… Elle n'arrivait pas à y croire. Elle avait partagé le lit d'un prince, lui avait ouvert sa maison, son corps, et avait même envisagé de lui ouvrir son cœur. Quelle déception !

Comment avait-elle pu se montrer aussi naïve, gober par exemple cette histoire d'adolescent travaillant sur un bateau de pêche à la crevette ? Le tatouage comme son oreille percée, détail au demeurant presque imperceptible, faisaient partie de son charme et la fascinaient autant que ses caresses.

— Tu ne t'appelles donc pas Tony Castillo…

Prise soudain de nausées, elle porta une main à ses lèvres. Elle entretenait une liaison intime avec un homme dont elle ne connaissait même pas le nom.

— En théorie, je pourrais…

Au lieu de le couvrir de coups de poing, comme

elle en mourait d'envie, elle martela les accoudoirs de son siège.

— Je me fiche de tes théories ! Et vois-tu, je n'ai que faire des menteurs. Au fait, tu as vraiment trente-deux ans ou tu as aussi menti sur ton âge… ?

— Il ne m'appartient pas de révéler certains détails. D'autres membres de ma famille sont impliqués. Mais, si cela peut te consoler, oui, j'ai vraiment trente-deux ans. Et toi, tu en as vraiment vingt-neuf ?

— Je ne suis pas d'humeur à plaisanter…

Elle croisa les mains, regarda l'annulaire de sa main droite, porteur autrefois d'un diamant trois carats. Elle avait retiré son alliance après les obsèques de Nolan et l'avait vendue peu après avec d'autres biens, pour rembourser les dettes.

— J'aurais dû me méfier.

— Pourquoi dis-tu cela ?

— Tout cet argent, ce n'était pas normal.

— Dis aussi que je suis un voleur, répliqua-t-il avec arrogance.

— Oh, excuse ma brutalité, mais je ne suis pas au mieux de ma forme, ce soir.

Il tourna le volant, sans même que son élégant costume italien ne fasse un pli. Elle avait vu l'étiquette de sa veste, une Caraceni, pendue au montant de son lit.

En réalité, Tony était plus séduisant encore sans vêtements, son corps bronzé et musclé éclipsant sa garde-robe luxueuse. Et que dire de ses sourires, francs et lumineux, de son sens de l'humour ? Sa vie en avait été transformée.

Une vie qui lui avait semblé bien morne, cette semaine, sans lui.

— Désolée de t'avoir froissé, Tony. Oh, mais peut-être devrais-je dire Votre Majesté ? Après tout, certains articles me désignent bien comme « la maîtresse de Sa Majesté ».

— En fait, le protocole préconise Votre Altesse, déclara-t-il avec ce petit sourire qui lui chavirait le cœur, sourire teinté ce soir d'amertume. Majesté est réservé au roi.

Comment pouvait-il se montrer si désinvolte ?

— Tu veux savoir ce que j'en fais, de ton protocole ?

— Je l'imagine très bien, maugréa-t-il en s'engageant sur le front de mer. Tu as besoin d'un peu de temps pour retrouver ton calme. Nous discuterons ensuite de ce qu'il convient de faire pour gérer au mieux la situation.

— Tu ne comprends pas. Il ne s'agit pas de retrouver mon calme. Tu m'as menti, voilà tout. Après avoir fait l'a…

Elle buta sur ce mot, des images bien trop troublantes se bousculaient dans sa tête : le poids de son corps sur le sien, la douceur de sa peau contre la sienne, cet instant magique et merveilleux où enfin il venait en elle…

— … après avoir couché avec moi, tu aurais dû me parler. A moins que le sexe ne signifie rien, pour toi. Il est vrai que si tu devais parler à toutes les femmes avec lesquelles tu couches il n'y aurait plus de secret.

— Stop, ça suffit maintenant ! dit-il d'un ton sans appel en serrant les poings sur le volant, révélant les cicatrices sur ses doigts, héritage de cette jeunesse prétendument passée sur les ponts des chalutiers. Tu étais plus en sécurité en ne sachant rien.

— Ah, mais bien sûr, suis-je sotte ! C'était pour mon bien, fit-elle en croisant les bras, comme un bouclier contre la douleur.

— Que sais-tu exactement, au sujet de ma famille ?

Soudain, l'envie irrépressible qu'elle avait de hurler s'évanouit, remplacée par la curiosité.

— Pas grand-chose. Comme tout le monde, j'ai entendu parler du roi d'un petit pays, voisin de l'Espagne, renversé lors d'un coup d'Etat. On a prétendu que la famille se cachait quelque part en Amérique du Sud, à l'abri des paparazzi.

— Les paparazzi ? S'il n'y avait que cela. Quelque part, il y a des gens qui ont juré d'éliminer ma famille et qui ont déjà réussi à assassiner ma mère. Des gens qui ont tout à gagner, argent et pouvoir, si les Medina disparaissent de cette planète.

Son cœur se serra quand elle pensa à ses souffrances. Si elle s'était écoutée, à cet instant, elle aurait posé ses lèvres sur les siennes, l'aurait embrassé jusqu'à en perdre le souffle, pour oublier toute cette folie. Oui, elle se serait abandonnée à cette sensation de parfaite harmonie qu'elle avait découverte entre ses bras, la première fois où ils avaient fait l'amour, dans sa villa de Bay Shore.

— Tu sais, Shannon, le monde est une jungle remplie d'êtres malfaisants. Et, d'ici peu, ce sont de véritables loups sanguinaires qui vont me prendre en chasse, moi, ma famille et tous ceux qui nous sont proches. Que tu le veuilles ou non, je ferai ce qu'il faut pour ta sécurité et celle de Kolby.

La sécurité de Kolby ? Elle sentit la sueur perler sur son front, puis un grand froid l'enveloppa. Comment n'y avait-elle pas pensé plus tôt ? Au lieu de se lamenter à propos de Tony… d'Antonio.

— Accélère ! Conduis-moi à la maison, vite !

— C'est bien mon intention. J'ai déjà envoyé un garde du corps.

Garde du corps ?

— Mais… quand ?

Elle ne savait plus que penser. Quelle sorte de mère était-elle ? C'était tellement évident. Kolby, le fils de la « maîtresse de Sa Majesté », n'échapperait pas au scoop du siècle.

Un garde du corps !

— J'ai expédié un SMS, pendant que nous sortions du restaurant.

Bien sûr, il avait des hommes à son service. Monsieur n'était pas simplement l'armateur multimillionnaire qu'elle imaginait, il était aussi l'héritier d'une famille royale avec tous les privilèges que cela impliquait.

— Je n'ai pas remarqué, soupira-t-elle, accablée.

Elle n'était même plus en sécurité dans sa ville. Ni chez elle. Affaissée sur son siège, elle tenta de faire le vide dans sa tête, puis soudain la vérité la submergea. Et peut-être pour la première fois depuis le coup de fil de sa baby-sitter, elle prit réellement conscience de la situation.

— Tu es donc un Medina. Tu appartiens à cette famille royale déchue.

Il redressa imperceptiblement la tête, avec une fierté toute princière.

— Mon nom est Antonio Medina. Je suis né à San Rinaldo, troisième fils du roi Enrique et de la reine Beatriz.

Elle crut que son cœur allait imploser, un sentiment de panique la prit à la gorge. Un prince, un vrai ! Comment aurait-elle pu deviner, en le voyant la première fois, cinq mois plus tôt, à la table de jeu de son patron ? Elle se souvenait. Elle lui avait apporté son repas. Tony avait commandé un vulgaire sandwich hawaïen et un thé glacé. Un sandwich ! Elle qui pensait que les grands de ce monde ne se nourrissaient que de caviar !

— C'est complètement… fou.

Et terrifiant. En réalité, la situation était tellement folle qu'elle ne sentait plus rien soudain. Même plus le chagrin. Oh, cela reviendrait, forcément. Les mains tremblantes, elle redressa ses lunettes sur son nez. Elle devait se concentrer.

— Des histoires comme cela, ça n'arrive qu'au cinéma…, dit-elle, tentant une dernière fois de nier ce cauchemar.

— C'est ma vie. Et c'est aussi la tienne, désormais.

— Quoi ? Toi et moi ? s'exclama-t-elle. Mais nous deux, c'est fini. De l'histoire ancienne.

Il s'arrêta à un stop et la regarda bien en face pour la première fois depuis qu'il l'avait abordée, au restaurant, tout à l'heure. Ses yeux couleur chocolat la pénétrèrent.

— Allons, Shannon… Tu tiens vraiment à jeter

aux oubliettes tous ces merveilleux moments que nous avons partagés ?

Son cœur s'accéléra, simplement comme ça, à la caresse de son regard, puis elle frissonna au souvenir de ses mains sur son corps. Elle voulut répondre, mais aucun son ne sortit de sa bouche. Il effleura alors son bras, puis posa sa main sur la sienne. Un geste anodin, rien de franchement érotique, mais cela suffit à l'embraser, le désir s'empara d'elle.

Là, au beau milieu de la rue, dans un moment aussi grave, voilà que son corps la trahissait aussi sûrement que Tony l'avait trahie ! Enfin, Antonio.

Il fallait qu'elle soit beaucoup plus ferme !

— Je te fais remarquer que j'ai déjà mis un terme à notre relation, le week-end dernier.

— Une dispute, pas une rupture, corrigea-t-il en serrant doucement sa main.

— On ne va pas jouer sur les mots. Cela n'a aucune espèce d'importance de toute façon, répondit-elle en s'éloignant de lui, reculant sur son siège jusqu'à ce que son dos touche la portière. Je ne veux plus avoir affaire à toi.

— Voilà qui est ennuyeux, car nous allons devoir passer un certain temps ensemble, aussitôt que tu auras récupéré ton fils. Il est hors de question que tu rentres à ton appartement ce soir.

— Il est hors de question que je reste avec toi.

— On n'échappe pas à son destin, Shannon. Je suis désolé de ne pas avoir pu vous épargner cela, à toi et à ton fils. Mais nous allons devoir faire face, ensemble.

La peur pour son fils le disputait à sa colère contre lui.

— Tu n'as pas le droit ! rétorqua-t-elle. Pas le droit de disposer de notre vie de cette façon !

— Je suis entièrement d'accord, concéda-t-il à sa grande surprise. Mais ce scoop aura forcément des conséquences, et je suis le seul à pouvoir vous en protéger.

- 2 -

Un vigile se tenait devant la porte de son appartement, au rez-de-chaussée. Un type genre molosse, en costume noir, comme dans les films. Shannon soupira, en proie à une frustration insoutenable.

La voiture n'était pas encore totalement à l'arrêt quand elle en descendit, impatiente de retrouver son fils, de se réfugier dans son minuscule petit nid, avec l'espoir que la vie allait reprendre son cours normal. Ce n'était pas possible. Tony n'était pas sérieux quand il lui demandait de faire ses valises pour partir avec lui. Il s'agissait d'un stratagème pour essayer de la reconquérir, après leur dispute.

Pourtant… Qu'est-ce qu'un prince pourrait vouloir d'elle ?

A son grand soulagement, elle constata qu'aucun reporter ne faisait le pied de grue sur le parking. Quant à ses voisins, ils semblaient sagement installés chez eux, comme tous les gens normaux à cette heure. Elle avait choisi cette résidence de quelques dizaines d'appartements pour l'anonymat qu'elle offrait. Plusieurs bâtiments de trois étages formaient un arc de cercle, parfaitement semblables avec leur façade ocre jaune et leurs balcons blancs. Difficile pour quelqu'un d'extérieur aux lieux de distinguer un appartement d'un autre. Une piscine et une aire de jeux se trouvaient au centre du complexe, seul luxe qu'elle s'était autorisé, non pas pour elle mais pour Kolby.

Et maintenant, elle devrait en partir ? Abandonner ce havre de paix pour trouver refuge où ? Dieu seul le savait !

— Tiens, dit-elle en tendant son sac à Tony derrière elle. Garde-moi ça pendant que j'ouvre la porte.

— Euh, oui, bien sûr, grommela-t-il en regardant son sac, une besace très à la mode, dans sa main, comme s'il était bourré de dynamite.

— Inutile de paniquer, ce n'est qu'un sac.

— A tes ordres, Shannon.

— Surtout, ne te moque pas de moi, répliqua-t-elle avec un regard assassin.

— Je croyais que tu aimais mon sens de l'humour…

Encore tout à l'heure, ne pensait-elle avec émotion à ses rires, à ses sourires ? Mais c'était le passé. Cet inconnu, cet Antonio, elle ne voulait même pas en entendre parler. Il n'y avait plus de Tony, voilà tout ce qu'elle savait. Elle devait lui dire adieu. Pour toujours.

Elle ralentit le pas en remontant l'allée pavée de granit, entre deux haies de laurier palme, très simples, rien de comparable avec les jardins sophistiqués de la vaste propriété où elle vivait avec Nolan. La résidence était modeste mais propre.

Et sûre.

Pourtant, brusquement, elle ne s'y sentait plus en sécurité. Dans la voiture, après lui avoir annoncé qu'elle devait faire ses valises, Tony avait appelé son avocat. A ce qu'elle avait pu saisir de sa conversation, elle avait compris que la nouvelle se répandait telle une traînée de poudre, mais qu'en revanche on ignorait l'identité de celui ou celle qui avait révélé l'information au journaliste du *Global Intruder.* Tony avait gardé son calme, grave mais imperturbable.

Où était passé son amant insouciant, toujours prêt à rire ?

A l'idée de tout ce qu'elle s'apprêtait à laisser derrière elle, cet endroit, Tony, un sentiment de tristesse l'envahit. Qu'elle réprima aussitôt. Tous deux remontèrent l'allée, en silence, à la lueur des lampadaires, son ombre se mêlant intimement à la sienne.

Quand ils furent arrivés devant sa porte, Tony échangea quelques mots avec le vigile tandis que d'une main mal assurée elle glissait la clé dans la serrure. Elle entra, manquant heurter la baby-sitter qui s'était précipitée pour lui ouvrir. A dix-sept ans, l'étudiante, qui vivait dans la même résidence, se préparait à devenir professeur. Shannon ne pouvait s'empêcher d'envier la jeune fille, regrettant ses années de fac quand elle-même se préparait à l'enseignement. Il y avait une éternité de cela.

Elle inspira et s'efforça de parler avec calme.

— Courtney, merci de votre appel. Où est Kolby ?

La baby-sitter la dévisagea avec une curiosité non dissimulée, avant de tendre le doigt vers le couloir qui menait dans le salon.

— Il s'est endormi sur le canapé, répondit-elle en glissant son sac à dos sur l'épaule. J'ai pensé qu'il valait mieux le garder auprès de moi, au cas où des journalistes se seraient rassemblés devant la maison. Je ne crois pas qu'ils auraient essayé de rentrer par la fenêtre de sa chambre, mais on ne sait jamais, non ?

— Merci, Courtney. Vous avez fait ce qu'il fallait, dit-elle tout en remontant le couloir pour aller voir Kolby.

Son fils de trois ans dormait paisiblement sur le canapé en cuir importé d'Italie, l'un des rares meubles qui n'avaient pas été vendus pour payer les dettes. Kolby avait percé l'un des accoudoirs avec un stylo, juste avant la vente des biens, aux enchères. Shannon avait tant bien que mal rafistolé la déchirure, se réjouissant de n'avoir pas à acheter un canapé neuf pour commencer sa nouvelle vie.

Chaque dollar économisé allait gonfler une cagnotte, prévue pour parer à toute éventualité. Kolby comptait sur elle. Revêtu de son pyjama rouge à l'effigie de Thomas le Petit Train, son préféré, le petit garçon souriait dans son sommeil. Ses cheveux blonds tout ébouriffés, encore humides de son bain. Elle sourit, sentant presque à travers la pièce l'odeur tendre du talc à l'extrait de pamplemousse.

S'adossant au mur, elle laissa échapper un soupir de soulagement puis se retourna vers Courtney.

— Il faut que je vous paie.

Shannon revint sur ses pas, attrapa son sac dans les mains de Tony et se mit en quête de son portefeuille, fébrile, pestant contre la sale manie qu'elle avait de toujours mettre tout et n'importe quoi dans cette satanée besace. Excédée, elle renversa son sac, le portefeuille alla s'écraser à ses pieds, quelques pièces roulant sur le carrelage.

Que viendrait à penser un enfant de trois ans s'il découvrait la photo de sa mère s'étalant à la une de la presse ou faisant l'ouverture du journal télévisé ? Ou même la photo de Tony, d'ailleurs. Tous deux s'étaient rencontrés depuis peu, mais Kolby avait bien compris qui il était pour elle. Les mains tremblantes, elle ramassa sa monnaie, entreprit de compter centimes après centimes.

Tony alors s'approcha et posa une main sur son épaule.

— Je m'en occupe. Va auprès de ton fils.

Elle le fusilla du regard. Avait-il oublié leur dernière dispute ? Elle ne voulait pas de son aide financière.

— Je peux payer ma baby-sitter moi-même.

Levant les mains en signe de reddition, il n'insista pas.

— Très bien, Shannon. Je vais dans le salon, avec Kolby.

Juste avant de s'éloigner, il lui fit comprendre d'un regard de ne pas mentionner leur départ imminent.

Elle n'était guère disposée à se plier à toutes ses exigences mais, moins ils seraient à connaître leurs plans, plus il leur serait facile d'échapper à la presse ou à qui que ce soit d'autre. Pas question de se confier, même à ses amis proches.

— Merci de m'avoir appelée, répéta-t-elle à Courtney.

Elle ajouta quelques pièces au tarif habituel. Tant pis pour les quelques petits caprices qu'elle se permettait les mois un peu plus fastes. Généralement, pour le baby-sitting, elle se débrouillait avec une autre mère célibataire de la résidence, en fonction du travail, des rendez-vous de chacune. Elle n'avait pas les moyens de s'offrir les services permanents d'une baby-sitter, et Courtney ne venait que de façon occasionnelle.

— J'apprécie vraiment votre aide.

Courtney sourit, prit l'argent avant de lui rendre l'extra.

— C'est inutile, madame Crawford. Je n'ai fait que mon travail. Et ne vous inquiétez pas, je ne parlerai pas aux journalistes. Ce n'est pas mon genre.

— Merci, Courtney, répondit Shannon, émue, en reprenant sa monnaie.

Tony à ce moment réapparut.

— Le vigile dehors va vous raccompagner chez vous, juste pour s'assurer que personne ne vienne vous importuner.

— Merci, monsieur Castillo. Hmm, je veux dire…, bredouilla Courtney en glissant les billets dans la poche de son jean tout en regardant Tony avec curiosité. Monsieur Medina… Sire ? Oh, je ne sais pas comment vous appeler.

— Castillo, c'est très bien.

— Oh, euh, oui. Au revoir, répondit la jeune fille en rougissant avant de prendre congé.

Shannon referma sans attendre derrière elle et par précaution mit le verrou ainsi que la chaîne. Et voilà ! Enfermée à double tour avec Tony, dans son appartement. Lasse soudain, elle s'appuya à la porte et le regarda, ses épaules, plus larges encore dans son étroit couloir, les reflets de la lumière blafarde déversée par la lampe bon marché dans ses cheveux noirs bouclés.

Pas étonnant qu'elle perde ses moyens, face à lui. Un prince, passe encore, mais l'homme… Un homme d'une virilité incroyable, d'une beauté troublante. Doté de mains puissantes qui savaient se faire douces, légères sur le corps d'une femme. A ce seul souvenir, elle sentit ses jambes se dérober sous elle. Et dire qu'encore une semaine auparavant ils faisaient l'amour dans son Jacuzzi. Privée de ses caresses, elle souffrait le martyre, comme si des mois s'étaient écoulés.

Elle avait beau se raisonner, s'interdire de le désirer, son corps restait sourd à ses injonctions et n'aspirait qu'à retrouver le sien.

Il la voulait.

Dans ses bras. Dans son lit.

Et, par-dessus tout, Tony voulait qu'elle remonte dans sa voiture pour pouvoir partir d'ici au plus vite. Il devait employer toutes les méthodes de persuasion possibles. Elle devait l'accompagner chez lui. Certes, les journalistes connaissaient son adresse à Galveston, mais le service de sécurité ne laisserait aucun reporter franchir les portes de la propriété.

Comment la convaincre ? Il la regarda à l'autre bout de la pièce.

Quelque chose scintilla dans ses yeux. L'éclat du désir, et c'était le même désir qui palpitait en lui à ce moment même, aussi magnétique qu'à leur première rencontre, cinq mois plus tôt, alors qu'il disputait une partie de poker, au restaurant. Vernon lui avait appris la veille avoir embauché une nouvelle serveuse. Une info qui n'avait pas vraiment retenu son attention… jusqu'à ce qu'il la voie.

Il avait interrogé Vernon à son sujet, mais son ami ne savait pas grand-chose d'elle, excepté que son mari était l'auteur d'une vaste escroquerie et qu'il avait préféré le suicide au tribunal. Laissant Shannon et son petit garçon, seuls, sur la paille. Elle avait travaillé un peu plus d'un an dans une gargote, une expérience limitée donc dans ce genre de job, mais cela n'avait pas empêché Vernon de la prendre à son service. Vernon avait toujours eu un cœur d'or.

Tony la regarda avec la même fascination que la toute première fois, lorsqu'elle était apparue. Oui c'était le mot, une apparition. Dans le gris-bleu de ses yeux, il voyait le ciel sur l'océan, juste avant la tempête. Tumultueuse. Passionnante.

Un défi. Des années qu'il n'avait relevé un défi. Fonder une entreprise à partir de rien l'avait occupé quelque temps, mais depuis peu il commençait à tourner en rond comme un lion en cage.

Jusqu'à ce qu'il la voie.

Grâce à son sourire et à son obstination, il avait tout gagné, toujours obtenu gain de cause, venant à bout de tous les aléas, remportant en affaires des contrats faramineux. Et voilà que, pour la première fois, il tombait sur quelqu'un qui restait insensible à son charme. Etait-ce cette résistance qui l'avait motivé ? En tout cas, Shannon était une énigme. Qu'il n'était pas près de résoudre, car chaque jour qui passait, le mystère s'épaississait… ne faisant que redoubler son désir.

S'écartant de la porte d'entrée, elle avança dans le hall. Pas de déhanchement sensuel, non, rien de sexy dans sa démarche mais un pas résolu. Puis elle se déchaussa, avec élégance, balançant l'un après l'autre ses pieds derrière elle. Les chaussures étaient interdites dans la maison. Même la baby-sitter ne venait jamais sans ses tongs. Les deux fois où il avait eu l'insigne honneur de fouler le paillasson de son appartement, pour un petit quart d'heure seulement, Shannon n'avait pas manqué de l'informer de cette règle. En fait, l'essentiel de leur relation, ils l'avaient vécu dans sa villa en bord de mer, ou à l'hôtel à côté du restaurant. Il ne se faisait donc pas d'illusion, il ne se passerait rien ici, avec son fils dans la pièce voisine, même endormi.

Et à vrai dire, à son expression, elle semblait plus disposée à le flanquer dehors qu'à lui sauter au cou. Mieux valait donc se préparer à l'affrontement.

— Je vais rester avec ton fils pendant que tu prépares tes valises, déclara-t-il, se déchaussant à son tour avant de se diriger vers le salon.

Son appartement était décoré sans grande fantaisie, dans des tons neutres et sobres, avec des meubles de série, excepté un canapé en cuir bordeaux grand luxe, rapiécé sur l'un des accoudoirs.

— Hmm, nous parlerons de valises plus tard, dit-elle, lèvres pincées.

— Parler de quoi ? s'exclama-t-il. Demain, ton porche ressemblera à une salle de rédaction.

Certes, il acceptait le fait que leur relation soit

en suspens, mais les problèmes engendrés par la mise au jour de sa véritable identité changeaient totalement la donne, entre eux.

— Je vais prendre une chambre à l'hôtel.

Avec les malheureux vingt dollars qu'elle avait dans son portefeuille ? Elle ne possédait même pas une carte de crédit. Alors ?

— D'accord, nous parlerons, mais quand tu auras bouclé tes valises.

— J'ai l'impression d'entendre un disque rayé, Tony.

— Tu sous-entends que je suis buté ?

Ils étaient dans une impasse et se dévisagèrent, sans se toucher, tandis que le parfum de son gel douche à l'amande douce s'insinuait en lui, lui faisant tourner la tête. Shannon, son appartement, tout était imprégné de cette odeur aux effets troublants, odeur qui par exemple lui donnait envie de la prendre entre ses bras, de la bercer, après une nuit d'amour déchaînée. Elle ne restait jamais jusqu'au matin, à la villa, mais durant une heure ou deux il lui arrivait de s'assoupir contre son torse. Il s'enivrait alors de son parfum, de leurs odeurs à tous deux réunis.

Ses narines frémirent.

Il vit ses pupilles se dilater.

Elle fit alors un pas en arrière, maladroit, parut soudain éprouver quelques difficultés à respirer normalement.

— Il faut que je me change. Tu sauras te débrouiller, avec Kolby ?

Il devait bien convenir qu'après ses deux rencontres avec le garçonnet Kolby ne le portait pas vraiment dans son cœur. Les glaces, les tours de magie, rien n'y faisait, le gamin restait de marbre. Son père devait beaucoup lui manquer.

Ce salaud avait pourtant abandonné Shannon dans le plus total dénuement.

— Je m'en sortirai. Prends ton temps.

— Merci. Mais je vais seulement me changer, pas faire mes valises. Nous devons absolument parler, Tony, euh… Antonio.

— Je préfère Tony, dit-il, car elle avait une façon très sensuelle de prononcer ce prénom.

— Entendu… Tony, répondit-elle avant de lui tourner le dos pour rejoindre sa chambre.

Il la regarda partir, fasciné par le mouvement du tissu de sa jupe sur ses courbes féminines. Des images de Shannon se dévêtant devant lui l'assaillirent, qu'il s'empressa d'effacer de son esprit. Cela devrait attendre. Elle ne dirait pas oui tant qu'elle n'y verrait pas un peu plus clair avec la question de son identité.

Si seulement elle pouvait comprendre. Lui-même se sentait plus Tony Castillo qu'Antonio Medina. Il avait même des papiers très officiels pour cette identité. Devenir quelqu'un d'autre n'avait pas été compliqué, surtout après avoir réussi à lancer sa première affaire. A partir de là, toutes les transactions s'étaient faites sous le nom de la compagnie, par le jeu des filiales et annexes. Dès lors, il avait vécu presque comme n'importe qui, sans se cacher.

Mais, à l'évidence, quelqu'un avait découvert le pot aux roses, son identité et celle de ses frères. Ses frères. Ils se parlaient au téléphone deux fois par an, grand maximum. Il devait les appeler, il leur fallait réfléchir à un plan.

Il attrapa dans la poche de sa veste son iPhone et se rendit dans le salon pour surveiller le garçonnet, en faisant attention à ne pas le réveiller. Il pressa sur la touche 7 du clavier… et tomba sur la boîte vocale de Carlos. Il interrompit la communication, sans laisser de message. Il appuya alors sur la touche 8.

— Je t'écoute, frérot, répondit la voix de Duarte Medina.

— Je suppose que tu es au courant, dit-il tout en jouant avec l'un des élastiques à cheveux de Shannon, abandonné sur la table.

— Difficile de passer à côté.

— Où est Carlos ? Il ne répond pas au téléphone.

Pas très chaleureux comme conversation, mais ils étaient séparés depuis tant d'années, forcés de vivre sans contact ou si peu. Une situation à laquelle il ne s'était jamais habitué, un peu comme si on l'avait amputé. Ses frères ressentaient-ils la même chose ?

— D'après sa secrétaire, il a été appelé pour une urgence. Il devrait être de retour d'ici à une heure ou deux. A mon avis, il est au courant, mais le devoir professionnel d'abord, tu le connais…

Duarte s'était octroyé le rôle de messager, jouant les intermédiaires avec leur père. Si tous trois s'efforçaient de maintenir le contact, les traumatismes de l'enfance continuaient de les hanter et, avec le temps, leurs relations s'étaient réduites à peau de chagrin.

Tony approcha l'élastique de ses yeux. Un long cheveu blond scintilla à la lumière.

— … d'abord ses patients et…

— Je sais, je sais.

Il pouvait s'écouler des heures avant que Carlos ne donne de ses nouvelles, étant donné la complexité des opérations de chirurgie réparatrice qu'il réalisait sur les enfants.

— Une idée sur l'origine de la fuite ? demanda-t-il.

— *Global Intruder* a dû récupérer un cliché de moi quand j'ai rendu visite à notre sœur, marmonna Duarte avec une rage contenue.

Plus précisément, leur demi-sœur, Eloisa, une enfant que leur père avait eue d'une liaison, peu après leur arrivée aux Etats-Unis. Enrique était alors en proie à un profond désespoir après la perte de sa femme, sans parler de la culpabilité qui le rongeait. Mais apparemment pas désespéré au point de ne pouvoir coucher avec une autre femme. La femme en question avait d'ailleurs fini par le quitter pour en épouser un autre, qui avait élevé sa fille comme la sienne.

Tony avait rencontré sa demi-sœur une seule fois, quelques années avant de fuir leur île-refuge, au large des côtes américaines. Elle n'avait que sept ans à l'époque, aujourd'hui elle était mariée à un homme issu d'une famille fortunée, avec de fortes accointances dans le milieu politique. Se pouvait-il qu'elle soit pour quelque chose dans cette histoire ? Duarte semblait pourtant croire Eloisa aussi soucieuse qu'eux d'anonymat. Se serait-il trompé à son sujet ?

— Pour quelle raison es-tu allé la voir ? demanda Tony en glissant le chouchou dans sa poche.

— Des histoires de famille. Peu importe. Sa belle-famille était présente. La belle-sœur d'Eloisa, l'épouse du sénateur Landis, a dérapé sur une jetée et je l'ai rattrapée juste avant qu'elle ne fasse le plongeon. Une photographe juchée dans un arbre a immortalisé l'incident au téléobjectif. Mais elle était là pour le sénateur et sa femme, pas pour moi. Je n'arrive toujours pas à comprendre comment cette journaliste a pu faire le rapprochement, mais le fait est là. Je suis désolé.

Duarte n'avait rien fait de mal. Ils ne pouvaient tout de même pas vivre dans une bulle. Tony avait toujours eu le sentiment que leur couverture volerait en éclats, ce n'était qu'une question de temps. Il avait néanmoins réussi à vivre dans l'anonymat pendant quatorze ans, ses frères plus encore. Pas si mal.

Il n'empêche qu'inconsciemment il espérait échapper au grand déballage. Etre son propre maître, un homme qui ne devait rien à personne.

— Nous avons tous un jour ou l'autre été pris en photo. Mais cela paraît incroyable que cette journaliste ait pu faire le lien. La chance tourne de toute évidence.

— Quels sont tes plans ?

— D'abord me faire discret. Préviens-moi quand tu auras des nouvelles de Carlos.

Après avoir pris congé de son frère, Tony retourna dans le salon pour voir Kolby, toujours aussi paisiblement endormi. Il s'assit à l'autre bout du canapé pour consulter ses messages, soit une bonne centaine de mails, sans aucun intérêt, puis il ouvrit internet. Après une minute, il soupira, accablé. Les rumeurs allaient bon train.

Son père par exemple serait décédé de la malaria quelques années plus tôt. Faux.

Carlos aurait subi une opération de chirurgie plastique pour s'offrir un visage tout neuf. Faux encore une fois.

Quant à Duarte, il se serait retiré dans un monastère tibétain. Tout aussi faux.

Venaient ensuite toutes sortes d'histoires les concernant, lui et Shannon. Vraies. La « maîtresse du souverain » faisait le buzz sur la Toile. Les internautes étaient déchaînés. Un sentiment de culpabilité l'étreignit à l'idée que Shannon soit ainsi exposée à tous les ragots, par sa faute. Pire encore, les médias auraient vite fait d'étaler au grand jour son passé, en évoquant son voleur de mari. Ecœuré, il remit son téléphone dans sa poche.

— Les nouvelles sont si mauvaises ? s'enquit Shannon, à l'autre bout de la pièce.

Elle s'était changée pour une tenue toute simple, jean et débardeur. Ses longs cheveux retombaient en cascade sur ses épaules, au naturel. Elle paraissait à peine plus âgée que sa baby-sitter… s'il n'y avait eu cette lueur, dans ses yeux.

— On ne parle plus que de cela, sur la Toile. Mes avocats et ceux de mes frères mènent l'enquête. En espérant que l'on découvre rapidement d'où vient la fuite pour essayer d'enrayer la machine. Mais le mal est fait…

— Je ne pars pas avec toi, déclara-t-elle subitement, poings sur les hanches.

— Les choses ne vont pas se calmer, dit-il en s'efforçant de parler avec calme et retenue. Les journalistes seront à ta porte à l'aube, peut-être avant. Ta baby-sitter finira par céder à l'offre d'un tabloïd. Tes amis vont vendre des photos de nous, ensemble. Il y a même de fortes chances pour que certains se servent de Kolby pour m'avoir.

— Chacun assumera la situation de son côté. De toute façon, il n'y a plus de nous, dit-elle sans détour en venant près de son fils.

Elle caressa les cheveux du garçonnet, puis se pencha pour le prendre dans ses bras. Tony effleura sa main pour la retenir.

— Une minute, avant de l'emporter dans sa chambre… Personne ne croira en une rupture, Shannon. Au moment même où éclate le scandale ? Allons, cela paraîtra un peu trop facile.

Elle s'assit sur l'accoudoir, celui qui était déchiré.

— Nous avons pourtant déjà rompu, le week-end dernier.

— Raconte ça aux médias, tu verras bien. Ces gens-là se moquent de la vérité, ils sont capables de tout. Tu auras beau plaider la rupture, tu ne te libéreras pas pour autant de leurs griffes.

— J'ai conscience de devoir quitter Galveston, répondit-elle en promenant les yeux autour d'elle, son appartement chichement décoré, deux clichés de Kolby pour seuls et uniques objets personnels. Je m'y suis résignée…

Peu d'effets personnels, cela voulait dire des valises bouclées en un rien de temps. En moins de dix minutes, ils pouvaient prendre la route, tous les trois.

— Ils te retrouveront.

Elle le dévisagea un long moment.

— Comment puis-je être sûre que tu n'utilises pas cette histoire comme alibi, pour renouer avec moi ?

Etait-ce ce qu'il était en train de faire ? Une heure plus tôt, il était prêt à n'importe quoi pour la ramener dans son lit. Si le désir restait vif, depuis que la vérité avait éclaté au grand jour il avait pourtant d'autres préoccupations. Il devait trouver le moyen de la préserver du danger encouru par toute personne liée aux Medina. Une chose était sûre, il ne la laisserait pas voler de ses propres ailes. Trop risqué.

— Tu as été très claire, le week-end dernier. Crois-moi, j'ai compris le message. Tu ne veux plus avoir affaire à moi ni à mon argent, dit-il, résistant à l'envie de se rapprocher d'elle, de franchir ces quelques centimètres chargés d'électricité. Soit, nous avons couché ensemble. C'était fabuleux. Mais c'est terminé. Ni toi ni moi n'avons jamais aspiré à plus, non ?

Elle plongea ses yeux dans les siens, le silence s'éternisa, à peine troublé par leur respiration et le souffle régulier de son fils endormi. Kolby. Une autre raison pour lui de garder son sang-froid. La tension augmenta d'un cran lorsqu'il effleura sa joue, son cou. Quelques jours auparavant, sa peau réchauffait la sienne, ses joues se frottaient aux siennes. Elle ne fit aucun geste pour encourager sa caresse… mais elle ne repoussa pas non plus sa main. Elle ferma brièvement les yeux, secoua doucement la tête.

— Mais que suis-je censée faire ? soupira-t-elle.

A cet instant, il faillit la prendre entre ses bras, pour la bercer, la rassurer. En même temps, il se refusait à lui promettre que tout irait bien. Vingt-sept ans plus tôt, lorsqu'ils avaient fui San Rinaldo, par une nuit de pleine lune, son père leur avait fait cette promesse. Bientôt, ils seraient réunis… Son père avait tort.

— Depuis quelques heures, c'est le chaos. Nous devons prendre du recul. Nous allons réfléchir à des solutions, chez moi, nous y serons en sécurité pour la nuit. La villa est équipée de caméras de surveillance, de gardiens…

— Et demain ?

— La presse doit continuer à croire que nous formons un couple très amoureux, dit-il, faisant de son mieux pour résister à la tentation de ce corps dont ses mains connaissaient par cœur les moindres courbes. Et, dans quelque temps, nous organiserons notre rupture, publique cette fois. Mais pas avant d'avoir mis un plan en place.

— Cela me semble correct, répondit-elle après une hésitation.

— D'ici là, ma priorité est de vous protéger, toi et Kolby.

— Et de quelle manière vas-tu t'y prendre ? demanda-t-elle, une main reposant sur les cheveux de son fils.

— Je vais vous conduire dans l'endroit le plus sûr que je connaisse, répondit-il. Dès demain, nous nous réfugierons chez mon père.

Ce même endroit où il s'était pourtant juré de ne plus jamais revenir.

- 3 -

— Chez ton père ? s'exclama Shannon, abasourdie. Le roi de San Rinaldo ? C'est une plaisanterie.

— Je n'ai jamais été aussi sérieux, répondit Tony en soutenant son regard.

Il était assis à l'autre bout du canapé, son fils endormi entre eux. La semaine dernière, résister à Tony alors même qu'il se trouvait dans la même ville s'était révélé éprouvant. Elle n'osait penser à la torture que ce serait de vivre sous le même toit que lui. Et si elle prenait la fuite ? Elle inspira profondément, au comble du désarroi. Kolby à ce moment s'agita, s'enroula dans sa couverture.

Elle éprouva soudain le besoin de respirer un autre air, les effluves de bois de santal qui émanaient de Tony l'empêchaient de penser de manière cohérente. Elle prit son fils dans ses bras et se leva.

— Nous reprendrons cette discussion un peu plus tard, dit-elle.

Serrant son fils contre son cœur, elle s'engouffra dans le couloir, le regard de Tony comme un fer rouge sur sa nuque.

Elle allongea Kolby dans le lit rouge, reproduction d'un wagon type Far West, acheté à leur arrivée dans l'appartement. Elle faisait tout ce qu'elle pouvait pour essayer d'atténuer le traumatisme. Comme s'il était possible de compenser la perte d'un père, la perte de la sécurité. Elle déposa un baiser sur le front du garçonnet, respira son odeur de bébé.

Lorsqu'elle se redressa, elle découvrit Tony sur le seuil, l'air plus déterminé que jamais. Et alors ? Elle aussi pouvait être déterminée, surtout quand il s'agissait de son fils. Elle ferma les rideaux du lit-wagon et sortit dans l'étroit couloir, avant de refermer doucement la porte de la chambre.

— C'est une idée complètement délirante, dit-elle à voix basse.

— C'est la situation tout entière qui est délirante, d'où la nécessité de mesures extraordinaires.

— Se cacher chez un roi, oui, voilà en effet qui n'est pas ordinaire, soupira-t-elle en ôtant ses lunettes et en se massant doucement le front.

Avant la mort de Nolan, elle portait des lentilles de contact, mais elle ne pouvait actuellement envisager aucune dépense superflue. Elle devait s'habituer aux lunettes, elle n'avait pas le choix. Elle leva les yeux sur Tony, distinguant chacun de ses traits à cette distance.

— Crois-tu vraiment que j'ai envie de m'exposer plus encore, sans parler de Kolby, en me réfugiant chez ton père ? Pourquoi ne pas nous cacher chez toi, à la villa, comme tu l'as suggéré ?

— La villa est sûre, oui, jusqu'à un certain point. Les gens finiront par dénicher mon adresse et comprendront que tu t'y trouves avec moi. Il n'existe qu'un seul endroit où nous serons réellement à l'abri, crois-moi.

— Les paparazzi sont capables de réaliser des photos n'importe où, avec leurs téléobjectifs, objecta-t-elle.

— La presse n'a jamais pu localiser mon père, après toutes ces années.

— Mais… il ne vit donc pas en Argentine ?

Il la dévisagea en silence, hésita avant de secouer la tête.

— Non. Nous nous y sommes arrêtés brièvement, après notre fuite de San Rinaldo, répondit-il tout en ajustant sa montre, le seul tic nerveux qu'elle lui connaissait. Mon père a fait construire une résidence, il y a accueilli des personnes de confiance, des fidèles de la famille royale, rescapés du coup d'Etat. Tout naturellement, les gens se sont imaginé que nous vivions là-bas.

A combien de sacrifices leur père avait dû consentir ? Que d'énergie dépensée et de stratagèmes élaborés ! Et elle rechignerait à quelques efforts pour protéger Kolby ? Elle ressentit soudain une vive sympathie pour le vieux souverain.

— Pourquoi me dis-tu cela, puisque c'est un tel secret ?

Il posa les mains sur ses épaules, un contact familier, rassurant. Perturbant.

— Parce que je dois te convaincre.

S'il continuait de caresser ainsi son cou avec son pouce, elle n'y tiendrait plus et se blottirait contre lui.

— Où vit-il ?

— Je ne peux pas te le dire, chuchota-t-il, la chaleur de ses caresses menaçant de la rendre folle maintenant.

— Et tu attends que je te suive là-bas avec mon fils, s'énerva-t-elle en repoussant ses mains, décidément trop douces.

— Je note une certaine réticence, dans ta voix, ironisa-t-il en glissant les mains dans ses poches.

— Pire que ça, Tony ! répliqua-t-elle, le sentiment de trahison devenant soudain cuisant. Pourquoi te ferais-je confiance ? Surtout maintenant ?

— Parce que tu ne peux compter sur personne d'autre pour te venir en aide, tu le sais bien.

A cette vérité, elle ne sut que répondre. Elle avait bien une belle-famille, mais la jugeant responsable de la ruine de leur fils ils avaient coupé tout lien avec elle et Kolby. Oui, elle était seule.

— Combien de temps devrons-nous rester là-bas ?

— Le temps que mes avocats trouvent le moyen d'empêcher certains journalistes de se montrer trop curieux. Et le temps de m'assurer que tu bénéficies de toutes les mesures de sécurité pour ton retour à la vie normale. Peut-être une semaine, deux au pire.

— Est-ce loin d'ici ? demanda-t-elle, sans vraiment espérer de réponse.

— Nous prendrons l'avion, répondit-il seulement, tout en tripotant sa montre.

Manifestement, c'était loin.

— Non, dit-elle alors, excédée. Tu ne vas pas m'isoler, me couper du monde. Tu ne kidnapperas pas mon enfant.

— Qui parle de kidnapping ? Il te suffit d'accepter de m'accompagner, expliqua-t-il avec calme en faisant un pas vers elle. Dans l'armée, des centaines de gens embarquent tous les jours pour des destinations inconnues.

Elle releva le menton, le défia du regard, son visage à présent à quelques centimètres du sien. Suffisamment proche pour qu'elle sente sa chaleur. Suffisamment proche pour pouvoir l'embrasser. Trop proche pour son bien.

— Je n'ai pas l'intention de m'engager là-dedans, annonça-t-elle crânement. Non, je refuse.

— Shanny, je comprends… Il écarta avec une infinie tendresse une mèche sur son front. Je suis désolé de te faire vivre tout ça. Mais je ferai tout ce qui est en mon pouvoir, crois-moi, pour faciliter ton séjour là-bas.

Sa sincérité eut un effet apaisant sur ses nerfs. La semaine avait été longue, sans lui. Ses rendez-vous surprises, ses coups de fils tardifs, mais aussi ses baisers passionnés, ses caresses secrètes, oui, tout lui avait manqué. Inutile de chercher à se mentir. Sur le plan émotionnel comme sur le plan physique, elle était piégée. Comment expliquer sinon que la vérité sur son passé la touche aussi profondément ?

Il prit ses lunettes dans sa main, les accrocha au col de son T-shirt. Un geste plein de tendresse, qui la troubla jusqu'au cœur. Elle posa alors les mains sur son torse, ne sachant si elle voulait le repousser ou s'abandonner à sa chaleur. Le désir aussitôt crépita entre eux, elle vit ses pupilles se dilater, ses yeux noirs s'assombrir.

Il approcha son visage, encore et encore, jusqu'à ce que sa bouche touche la sienne. Le contact de ses lèvres la subjugua, raviva ses souvenirs les plus torrides, les plus sensuels. Après Nolan, Nolan et ses mensonges, elle s'était crue guérie à tout jamais des frissons. Jusqu'à ce qu'elle rencontre Tony.

— Maman ?

La voix de son fils la fit sursauter, la ramenant brutalement à la réalité. Tony de son côté interrompit instantanément leur baiser pour ouvrir la porte de la chambre de Kolby, qui aussitôt se jeta dans les bras de sa mère.

— Maman, maman, dit le garçonnet en pleurnichant. Il y a un monstre à ma fenêtre !

Tony se rua dans la chambre de l'enfant et se dirigea vers la fenêtre, tout en s'accablant de reproches. Le moment était vraiment mal choisi pour perdre la tête.

— Restez dans le couloir pendant que je vérifie !

Sans doute une fausse alerte, néanmoins il avait appris très jeune à ne jamais baisser sa garde. Il ouvrit la fenêtre, inspecta le petit jardin. Rien. Rien qu'un tricycle renversé sur la pelouse et, accrochée à un arbre solitaire, une balançoire oscillant doucement.

Un cauchemar, probablement. Lui aussi, enfant, longtemps après la tragédie, avait vu ses rêves hantés de figures terrifiantes. Il referma la fenêtre, tira les rideaux. Shannon attendait sur le seuil, son fils blotti entre ses bras.

— J'aurais juré avoir fermé les rideaux, dit-elle, sourcils froncés.

— C'est moi, maman, qui les ai ouverts, gémit Kolby. Quand j'ai entendu le bruit…

Et si ce n'était pas un rêve ? Si ce cauchemar était

vrai, comme les siens, autrefois ? Que le garçonnet ait surpris quelqu'un ?

— Je vais voir dehors. Le vigile restera auprès de vous.

— Je l'ai déjà prévenu, dit Shannon en caressant les cheveux de son fils. Je ne voulais pas te laisser affronter ces « monstres » tout seul.

Tony sentit sa gorge se serrer. Et si quelque chose lui était arrivé quand elle était sortie alerter le vigile ? Il s'abstint d'exprimer sa colère, ne voulant pas effrayer son fils. Mais, de seconde en seconde, il devenait pour lui urgent de la convaincre de quitter Galveston sur-le-champ.

— A mon avis, c'est une branche, à cause du vent. Qu'en dis-tu, petit ?

Il se dirigea vers la porte d'entrée quand son téléphone sonna. Il consulta l'écran, reconnut le numéro du vigile et activa aussitôt le mode haut-parleur.

— Oui ?

— Je l'ai attrapé, répondit son homme. Un ado du voisinage qui voulait prendre des photos avec son portable. J'ai déjà appelé la police.

Shannon avait perçu des bribes de la conversation et laissa échapper un soupir de soulagement puis déposa un baiser sur le front du garçonnet pour le réconforter. Comme Tony aurait aimé lui aussi la réconforter ! Mais il devait d'abord songer à prendre toutes les mesures nécessaires à sa sécurité.

— Prévenez-moi si l'intrus révélait quelque chose d'inquiétant, au cours de l'interrogatoire. Merci.

Il rangea son téléphone dans sa poche, encore sous le choc de ce coup de fil. Car cela aurait pu être pire. Il ne le savait que trop, lui qui justement avait vécu le pire.

Visiblement, Shannon elle aussi avait du mal à se remettre. Elle regardait de tous côtés, comme aux abois, pupilles dilatées. Il s'approcha d'elle, glissa un bras autour de ses épaules, il sentit alors sa tension s'alléger, elle se laissa aller contre lui. Et en quelques secondes, à son tour, il respira, comme rasséréné par ce contact. Mais le charme fut bref, soudain, elle s'écarta et lança :

— D'accord, tu as gagné !

— Gagné quoi ?

— Nous passerons la nuit chez toi.

Il ne put réprimer une certaine amertume, car ce serait la première fois qu'elle viendrait chez lui, non pas motivée par le désir mais par la peur.

— Et demain ?

— Il sera temps demain d'en discuter. Dans l'immédiat, allons chez toi.

La maison de Tony tenait plus de l'hôtel particulier que de la villa. Les deux étages de l'imposante demeure mettaient Shannon mal à l'aise, chaque fois qu'elle franchissait le lourd portail en fer forgé.

Craignant dans un premier temps que Kolby ne puisse retrouver le sommeil, elle fut rassurée de le voir se rendormir sur la banquette arrière de la voiture de Tony, cinq minutes seulement après qu'ils eurent pris la route.

Si seulement elle pouvait faire abstraction de ses propres inquiétudes tout aussi facilement. Elle devait rationaliser la situation. Mais c'était plus facile à dire qu'à faire. Elle avait si peur pour son fils. Nolan n'avait pas fait qu'escroquer des centaines de gens. Juste avant qu'il ne tire sa révérence avec lâcheté, il l'avait dépouillée de sa confiance en autrui, de sa capacité à se sentir en sécurité.

Deux hectares de gazon parfaitement entretenus s'étendaient devant elle. Le clair de lune baignait la maison d'une atmosphère gothique peu engageante. Y retrouver de temps en temps son amant pour de voluptueuses nuits d'amour était une chose, c'en était une autre de venir s'y réfugier avec armes et bagages. Et d'être forcée d'accepter son aide.

Elle vivait dans une immense maison avec Nolan, rien de comparable pourtant avec la demeure de Tony. Un vrai palais ! Dans la cour, une sculpture représentant un cheval au galop trônait au centre d'une vaste fontaine aux fabuleux jets d'eau illuminés. La bâtisse couleur lie-de-vin, enduite à la chaux, était de style espagnol, très prisé au Texas, et connaissant aujourd'hui son passé elle comprenait pourquoi il avait porté son choix sur cet endroit.

Il gara la voiture dans le garage. Enfin en sécurité. Mais pour combien de temps ?

Il prit l'initiative de s'occuper de Kolby, sans qu'elle songe à protester. La tendresse avec laquelle il détacha sa ceinture de sécurité et saisit son enfant endormi dans ses bras la toucha.

Un sac rempli de jouets à la main, elle le suivit dans la maison devenue familière. Ils avaient pris l'habitude de s'y retrouver après un dîner au restaurant, une soirée au cinéma, ou encore, et surtout, un concert. Elle qui autrefois ne vivait que pour la musique.

Elle se souvenait de son premier dîner chez lui. Menu gastronomique et violoniste en livrée. Elle entendait encore les sonates de Bach, comme magnifiées par ce décor magistral. A cette occasion, elle s'était rapprochée de lui. Et, s'ils n'avaient pas couché ensemble cette fois-là, elle avait eu la conviction que c'était inéluctable.

La première fois… Elle tressaillit à ce souvenir. Tony ce soir-là avait choisi un autre restaurant que celui de Vernon, comprenant que pour quelqu'un y travaillant huit heures par jour l'endroit pouvait manquer d'attrait. Il avait opté pour la cuisine italienne. Charmant. Elle adorait son fils, profitait de chaque seconde avec lui, mais ces soirées avec Tony lui avaient fait un bien fou. Enfin, elle pensait un peu à elle, s'accordait un peu de temps.

Néanmoins, un temps limité, car elle n'avait jamais passé une nuit entière, ici. Jusqu'à aujourd'hui. Elle suivit Tony dans le grand escalier, une main sur la rampe en laiton. Une nouvelle fois, son cœur se serra à la vue de son fils paisiblement endormi dans les bras de Tony. La tendresse dont il était capable à l'égard de son enfant n'était pas vraiment une surprise. Après le décès de Nolan, elle s'était montrée très prudente dans ses relations avec les hommes, et le choix de Tony avait été mûrement réfléchi. Car elle avait vu en lui l'homme d'honneur et de droiture. Etait-elle prête à renoncer à tout cela ?

Il s'arrêta à la première chambre, une suite dans les tons verts, aux murs décorés de cartes marines anciennes. Il traversa le salon pour pénétrer dans la chambre et déposa avec douceur son fils au milieu du lit. Sans faire de bruit, elle disposa un fauteuil de chaque côté, barrière de sécurité improvisée, puis borda le garçonnet. Elle embrassa son front, sourit à l'innocence de son visage. Son enfant.

Subitement, elle prit conscience des bouleversements que cette histoire allait entraîner dans leur existence, et les larmes lui montèrent aux yeux. Puis la main de Tony se posa sur son épaule, et elle se sentit irrésistiblement attirée par son corps chaud et rassurant. Elle sursauta, troublée malgré elle, et se reprocha aussitôt d'être si sensible à son contact. Le moment était mal choisi, et ils étaient fâchés, et en danger.

— Je me sens si… nerveuse, chuchota-t-elle.

— Je comprends, dit-il en retirant sa main. Je vais monter tes bagages. J'ai donné congé au personnel pour la nuit.

Elle le suivit, éprouvant le besoin de parler, non pas pour le retenir. Même si…

— Je croyais que tu avais confiance en eux.

— Exact. Jusqu'à un certain point. Et c'est plus facile pour le service de sécurité de protéger la maison avec nous trois seulement à l'intérieur, expliqua-t-il en lui désignant le canapé, dans le salon. Tu sais, je comprends ton angoisse à l'idée d'être isolée du monde, chez mon père.

Sa gentillesse la toucha, creusant une brèche toujours plus profonde dans la méfiance qu'elle souhaitait pourtant éprouver à son égard. Combien de fois avaient-ils fait l'amour, sous ce toit ? Et leurs bains dans le Jacuzzi. Et lui, si compréhensif, si attentionné.

Oui, mais il lui avait menti. Elle ne devait pas l'oublier.

— Je le fais pour Kolby, répondit-elle en s'asseyant lourdement sur le sofa, les jambes coupées par toutes ces péripéties. Je suis déjà terrorisée en repensant à ce gamin, à la fenêtre de la chambre de mon fils. Et encore, le scoop est tombé il n'y a que deux heures. Je n'ose imaginer ce dont pourrait être capable quelqu'un de vraiment déterminé.

— Mes frères et moi avons des avocats. Cet ado a besoin d'une leçon, répondit-il en venant s'asseoir près d'elle.

Elle tressaillit à sa proximité, mais il n'était pas question de faiblir. Elle se recroquevilla contre l'accoudoir et déclara, narquoise :

— Une armée d'avocats à ton service, diable ! Cela doit te coûter une petite fortune.

— C'est aussi par leur intermédiaire que nous communiquons entre nous. Je ferai par ailleurs savoir à mon avocat que nous nous rendons chez mon père, si cela peut te rassurer qu'une tierce personne soit au courant de nos plans.

— Tu as confiance en lui ?

— Absolument, répondit-il d'une manière qui ne laissait pas la moindre place au doute. Ils font office d'intermédiaires entre les membres de la famille. Une obligation, malgré toute mon envie de rompre avec le passé.

Une note d'amertume dans sa voix l'intrigua.

— Vas-tu m'expliquer maintenant ?

Il esquissa une moue, haussa les épaules. Elle ne le laisserait pas s'en tirer à si bon compte. Elle avait fait confiance à cet homme, en dépit de toutes ses résolutions, et il l'avait trompée. A présent, elle avait droit à quelques explications, elle avait besoin de savoir s'il était bien l'homme d'honneur qu'elle avait cru voir en lui.

— Tu prétends ne pas vouloir rompre notre relation. Si telle est la vérité, le moment est venu de parler, Tony.

Il tourna la tête vers elle, son genou effleurant le sien, ses yeux plus noirs que jamais.

— Tu veux dire… nous ne sommes plus fâchés ?

— Je dis…, reprit-elle en s'éclaircissant la gorge. Peut-être serai-je plus disposée à te pardonner si j'en sais un peu plus à ton sujet.

Il se renfrogna, puis marmonna :

— Que veux-tu savoir ?

— Pourquoi Galveston ?

— Tu aimes le surf ?

A quoi jouait-il ? Etait-ce bien le moment de discuter sport nautique ?

— Tony, je doute qu'une séance de surf puisse m'aider à y voir plus clair.

— Non, je veux dire… As-tu jamais fait du surf ? demanda-t-il, gestes à l'appui comme s'il chevauchait une vague. Il existe des spots fantastiques, en Espagne. Mais le Pacifique offre des possibilités extraordinaires. Des tubes exceptionnels…

— Tu es surfeur ?

Elle tenta de se représenter l'homme d'affaires en costume trois-pièces sur une planche. Au lieu de cela, une autre image de lui surgit dans son esprit : Tony pendant qu'il lui faisait l'amour. Un frisson la parcourut, elle sentit le bout de ses seins se durcir.

— L'océan m'a toujours fasciné.

— San Rinaldo est une île, n'est-ce pas ? demanda-t-elle, alors que peu à peu certains éléments à son sujet prenaient du sens.

Elle avait toujours associé son goût pour la mer à son affaire de transport maritime. A présent, elle se rendait compte que cette passion pour l'océan lui venait de plus loin. Il était né sur une île, et le choix de Galveston s'imposait. Il posa une main sur le globe terrestre en or à côté du sofa, fit courir son index sur la côte espagnole.

— Je pensais que tu ne savais rien des Medina, dit-il en faisant tourner le globe.

— J'ai consulté internet sur mon téléphone pendant le trajet.

Difficile de trouver des informations concrètes sur sa famille, au milieu de toutes les rumeurs lâchées sur la Toile. Un site lui avait fourni quelques données. Trois fils. Un père souverain. Une mère tuée pendant leur fuite. Un sentiment de tristesse l'envahit, tandis qu'elle pensa au petit garçon privé dans des circonstances aussi dramatiques de sa mère. Il avait presque le même âge que Kolby, alors.

— Mais aucune photo de surf en illustration, ajouta-t-elle avec un sourire forcé.

Quelques photos de famille, trois garçonnets avec leurs parents, au temps du bonheur. Et des portraits officiels du roi Enrique.

— Nous avons fait disparaître la plupart des

clichés, après notre fuite, expliqua-t-il, son sourire contrastant avec la noirceur de son regard. Il n'y avait pas internet, à l'époque.

Les épreuves endurées et la façon dont il s'était reconstruit une autre vie la sidérèrent. Elle qui croyait avoir vécu le pire en partant de Louisiane, après l'arrestation et la mort de son époux. Par rapport à lui, à son parcours, son épopée même n'était que péripéties.

— J'ai lu que ta mère était morte. Je suis désolée, vraiment.

— Après notre fuite, dit-il, balayant d'un geste sa compassion, le gouvernement américain nous a conduits à… Bref, dans un endroit isolé du monde. Au moins, il y avait l'océan. Sur les vagues, j'oubliais tout le reste.

Il passa une main dans ses cheveux, la regarda sans la voir, manifestement plongé dans quelques souvenirs douloureux. Elle ressentit à ce moment un besoin de se rapprocher de lui, une envie soudaine de le suivre, au bout du monde s'il le voulait, avec son fils. Et qui n'avait rien à voir avec le déchaînement des médias, la traque des paparazzi.

— A quoi penses-tu ? demanda-t-elle en posant une main sur son bras.

— Je me disais que peut-être je pourrais t'apprendre, au printemps. A moins que tu ne sois déjà une experte.

— Pas vraiment…, répondit-elle, songeuse.

Le printemps était encore loin. Elle ne pouvait envisager de s'engager auprès de quelqu'un aussi longtemps, non, elle n'était pas prête.

— Merci pour ton offre, mais je préfère m'abstenir, fit-elle.

— Tu as peur ? s'enquit-il en effleurant son cou d'une caresse aérienne troublante.

— Peur de me faire mal, oui.

Sa main se figea juste au-dessus de son cœur. Le désir crépita dans l'air. Son désir, ou le sien ? Difficile de savoir. Sans doute les deux. Cela avait toujours été une évidence, entre eux. Il lui était si facile de l'envoûter. Non, chercher à en savoir plus sur lui n'était décidément pas raisonnable, pas ce soir.

Elle s'écarta, tremblante, s'efforçant d'ignorer les appels de son corps. Elle ne voulait pas parler du passé, pas plus du sien que de celui de Tony. Cela allait trop loin.

— Pas de surf pour moi, reprit-elle sur un ton faussement léger. Déjà bien difficile de s'occuper d'un bébé avec une jambe cassée…

— Une jambe cassée ? demanda-t-il, l'œil noir. Il te frappait ? Ton mari ?

— Non. Nolan était un escroc, répondit-elle, surprise par la rapidité de sa conclusion, mais il n'a jamais levé la main sur moi…

Elle frémit, contrariée par la direction que prenait cette conversation. C'était elle qui devait en apprendre plus sur lui, pas l'inverse.

— Est-ce vraiment nécessaire ? soupira-t-elle.

— Je ne t'oblige pas, répondit-il avec tendresse.

— Il ne m'a jamais maltraitée, chuchota-t-elle, pas physiquement en tout cas. Etre l'épouse d'un criminel n'est pas une mince affaire. Je n'ai pas su voir… Ou peut-être n'ai-je pas voulu voir. Parce que je menais une vie de rêve. Parce que Kolby… Oh, je ne sais pas… Je ne sais plus…

Elle se tut, lasse soudain, se pelotonna sur le sofa.

— Te connaissant, je ne crois pas que tu aies pu choisir la facilité, dit-il alors d'une voix calme en caressant son visage. La journée a été riche en émotions. Tu devrais prendre un peu de repos. Je peux te border, si tu veux, ajouta-t-il avec un clin d'œil.

Elle retrouvait l'ancien Tony, avec son sens de l'humour.

— C'est une plaisanterie, bien sûr.

— Pas du tout, répondit-il, une flamme se dressa dans ses yeux, rougeoyante, torride. Shanny, je te tiendrais entre mes bras la nuit entière, si tu le voulais, je vous protégerais, toi et ton fils.

A vrai dire, elle ne demandait que cela. Mais, un jour, elle s'était juré de ne plus jamais dépendre d'un homme et elle ne romprait pas cette promesse.

— Si tu me prends entre tes bras, nous savons toi et moi comment cela finira. Et demain, que ferons-nous ? Crois-tu que la situation n'est déjà pas suffisamment compliquée ?

— Entendu, répondit-il après quelques instants, avant de se lever.

Elle l'imita, croisant ses mains derrière son dos pour ne pas être tentée de le toucher.

— Je n'arrive toujours pas à me faire à l'idée de devoir me cacher, mais je te suis reconnaissante pour ton aide.

— Je te dois bien ça, et plus encore.

Il déposa un baiser sur sa bouche, et au contact

de ses lèvres tout son corps s'embrasa, un vrai feu d'artifice. Elle retint son souffle, gémit non pas tant à cause des sensations que de l'effort qu'elle dut fournir pour ne pas se presser contre lui, tout son être aspirant à sa chaleur, au contact ultime.

Il écarta ses lèvres des siennes, la regarda de longues, d'interminables secondes au fond des yeux, puis il se dirigea vers la porte.

— Tony ?

Cette voix gutturale, chargée de désir, était-ce donc la sienne ?

Il tourna la tête. Quelques mètres à peine la séparaient du bonheur. Il suffirait qu'elle tende la main.

Elle devait se reprendre, se montrer forte pour son indépendance, pour son fils. Et, pour cela, il était nécessaire de mettre les choses au clair.

— Ce n'est pas parce que je t'ai pardonné que tu peux revenir dans mon lit.

- 4 -

Shannon ouvrit subitement les yeux dans le noir. Elle était en sueur, la peur au ventre, le souffle court après cet horrible cauchemar. Où était-elle ? Pas dans son lit, assurément. Le tic-tac d'une horloge, la douceur satinée d'une couverture autour de ses épaules, rien, elle ne reconnaissait rien. Puis ses narines frémirent à la note délicate d'une eau de toilette au bois de santal et…

— Chut, murmura la voix de Tony dans l'obscurité. Tout va bien. Je suis là.

Elle retint son souffle, puis tenta de s'orienter. Et soudain, elle se rappela. Le sofa. Elle s'était endormie sur le sofa. Chez Tony, dans la suite. Et Kolby dormait dans la chambre, à côté.

— Tout va bien, répéta Tony en s'agenouillant devant elle.

Toutes sortes d'images se bousculaient dans sa tête. Souvenirs, cauchemars, tout se mêlait mais, peu à peu, au visage de son mari se superposa celui de Tony.

Au bord de la nausée, elle refoula l'horreur de son rêve.

— Pardon de t'avoir réveillé… mais… Kolby ! Est-ce que Kolby va bien ?

— Il dort à poings fermés.

— Dieu merci ! Je ne voudrais pas l'effrayer, dit-elle, découvrant un Tony les cheveux en bataille, torse nu, revêtu de son jean visiblement enfilé en toute hâte, puisqu'il n'avait même pas pris le temps de le boutonner. Je suis désolée…

— Je ne dormais pas, fit-il pour la rassurer en lui tendant ses lunettes.

Elle les glissa aussitôt sur son nez, et son attention à cet instant se focalisa sur le tatouage dessiné sur son avant-bras. Une boussole à l'ancienne. Puis elle remarqua ses cheveux humides. Elle refusa l'image qui s'imposait à elle : Tony sous la douche, tout en pierre naturelle, une douche si souvent partagée, si souvent érotique…

— Qu'est-ce qui t'a réveillée ? Tu veux que nous en parlions ?

En parler ? Non, plus jamais, à personne.

— Je m'inquiète tant pour Kolby, répondit-elle seulement.

— Oh, Shanny, je suis désolé pour toute cette histoire, dit-il en s'asseyant à côté d'elle et en glissant un bras autour de ses épaules.

D'abord elle se raidit, puis décida finalement de s'abandonner. Après tout, elle sortait d'un horrible cauchemar et de toute façon elle ne se sentait pas le courage de le repousser. Elle se blottit contre lui, s'imprégna de sa chaleur. C'était plus facile d'accepter son réconfort ainsi, sans avoir à soutenir l'intensité de son regard. Elle se débattait seule avec ses mauvais rêves depuis si longtemps. Qu'y avait-il de mal à profiter quelques petites secondes de sa force ? Une minute seulement.

L'horloge égrena une minute, puis deux et trois. Elle regarda ses mains puissantes, refermées sur sa taille. La bande de peau plus claire, là où il portait sa montre, habituellement.

— Merci d'être venu, chuchota-t-elle. Surtout si tard.

— Se réveiller seule dans un endroit inconnu est parfois déroutant, dit-il, sa voix vibrant contre sa nuque, seule sa chemise de nuit la séparant de son torse nu.

Le parfum de son eau de toilette l'assaillit une nouvelle fois, ravivant les souvenirs de leurs corps enlacés.

— Je suis venue chez toi plusieurs fois, mais jamais dans cette pièce. C'est si grand, murmura-t-elle en repensant à leur rencontre, cinq mois plus tôt. C'est étrange, je ne connais de cette maison que la douche et ta chambre.

— Il est vrai que nous avons une fâcheuse tendance à nous laisser distraire dès que nous franchissons la porte d'entrée, plaisanta-t-il.

Exact. Au début, ils dînaient en tête à tête, en bas, puis ils s'étaient aventurés à l'étage, mais toujours pour se rendre directement dans sa suite. Dans son lit.

— La première fois… j'étais terrifiée…

Elle se rappelait parfaitement cette soirée-là. C'était après un spectacle à l'Opéra, elle était encore sous le charme de la musique, tous ses sens en alerte.

— Je ne savais pas, dit-il à voix basse. Je n'ai jamais eu l'intention de t'effrayer.

Elle avait fait cet aveu sans même y penser. L'obscurité favorisait sans doute les confidences.

— Ce n'était pas ta faute. Ce soir-là, j'ai voulu reprendre confiance… C'était la première fois, depuis Nolan.

Il se figea, allant jusqu'à retenir son souffle quelques secondes, puis il demanda :

— Vraiment ?

— Oui, vraiment, répondit-elle.

Tony avait été non seulement son seul amant depuis Nolan, mais aussi le seconde de toute son existence. Deux hommes qui se révélaient avoir un terrible point commun, le secret. Elle l'entendit soupirer, son souffle faisant voleter ses cheveux.

— J'aurais aimé que tu me le dises.

— Qu'est-ce que cela aurait changé ?

— Je me serais montré plus… patient.

Le film de leur première fois défila dans sa tête. La frénésie de leurs baisers, leurs vêtements éparpillés dans l'escalier. Arrivés sur le palier, ils étaient nus, la pleine lune dessinant des merveilles sur sa peau mate. Il l'avait plaquée contre le mur et embrassée, avec une telle fougue, une telle passion, qu'elle s'était abandonnée sans plus réfléchir. Elle avait noué ses jambes autour de ses hanches et aussitôt il avait été en elle. Instantanément, toute sa tension s'était dissipée, pour laisser la place à des sensations voluptueuses, avant qu'un orgasme fabuleux ne la submerge. Puis il l'avait emportée dans sa chambre, ses jambes toujours enlacées à sa taille. Dans son lit, elle avait vu le paradis, et plus tard encore, avec lui sous la douche, elle avait crié grâce.

— Tu as été extraordinaire, cette nuit-là, et bien sûr tu le sais, dit-elle. S'il te plaît, efface ce sourire arrogant de ton visage…

— Tu ne me vois pas, marmonna-t-il.

— Pourtant, j'ai raison, n'est-ce pas ?

— Regarde-moi, tu verras bien.

Elle tourna la tête et osa le regarder pour la première fois depuis qu'il était venu la retrouver sur le canapé. Et, dans ses yeux, elle vit qu'il était aussi troublé qu'elle par l'évocation de leurs premières étreintes. Et ce qu'elle vit dans son regard la fit rougir bien plus que n'importe quel sourire.

— Si je t'avais parlé ce soir-là, les choses auraient pris un tour trop sérieux…, expliqua-t-elle.

Trop important.

Sa proposition de l'aider sur le plan financier pesait toujours entre eux, et en réalité son offre la choquait plus encore que le week-end dernier, maintenant qu'elle savait la vérité à son sujet. Pourquoi n'étaient-ils pas un homme et une femme ordinaires ? Ils auraient lié connaissance sur le parking de sa résidence, un endroit normal pour une rencontre.

— Shannon, chuchota-t-il, la voix étranglée. Si tu te rendormais, à présent ? Il faut absolument que je m'en aille.

Ses paroles lui firent l'effet d'une douche froide.

— Oh, bien sûr, tu dois avoir tant de choses à régler pour ta famille !

— Non, non, tu ne comprends pas, répondit-il avec détermination, les yeux brillants. Je dois m'en aller, parce que je comprends ce soir combien j'ai pu te paraître brutal, et comme si cela ne suffisait pas à me torturer, chaque fois que tu bouges la tête, le seul contact de tes cheveux sur ma peau suffit à me rendre fou de désir. Je ne veux pas risquer de perdre ta confiance.

Et, avant même qu'elle ait pu enregistrer ses paroles, il dénoua ses bras autour de sa taille, se leva et sortit de la pièce sans rien ajouter. Elle frissonna et, privée de la chaleur de Tony, se pelotonna sous la couverture.

Une chose était sûre, elle ne ferait pas d'autres cauchemars cette nuit. Tout simplement parce qu'elle serait incapable de se rendormir.

Au matin, Tony n'eut même pas à sortir de son lit. Après avoir laissé Shannon, il avait passé la majeure partie de la nuit en discussion avec son avocat et son service de sécurité. S'occuper de choses concrètes lui permettait d'oublier à quel point il la désirait.

Avec un peu de chance et de diplomatie, il parviendrait bien à la garder auprès de lui deux semaines, au lieu d'une. Mais, plus que tout, c'était sa sécurité qui lui importait. A 5 heures du matin, il avait fait un somme sur le canapé de la bibliothèque, s'éveillant en sursaut lorsque Vernon avait sonné au portail. Il avait fait entrer le vieux capitaine, préparé à la hâte un petit déjeuner. Il devait quelques explications à son ami.

Installés sur la terrasse, à l'ombre d'un citronnier, tous deux étaient attablés devant jus de fruits, café, chocolat chaud et *churros*. Un petit déjeuner en tout point identique à celui que leur servait leur mère, quand ses frères et lui étaient enfants. Un rituel qu'il perpétuait.

De la pointe de son couteau, Tony, perdu dans ses pensées, suivait le contour du tournesol au fond de son assiette, œuvre d'un céramiste local.

— Alors, ces histoires sur la Toile et dans les journaux, maugréa Vernon en le dévisageant derrière sa tasse de café. C'est la vérité ?

Tony repensa aux gros titres absurdes, aux révélations scandaleuses.

— Mon frère n'est pas moine tibétain, mais dans le fond oui, le scoop du *Global Intruder* est vrai.

— Tu es donc prince, soupira son ami. Bon sang ! J'ai toujours su que tu étais différent des autres, mon gars.

— Je ne pouvais rien dire. J'espère que tu comprends.

— Tu n'avais pas le choix, à cause de tes frères et de ton père, répondit Vernon en versant du lait dans son café.

— Merci.

Pourquoi Shannon ne se montrait-elle pas aussi compréhensive ? En l'amenant chez lui, il avait espéré que les choses seraient plus simples. Ils avaient partagé de si bons moments, ici. Il s'était trompé. En fait, le souvenir de leurs nuits torrides avait pris un goût amer quand elle lui avait révélé qu'il était le premier, depuis la mort de son mari. Ce matin encore, cet aveu avait du mal à passer.

Quel avenir, pour eux ? Il n'en savait rien, mais au moins disposerait-il d'un peu de temps pour essayer d'y voir plus clair au sujet de leur relation. D'ici peu, ils embarqueraient à bord de son jet privé, déjà sur le tarmac, à quelques kilomètres d'ici.

— Ta réussite, tu ne la dois qu'à toi-même. Tu mérites le respect pour cela, ajouta Vernon.

— Merci encore, répondit-il, soulagé, lui qui craignait que le vieil homme se fâche, lui retire son amitié.

Le respect de Vernon représentait énormément pour lui. Dès le premier jour, le bonhomme un peu bourru l'avait traité comme son propre fils, lui apprenant les ficelles du métier, l'encourageant dans ses moments de doute.

— Et ta famille ? Comment réagit-elle ?

— Je n'ai encore pu parler qu'à Duarte, répondit-il en glissant un morceau de *churro* entre ses lèvres, faisant par ce simple geste resurgir le passé.

— Ah oui, celui qui est juste avant toi, d'après les journaux, dit Vernon. D'où vient la fuite, il a une idée ?

Toute la question était là. Ni lui ni ses frères et encore moins leurs avocats ne tenaient un début de réponse.

— Duarte n'en sait rien. Il a semble-t-il été pris en photo, et la journaliste aurait fait le rapprochement. Ce qui me paraît bizarre. Nous étions des enfants quand nous avons fui San Rinaldo. Nous avons changé depuis.

— Et il n'y a pas eu d'autres photos de vous, entre-temps ?

— Quelques clichés de moi, en tant que Tony. On a vu aussi Carlos une ou deux fois, dans une revue scientifique.

Son père les avait toujours mis en garde à ce sujet, une simple photo pouvant déclencher la meute et conduire au drame, comme s'il pressentait que cela se terminerait ainsi. Ou comme pour les préparer à sa mort. Tony avait grandi ainsi, toujours sur le qui-vive, prêt au pire, jusqu'à trouver cela normal. Jusqu'à ce qu'il soit mêlé de près à la vie d'une personne ordinaire, au travers de Shannon et de son fils.

Il s'empara d'un deuxième *churro* et s'apprêtait à mordre dedans quand il eut le sentiment d'être observé. Etre attentif à ses impressions, se fier à son intuition, tout cela était devenu une seconde nature chez lui. Il leva les yeux, regarda derrière lui… Kolby se tenait là, sa couverture à la main.

Bien. Et maintenant ? Il n'avait eu que de rares contacts avec le garçonnet, et celui-ci ne semblait pas le porter particulièrement dans son cœur. Une certaine timidité envers les inconnus, à moins que ce ne soit autre chose… Quoi qu'il en soit, à en juger par sa moue à cet instant, il était évident que Kolby ce matin n'était pas mieux disposé à son égard. Cela devait changer.

— Bonjour, mon grand. Où est ta maman ?

— Elle dort encore.

Brisant la glace, Vernon tira une chaise.

— Viens donc t'asseoir avec nous !

Sans quitter Tony du regard, le petit traversa le patio en trottinant et se hissa sur la chaise puis, sans un mot, il le dévisagea avec ses grands yeux gris-bleu, les mêmes que ceux de Shannon, ses cheveux blonds tout ébouriffés. Aussi lumineux que la chevelure de sa mère.

Vernon s'essuya la bouche, puis posa sa serviette et se leva.

— Merci pour le petit déjeuner. Je dois aller travailler. Inutile de me raccompagner.

Lâchement abandonné par son vieil ami, Tony sentit sa gorge se serrer. Son expérience avec les enfants était nulle. Petits, ses frères et lui étaient entourés de professeurs particuliers, réduits à jouer entre eux, sans camarades de l'extérieur. Sur l'île, le personnel ainsi que les militaires chargés de leur protection étaient tous issus de San Rinaldo, partisans de son père depuis la première heure, pour la plupart ayant perdu leur famille lors du coup d'Etat. Ils vivaient en vase clos, reclus, solidaires mais solitaires.

Travailler sur le crevettier avait été une révélation, de fantastiques vacances, avec l'océan pour terrain de jeu, avec des gens normaux pour amis, des gens heureux, confiants en l'avenir. Il avait appris très vite à vivre parmi ses semblables, à oublier son héritage, la malédiction de la famille. En revanche, jamais il n'avait eu affaire à un enfant de trois ans.

— Tu as faim ? Qu'est-ce qui te ferait plaisir ?

— Un peu de ça, répondit Kolby en désignant le plat de *churros*. Avec du beurre de cacahouètes.

Trop heureux de cette diversion, Tony se leva.

— Bien, monsieur. Prends un *churro* et suis-moi. Allons chercher du beurre de cacahouètes.

Restait à présent à mettre la main dessus. Cela lui prit sept minutes très exactement. Il finit par en découvrir un pot dans le garde-manger et, sans perdre plus de temps, il en badigeonna le *churro* de Kolby.

— Il ne faut pas gâcher la nourriture, déclara alors le garçonnet en montrant le couvercle du pot, sur le comptoir.

— Tu as raison, répondit Tony, qui s'empressa de refermer le pot, avec un serrement au cœur, pensant à Shannon comptant chaque dollar pour nourrir son enfant correctement.

Il s'apprêtait à tendre l'assiette au gamin, quand une pensée le retint. Bon sang ! Et si Kolby était allergique aux cacahouètes ? Il n'avait pas pensé à le demander. Le garçonnet tendit les mains, les yeux pleins d'envie.

— Il vaudrait peut-être mieux attendre ta maman…

— M'attendre pour quoi ? demanda une voix mélodieuse derrière lui.

Il tourna la tête et, à sa vue, son cœur s'accéléra. Ils avaient couché ensemble à plusieurs reprises, le mois dernier, mais jamais dormi ensemble. En tout cas, jamais jusqu'au matin. Elle portait un jean savamment élimé — et le portait comme une déesse. Ses longs cheveux retombaient librement sur ses épaules, encore humides après la douche. Ses cheveux… Il sentait presque sur ses doigts leur caresse et… Mais il se reprit aussitôt. Ne pouvait-il avoir la décence de penser à autre chose, en présence de son fils ?

— Il a le droit ? demanda-t-il en montrant l'assiette à Shannon, qui se pencha pour embrasser son fils.

— Un *churro* au beurre de cacahouètes ? Ce sera une grande première. Je suis sûre qu'il va adorer, répondit-elle en lui prenant l'assiette des mains, en revanche je ne crois pas que la faïence soit indiquée, pour un enfant de trois ans.

— Qu'est-ce que tu en dis, mon grand ?

— Pour moi, c'est d'accord. Et je veux du lait, aussi ! s'exclama Kolby, qui courut vers le réfrigérateur et s'empara de la bouteille.

— Attends une minute, l'interrompit sa mère en fouillant dans l'immense sac à son épaule avant d'en sortir un gobelet en plastique à l'effigie de Superman.

Elle remplit le verre de Kolby à moitié, prit l'assiette et se dirigea vers le patio, son fils sur les talons. Pour la première fois, Tony comprit pourquoi il n'avait pas passé plus de temps avec le garçonnet. Shannon ne le lui avait pas proposé, tout simplement, et lui de son côté n'avait pas insisté.

Elle prit place à la table de la terrasse, assit Kolby sur ses genoux, l'assiette en céramique à l'abri de ses petites mains maladroites. Image d'un petit déjeuner familial parfaitement normal… Eprouvant soudain quelques difficultés à respirer, il écarta le col de sa chemise, se rendant compte à cet instant avoir oublié de mettre une cravate.

— J'ai beaucoup pensé, cette nuit, déclara-t-elle soudain en tendant un bout de *churro* à son fils.

Elle n'avait donc pas mieux dormi que lui.

— Oh, et quel genre de pensées ? demanda-t-il sur un ton plein de sous-entendus.

Elle écarquilla les yeux, le fusilla du regard, rougit même un petit peu.

— A ton avis ? répliqua-t-elle. A propos de ce séjour forcé chez ton père, bien entendu.

— Bien entendu, renchérit-il en souriant.

— Bien entendu, fit Kolby en écho.

Le garçonnet entreprit de lécher le beurre de cacahouètes sur son *churro*, Shannon quant à elle semblait absorbée dans la contemplation de la frise sur le pourtour de l'assiette.

— Je viendrai avec toi, mais après avoir parlé à Vernon et à ton avocat.

Il réprima un soupir de soulagement. Il avait gagné. Elle serait en sécurité, et il aurait tout le temps nécessaire pour essayer de la reconquérir. Néanmoins, il était blessé qu'elle lui fasse si peu confiance, au point d'éprouver le besoin d'informer d'autres personnes de leur départ.

— Ne le prends pas mal, mais pourquoi Vernon en plus de mon avocat ? C'est mon ami. J'ai financé son affaire.

— Le restaurant est à toi ? s'exclama-t-elle, visiblement surprise. C'est toi qui paies mon salaire ? Je croyais que le restaurant appartenait à Vernon !

— Tu l'ignorais ? dit-il. Vernon s'est comporté en ami avec moi, autrefois, quand j'en avais le plus besoin. Il était normal que je lui exprime ma reconnaissance. Mais je suis rentré dans mes frais il y a longtemps.

Rétrospectivement, il était content qu'elle ne l'ait pas su, car jamais sinon elle n'aurait accepté ce rendez-vous.

— Il t'a donné du travail quand tu étais aux abois, c'est ça ? demanda-t-elle.

— Comment le sais-tu ?

— Il m'a tendu la main, au moment où j'en avais le plus besoin, répondit-elle avec un sourire auprès duquel le soleil matinal lui parut bien fade. Voilà pourquoi j'ai confiance en lui. Il n'a jamais profité de la situation, jamais rien demandé en retour. C'est quelqu'un de bien. Mais revenons à nos projets, dit-elle en appuyant son menton sur la tête de son fils. Je voudrais également prévenir ma belle-famille, les grands-parents de Kolby…

Sa requête le désarçonna. Elle parlait rarement des parents de son défunt mari, il savait seulement que ces derniers avaient rompu tout lien avec elle, après la mort de leur fils. Le fait qu'elle continue de donner des nouvelles de leur petit-fils à ce genre de personnes en disait long sur sa nature. Lui n'en aurait pas fait autant.

— Apparemment, tu as confiance en tout le monde sauf en moi.

— Apparemment, en effet…

Pas très glorifiant pour sa petite personne, mais il aurait sa revanche. Chaque chose en son temps. Avant le coucher du soleil, il serait de retour sur l'île de son père, au large de la Floride.

Shannon se trouvait donc à bord d'un jet privé, quelque part dans les nuages. Quelque part… Les stores des hublots ayant été abaissés, elle n'avait aucun moyen de se repérer. Après le décollage, elle avait senti l'avion virer, mais très vite elle avait été incapable de s'orienter, nord, sud, est, ouest, impossible à dire. Le nord cependant était peu probable, puisqu'il lui avait dit de prendre des vêtements légers.

Quelle distance avaient-ils parcourue ? Elle aurait

été bien en peine de le savoir, car elle s'était assoupie un long moment. Tout semblait parfait, depuis le jet luxueux et décoré avec raffinement jusqu'au personnel aux petits soins pour elle et son fils, mais avait-elle pris la bonne décision ? Elle posa sa main sur son ventre, agité de spasmes nerveux. Au moins, son fils ne semblait guère perturbé par toute cette agitation autour d'eux.

Celui-ci revenait d'une visite de l'appareil sous la conduite du steward et visiblement il était aux anges, une barre chocolatée dans une main, une vidéo dans l'autre. Elle lui sourit.

Puis son regard se déplaça sur Tony, assis face à elle. Pantalon gris ultra-chic, chemise blanche aux manches retroussées, il scrutait l'écran de son ordinateur portable, totalement déconnecté de son environnement.

Elle poussa un profond soupir. Avoir besoin de lui l'oppressait, comme l'oppressait tout cet étalage d'argent. Dépendre de quelqu'un la rendait vulnérable, et elle s'était promis de ne plus jamais se laisser piéger de cette façon. Et pourtant elle était là, avait mis sa vie entre les mains de cet homme, un homme qui lui avait menti.

Néanmoins, le bien-être de son fils étant en jeu, pouvait-elle se permettre de refuser ?

Si on avait daigné lui fournir plus d'informations, peut-être aurait-elle été moins angoissée. N'importe quelle information, puisque manifestement, en dehors de sa chambre, tout ce qu'elle connaissait de lui était faux. Ainsi, elle ignorait qu'il possédait le restaurant où elle travaillait.

Sans doute ses collègues se fichaient bien aujourd'hui qu'elle couche avec le boss, mais avec un prince, c'était une autre histoire.

— Depuis combien de temps n'as-tu pas vu ton père ?

Tony leva les yeux de son écran et répondit avec calme, presque avec détachement.

— J'avais dix-huit ans quand j'ai quitté l'île.

— L'île ? répéta-t-elle en tournant la tête vers le hublot obturé, tressaillant à l'idée de l'immensité de l'océan au-dessous d'elle. Je croyais que tu étais parti de San Rinaldo enfant.

— En effet, répondit-il en fermant son ordinateur avant d'étirer ses jambes, frôlant les siennes au passage. J'avais cinq ans alors. Nous avons été transférés sur une autre île, environ un mois après notre fuite.

Elle ramena discrètement les pieds sous son fauteuil. Ses chaussures en toile avaient bien triste mine à côté de ses mocassins en cuir élégant. Et maintenant une île privée ! Oui, il était sexy et oui, elle avait bien du mal à étouffer cette flamme, en elle, mais elle n'avait que faire de sa fortune, elle ne se laisserait plus abuser par ces chimères, tout ce luxe la laissait froide…

Elle écarta ses jambes des siennes, inspira profondément et réfléchit à ses paroles. Cette île, se trouvait-elle sur la côte Est, Ouest ? Elle espérait que la résidence d'Enrique Medina ne soit pas trop éloignée du sol américain.

— Ton père a choisi une île pour que vous ne vous sentiez pas trop dépaysés, je suppose ?

Il la dévisagea avec intensité avant de répondre :

— Mon père a choisi une île parce que c'est plus facile à sécuriser.

— Oh ? Euh… oui.

Sa remarque eut pour effet immédiat de faire chuter sa température de quelques degrés. De la musique lui parvint à ce moment, premières notes du générique d'un célèbre dessin animé. Elle se pencha, aperçut Kolby ceinturé sur son siège, en train de mâchonner sa barre chocolatée, les yeux rivés sur l'écran. Rassurée, elle reporta son attention sur Tony, le mystère assis face à elle.

— Qu'est-ce qui est vrai, en fin de compte, sur toi ? demanda-t-elle.

— Mon âge, ainsi que la date de mon anniversaire, répondit-il en glissant son ordinateur dans un attaché-case marqué du logo Castillo Shipping Corporation. Même mon nom est correct, en fait, je te l'ai dit. Les Castillo étaient des cousins du côté de ma mère.

— Et que pense ton père de ta réussite ? demanda-t-elle en s'efforçant de paraître aussi détendue que lui.

— Je l'ignore, répondit-il en croisant les mains sur son ventre, attirant son regard sur ces abdos cent fois caressés, cent fois embrassés…

Elle se mordit cruellement la lèvre, agacée par cette nouvelle marque de faiblesse.

— Comment prend-il notre venue ?

— Tu n'auras qu'à le lui demander.

— Tu ne lui as même pas dit que tu venais accompagné ? s'étonna-t-elle.

A l'évocation de son père, il semblait tendu soudain.

Il aurait bien besoin de l'un de ces massages dont elle avait le secret. Une idée saugrenue qu'elle s'empressa de chasser de son esprit.

— J'ai demandé à son avocat de l'en informer. Son personnel s'occupe de tout. Kolby ne manquera de rien.

Elle l'observa, comme on observe un inconnu. Devant elle se tenait un homme froid, distant, si différent de celui qu'elle connaissait, et pour cause. Qui était-il réellement, que ressentait-il vraiment ?

— J'ai l'impression que tes relations avec ton père ne sont pas très cordiales. A moins que ce ne soit la règle, au sein d'une famille royale ?

Il ne fit pas de commentaires, le silence s'éternisa, rompu seulement par le ronronnement du moteur mêlé aux dialogues du dessin animé et au chuintement de l'air conditionné. Si elle voulait que son fils mène un jour sa vie en toute indépendance, elle espérait bien entretenir avec lui d'autres liens que par avocats interposés. Quelle tristesse !

— Tony ?

Il leva les yeux, tourna la tête vers le hublot et soupira.

— Je ne pouvais plus supporter de vivre sur cette île, loin de tout. Alors, je suis parti. Il ne me l'a jamais pardonné.

Cette absence de communication avec son père ne tenait donc pas à l'éloignement. La rupture entre eux deux semblait radicale et avait une cause bien plus profonde. Elle décida de poursuivre son interrogatoire. Après tout, elle était concernée, et son fils avec elle.

— Qu'ont dit tes avocats à ton père à propos de moi et de Kolby ? Comment lui ont-ils présenté notre relation ?

— Relation ? répéta-t-il en plongeant ses yeux dans les siens, aussi brûlants qu'une caresse.

Et il la regarda ainsi sans ciller, avec une telle intensité qu'elle se sentit rougir, le martèlement de son cœur dans sa poitrine couvrant bientôt le bruit des moteurs.

— Tony ?

— Je lui ai dit que nous étions en couple. Que tu étais veuve et mère d'un petit garçon.

Une chose était d'entretenir une liaison secrète avec lui, c'en était une autre de raconter à tout le monde qu'ils étaient en couple.

— Pourquoi ne pas dire la vérité à ton père ? Que nous avons rompu, mais que les médias refusent de le croire.

— Je n'ai fait que dire la vérité. Nous avons couché ensemble la semaine dernière. D'ailleurs, je peux encore sentir ton parfum sur ma peau, chuchota-t-il avant de prendre sa main.

— Oui… mais le week-end dernier…, fit-elle, troublée par son contact.

— Shanny, dit-il en posant un doigt sur ses lèvres. Nous nous sommes disputés, c'est vrai, pourtant quand je suis près de toi mon corps est irrésistiblement attiré par le tien…

Elle voulut répondre, s'offusquer, mais son émotion était telle qu'elle fut incapable d'articuler un mot.

— Le désir entre nous est si fort, Shannon, murmura-t-il, un sourire faisant ressortir la fossette sur sa joue. Que je sois en toi ou en train de bavarder avec toi, ce désir ne me quitte jamais. Pourquoi crois-tu que je t'appelle à toute heure de la nuit ?

Elle regarda en direction de son fils pour s'assurer qu'il suivait toujours les aventures de Dumbo, puis elle murmura :

— Parce que tu as terminé ton travail ?

— Tu sais bien que non. Le seul son de ta voix, à l'autre bout du fil, suffit à me faire…

— Arrête, je t'en prie, dit-elle, plaçant à son tour son index sur ses lèvres. Tu ne fais que compliquer les choses.

Il déposa un baiser sur son doigt, serra sa main dans la sienne.

— Nous avons un problème, c'est certain, et je comprends que tu sois furieuse. Mais, même au milieu du chaos, le désir entre nous demeure, tu le sais, tu le sens. Mais, si vraiment ce n'était pas le cas, alors je garderai, mes distances.

De nouveau, elle ouvrit la bouche pour prononcer les mots susceptibles de briser les derniers liens de cette relation forgée des mois plus tôt. Elle prit son inspiration, déterminée… mais rien, aucun mot ne sortit de sa bouche.

— Nous y sommes presque, annonça-t-il.

Que voulait-il dire ? Elle réprima un geste d'impuissance. Avec lui, elle avait toujours l'impression d'être une femme objet, oui, un jouet entre ses mains.

Elle était à la merci de cet homme. Soudain, il se leva et s'éloigna. Sans rien ajouter, il mit un terme à leur conversation, aussi facilement que s'ils avaient discuté de la météo du jour et non évoqué ces moments d'intimité entre eux. Elle le suivit des yeux, promena son regard sur ses larges épaules, ses hanches étroites, et jusqu'à ses fesses parfaitement fermes.

Elle enfonça ses ongles dans les accoudoirs de son fauteuil en cuir. Tony s'arrêta près de Kolby, releva le store de son hublot.

— Regarde, mon grand, nous y sommes presque, dit-il en montrant le ciel bleu turquoise à Kolby.

C'était donc de l'île de son père qu'il avait voulu parler. Elle s'était sentie tellement troublée qu'elle en avait oublié leur destination.

Curieuse de voir leur future maison et tout aussi curieuse de découvrir l'endroit où Tony avait grandi, elle se redressa et réajusta ses lunettes sur son nez.

Elle distingua un bout de terre à l'horizon, petit point perdu au milieu de nulle part. Après quelques secondes, elle vit les palmiers surgissant d'une végétation luxuriante, puis les bâtiments disposés en arc de cercle autour d'un édifice imposant d'un blanc immaculé, au cœur d'un parc avec piscine, face à l'océan.

Elle regarda fascinée ce paysage où Tony avait passé une grande partie de son enfance. Même à cette distance, on ne pouvait qu'être impressionné par la démesure de la résidence, son aspect royal. Le jet amorça sa descente, longea une petite île parallèle à l'île principale, puis elle aperçut la piste. Comme ils approchaient, elle remarqua un bateau, un genre de ferry, pour le transfert, évidemment.

— Mesdames, messieurs, nous allons atterrir. Veuillez rejoindre votre place et attacher votre ceinture. Nous espérons que vous avez passé un agréable vol.

Tony à ce moment lui sourit, plus un rictus qu'un sourire. Elle tressaillit, d'appréhension cette fois et non plus de désir. Cette île détenait-elle les réponses dont elle avait besoin pour en finir définitivement avec Tony ? Ou bien ne trouverait-elle ici que désespoir, une fois encore ?

- 5 -

Déjà, le soleil s'abîmait à l'horizon. Encore quelques minutes avant que n'arrive à son terme un silence long de quatorze ans, entre lui et son père.

Sur le pont du ferry, les mains fermement serrées autour du bastingage, Tony scruta l'île de son enfance. Ce retour, il s'en serait passé. Seule son inquiétude pour Shannon et son fils avait eu raison de sa haine pour cet endroit, chargé de mauvais souvenirs.

Au loin, un goéland piqua vers les flots, disparut dans l'océan avant d'en ressortir, un poisson dans le bec. Il retint son souffle, submergé par toutes sortes d'émotions. Puis, serrant les dents, il fixa de nouveau le rivage. Un balbuzard tournoyait au-dessus de son nid, perché au faîte de l'un des palmiers, en bord de plage. Il reconnut la petite bâtisse en chaux, la route… et juste après la tour de garde.

A cinq ans, sur cette île, il lui arrivait parfois de se croire encore chez eux, à San Rinaldo. Moments de bonheur volés à la sordide réalité des adultes. Mais, la nuit, que de fois se réveillait-il en pleurs, revoyant les soldats à la mine patibulaire qui cherchaient à scier les barreaux de sa fenêtre afin de l'emmener. D'autres nuits, il croyait avoir été enlevé et condamné au désespoir, sur cette île-prison.

D'autres nuits encore, les pires, il avait l'impression que sa mère se tenait à son chevet, vivante. Il tendait alors une main tremblante vers elle, mais subitement elle disparaissait, s'évaporait, le laissant seul.

La main de Shannon effleura la sienne, ses yeux rencontrèrent les siens.

— Ai-je dormi longtemps, dans l'avion ? demanda-t-elle, visiblement perdue.

— Un certain temps, répondit-il, se forçant à sourire, lui-même en proie à un malaise profond.

Il donnerait n'importe quoi pour que la semaine dernière n'ait jamais eu lieu. Ils seraient insouciants, ne pensant qu'à jouir de la vie. Il la tiendrait enlacée, oubliant tout contre son corps.

— Si tu me répondais avec plus de précisions, insista-t-elle, le vent fouettant son visage, je pourrais au moins me faire une idée de la distance qui nous sépare de Galveston. Etre ainsi coupée du monde me terrorise.

— Je comprends et je ferai de mon mieux pour remédier à cela le plus vite possible.

De son côté, il ne souhaitait rien autant que de quitter cette île et de reprendre le cours de sa vie, une vie normale, la vie qu'il avait choisie. La seule chose qui rendait à peu près supportable son retour ici était d'avoir Shannon à ses côtés… A ce simple constat, il dut se retenir au bastingage. Il prenait conscience trop brutalement de l'importance qu'elle avait prise dans son existence.

— Je reconnais cependant que l'endroit est magnifique, ajouta-t-elle en serrant son fils contre elle.

Elle suivit des yeux un couple de hérons volant au

ras des flots, manifestement enchantée par le spectacle. Elle n'avait pas encore remarqué les caméras de vidéosurveillance dans les arbres, ni les gardes sur le dock, un revolver à la ceinture. A ce moment, Kolby poussa un cri et, cherchant à échapper aux bras de sa mère, il manqua passer par-dessus bord.

— Hep ! Attention au plongeon ! s'exclama Tony en attrapant le garçonnet par les bretelles de sa salopette. Reste donc avec nous, mon grand.

— Merci d'avoir réagi si vite, soupira Shannon, une main sur le cœur. Je regardais ailleurs. Il y a tant à voir.

— Veux descendre, maugréa Kolby dans les bras de Tony.

— Camarade, dit Tony avec fermeté, il va falloir que tu apprennes à m'obéir.

— Je m'appelle pas camarade, grommela le garçonnet en le fusillant du regard.

— Je sais. Je voulais juste te dire que j'étais ton ami… J'aime beaucoup ta maman, vois-tu, alors il est important pour moi de devenir ton ami.

Il sentit les yeux de Shannon sur lui, mais il ne la regarda pas, et resta concentré sur l'enfant.

— Alors, tu m'aimes un peu ? demanda alors Kolby en agrippant sa chemise.

— Oh, mais bien sûr, répondit-il, pris de court, lui qui jusqu'ici n'avait pensé à gagner l'affection de son fils que pour mieux s'attacher sa mère. Et toi, m'aimes-tu ?

— Pas du tout, répliqua Kolby avec une moue. Maintenant, je veux descendre, s'il te plaît.

En se penchant pour reprendre son fils, Shannon,

l'air confus, le regarda avec insistance avant de s'éloigner sur le pont son enfant dans les bras.

— Oh ! Regarde, mon chéri !

Un dauphin bondissait dans le sillage du ferry. Frappant des mains, Kolby hurla sa joie.

Si Shannon ne voyait que beauté, lui savait que la réalité était bien différente. Par leurs bonds et leurs cris, les dauphins faisaient en effet office d'agents de sécurité, une idée qui venait de son père. Il n'y avait jamais eu un sou de poésie chez Enrique.

Les yeux rivés sur l'île, il se demanda si l'isolement de la résidence avait pu jouer un rôle dans la complexité de ses relations avec les femmes, à l'âge adulte. Il n'y avait jamais de fêtes ici, pas de copines d'école. Plus tard bien sûr, il avait eu des aventures, collectionné les maîtresses, mais rien de sérieux. Le travail et une vie sociale bien remplie suffisaient à son bonheur.

Il observa le fils de Shannon et sourit avec amertume à l'ironie du destin. Lui qui ne pardonnait pas à son père de les avoir, lui et ses frères, obligés à ce mode de vie monacal, voilà qu'il s'apprêtait à faire subir le même sort à Kolby. Pour l'heure, le garçonnet s'émerveillait de tout, mais cela ne durerait pas.

La mère et l'enfant étaient sous sa responsabilité, il se sentait le devoir de les protéger. Il ne laisserait pas son lourd passé condamner leur avenir. Et, pour empêcher cela, il irait même jusqu'à reprendre cette identité qu'il avait reniée.

Le ferry accosta le ponton. Ils étaient arrivés.

Le prince Antonio Medina était de retour.

*
* *

Qu'éprouvait donc Tony à revenir ici, après tant d'années ? Shannon l'observa à la dérobée. Son expression figée et la noirceur de son regard en disaient long sur ses sentiments. De l'angoisse sûrement, mêlée de colère, rien en tout cas qui ressemble au bonheur qui submerge tout un chacun au moment de retrouver les lieux de son enfance.

Ils étaient dans la limousine qui les emmenait vers la propriété du roi, et elle aurait aimé prendre sa main, mais à la seconde où ils avaient débarqué Tony s'était replié sur lui-même. Il s'était néanmoins comporté comme un gentleman pour l'aider à descendre du bateau ou à s'installer dans la Mercedes. Depuis, il semblait absent, inaccessible.

A moins que ses propres pensées, plutôt moroses, ne faussent sa perception… Kolby en tout cas se fichait bien de leurs préoccupations. Nez collé à la vitre, surexcité, il regardait le paysage défiler.

Il est vrai que l'île avait de quoi fasciner avec ses arbres géants, sa faune, et surtout sa résidence royale, digne des plus grands palais. Un palais en état de siège, si on tenait compte des gardes postés tous les cinquante mètres, mitraillette au poing.

Ce qui aurait dû la rassurer lui rappela surtout qu'argent et pouvoir n'allaient pas sans contraintes. Tony avait grandi sans contact avec le monde réel, pourtant cela ne l'avait pas empêché de devenir un homme parfaitement normal. Si l'on pouvait qualifier de normal un prince multimillionnaire amateur de surf.

La limousine ralentit, passa devant une fontaine en marbre d'inspiration florentine, avant de stopper au pied d'un vaste escalier. Aussitôt, des hommes en uniforme surgirent et encerclèrent le véhicule. Ce qui devait être un majordome attendait en haut des marches. S'il avait renié cet endroit, son passé depuis des années, Tony semblait très vite retrouver ses réflexes, de toute évidence à l'aise dans cet univers hors du temps. Pour la première fois peut-être, elle prenait conscience que du sang royal coulait dans les veines de son am… de son ex-amant.

— Tony ?

— Après toi, dit-il en l'invitant à franchir la porte de la résidence.

Elle serra un peu plus son fils dans ses bras, s'imprégnant de son odeur pour se donner du courage, et entra. Elle ne fit que quelques pas, saisie par l'opulence du lieu. Le hall était tout simplement splendide : une vaste salle circulaire à arcades, ouvrant sur des pièces dont elle entrevit le faste, les ors, le mobilier d'époque. Deux escaliers s'élevaient de part et d'autre jusqu'à l'étage supérieur, apparemment aménagé comme une galerie d'art… D'ailleurs, là-bas, n'était-ce pas un Picasso au mur ?

Ses baskets en toile grinçant sur le sol en marbre, elle pénétra médusée dans la demeure. Devant elle une porte-fenêtre s'ouvrit sur une véranda surplombant l'océan, Tony la fit entrer dans ce qui ressemblait à une bibliothèque. Des milliers d'ouvrages tapissaient les trois murs, pour certains sans doute des éditions originales reliées, vieilles de plusieurs siècles. Une mosaïque d'une finesse exceptionnelle décorait le sol, et au plafond des fresques représentaient de valeureux conquistadors posant autour d'un globe terrestre. Un parfum d'agrumes flottait dans la pièce, effluves d'un oranger en pot, près d'une lucarne.

Ce ne fut qu'au bout de quelques secondes qu'elle remarqua le vieil homme somnolant dans un fauteuil, près de la cheminée éteinte, deux énormes chiens — de terrifiants molosses noirs — veillant à ses pieds. Le père de Tony. Un roi, un vrai. Qui ne ressemblait guère à son fils, l'âge ayant fait son œuvre, ou la maladie. Pas de pantoufles ni de robe de chambre pour le souverain, mais un costume noir très sobre, et un foulard de soie autour du cou.

Soudain, le vieil homme ouvrit les yeux. Elle se figea, fascinée par l'éclat de ses yeux noirs, la noblesse de son port de tête.

— Bienvenue, à la maison, mon fils.

Enrique Medina s'exprima avec un léger accent espagnol, peut-être accentué par l'émotion.

— Hello, papa, répondit Tony en l'entraînant à sa suite. Je te présente Shannon et son fils, Kolby.

— Bienvenue, à vous et à votre fils, fit le souverain en guise de salutation.

— Merci pour votre hospitalité et votre aide, monsieur, dit-elle, optant pour la simplicité après avoir hésité entre Votre Altesse et Votre Majesté.

Jouant avec une montre gousset, Enrique répliqua :

— Si vous avez besoin d'aide, c'est bien à cause des Medina.

— Nous ne t'imposerons pas notre présence plus que nécessaire, déclara Tony. Juste le temps pour Shannon et son fils d'attendre que tout cela se tasse.

— Cela ne se tassera pas, répondit Enrique d'une voix grave.

Elle tressaillit, refroidie par ces paroles, lourdes de menaces.

— Disons alors, le temps que tout cela se calme, rectifia Tony.

— Bien sûr, bien sûr, dit Enrique avant de se tourner vers elle. Je suis heureux de vous accueillir, ma chère. Vous m'avez ramené mon fils, et je vous en sais gré, ajouta le souverain en esquissant un sourire.

Un sourire en tout point identique à celui de Tony remarqua-t-elle pour la première fois.

— Qu'est-ce que tu as ? lança à cet instant Kolby en s'adressant au vieil homme.

— Kolby, chut ! dit-elle en déposant un baiser sur le front de son fils. Cette question est impolie.

— C'est une question pleine de franchise, protesta le roi avec un large sourire maintenant. J'ai été souffrant, mon grand. Mes jambes ne sont plus assez fortes pour me porter.

— Oh, c'est triste ! fit Kolby en regardant le fauteuil roulant, discrètement rangé derrière la cheminée. Tu dois être très malade.

— J'ai de bons médecins.

— Tu as des microbes ?

— Non, mon petit, répondit Enrique, les yeux pétillants. Toi et ta maman vous ne risquez pas d'attraper mes microbes.

— Tant mieux, dit alors Kolby en glissant ses petits poings dans ses poches. *Veux* pas me laver les mains.

Enrique rit de bon cœur, avant de tapoter la tête de l'un de ses chiens.

— Aimes-tu les animaux ?

Kolby se démena tel un beau diable dans les bras de Shannon, jusqu'à ce qu'elle le laisse filer.

— Moi aussi, je veux un chien…

Une envie si naturelle pour un enfant, et elle ne pouvait lui faire ce plaisir. Trop de frais, son budget ne lui permettait pas d'adopter un animal de compagnie. Un sentiment de culpabilité qu'elle connaissait bien l'envahit tandis qu'elle pensait à tout ce qu'elle ne pouvait donner à son enfant.

Pourtant, lorsqu'on y songeait, sa fortune n'avait pas sauvé Tony du malheur. Il avait perdu sa maison, sa mère, pour se retrouver reclus dans une prison dorée. A l'idée de ce petit garçon grandissant sans sa maman, sur ce bout de terre isolé du monde, son cœur s'attendrit, à un moment où elle avait plutôt besoin de se montrer forte.

— Approche, dit Enrique en faisant signe à Kolby. Je te présente Benito et Diablo. Ils sont très bien dressés et ne te feront aucun mal.

Kolby se précipita. Apparemment, la réserve que son fils manifestait à l'égard de Tony ne s'étendait pas au roi Enrique, ni à ses chiens. Diablo renifla sa petite main.

A cet instant, quelqu'un toussota discrètement derrière eux, arrachant Shannon à ses pensées. Elle tourna la tête, aperçut une jeune femme sur le pas de la porte, la trentaine, tailleur Chanel. Extrêmement élégante. Et séduisante. Sans doute la gouvernante. Une gouvernante genre femme fatale.

— Alys, entrez, ordonna le vieil homme. Voici mon fils et ses hôtes. Je vous présente ma secrétaire, Alys Reyes de la Cortez. Elle va vous conduire dans vos appartements.

Shannon évita de tirer des conclusions trop hâtives. Si Enrique Medina avait envie de se faire assister par une figure de mode, cela ne la regardait pas. Par ailleurs, elle n'avait pas pour habitude de juger quelqu'un sur son apparence. Et puis elle n'échangerait pas un seul baiser de Kolby contre la collection été de chez Chanel.

Non, elle n'était pas jalouse de cette femme, et d'ailleurs c'est à peine si Tony lui avait accordé un regard. N'empêche, elle aurait dû penser à emporter une paire de chaussures plus appropriée pour déambuler dans la résidence d'un roi, au lieu de ses vieilles baskets !

Une heure plus tard, une fois ses valises vides, Shannon entreprit de faire le tour de la suite. En terme de suite, c'était plutôt un véritable appartement grand luxe. Le tapis persan sous ses pieds devait bien à lui seul valoir un an de son salaire de serveuse. Kolby et elle avaient chacun leur chambre, le salon côtoyait une salle à manger où l'on avait déposé corbeille de fruits et autres gourmandises, quant à la terrasse, elle offrait une vue panoramique exceptionnelle sur le large. Un somptueux bouquet de fleurs multicolores trônait sur la console. Cueillies pour elle ? Elle respira le parfum des roses mêlées à quelques tiges de lisianthus, dans le vase en cristal.

Après les avoir conduits dans leur suite, Alys avait pris congé, toujours aussi discrète, toujours aussi distante. Aussitôt, Kolby s'était lancé dans une course folle d'une pièce à l'autre, avant de s'écrouler de fatigue. Trop excité, il n'avait même pas remarqué le coffre à jouets, au pied de son lit. Tony de son côté avait rejoint ses appartements, non sans l'avoir auparavant gratifiée de ce sourire qui chaque fois lui donnait la chair de poule.

Le calme régnait dans la résidence. On entendait seulement le tic-tac d'une horloge et, au loin, le flux et le reflux des vagues. Elle s'avança vers la terrasse, qu'une lune pâle baignait d'une lueur fantomatique, posa la main sur la poignée de la porte-fenêtre avant de se figer. Un homme se tenait là, sur la terrasse, perdu dans la contemplation de la nuit.

Tony ? Elle sourit instinctivement, parce que sa présence la rassurait. Mais lui, qu'éprouvait-il ? Comment avait-il vécu ce retour ? Sa terrasse communiquait avec la sienne, ce qui laissait sous-entendre que quelqu'un avait fait en sorte qu'ils puissent circuler d'une suite à l'autre en toute discrétion.

Shannon sortit sur la terrasse, aménagée comme un jardin exotique. Une douce brise océanique l'enveloppa, aussi douce qu'une caresse. Elle était fatiguée, sur le plan physique commesur le plan émotionnel, et certainement pas dans le bon état d'esprit pour une confrontation avec Tony. Elle ferait mieux d'aller se coucher au lieu de rester à proximité de cet homme dont la seule présence agissait sur elle comme un aphrodisiaque. Peu à peu, elle se sentit envahie d'une humeur sensuelle et langoureuse, réduisant à néant toutes ses bonnes résolutions, par ailleurs déjà bien entamées.

Elle vit ses larges épaules se tendre sous sa chemise blanche, une demi-seconde avant qu'il ne tourne la tête vers elle. Son regard tourmenté s'éclaircit aussitôt.

— Kolby s'est endormi ?

— Oui, et merci pour toutes ces attentions. Les jouets, la nourriture… les fleurs.

— Cadeaux de bienvenue traditionnels de la part des Medina, dit-il avec une certaine lassitude.

— Bien sûr, bien sûr, répondit-elle, bien qu'elle ait remarqué certains biscuits dont il était le seul à savoir qu'elle raffolait. Merci aussi de nous avoir conduits ici. Je sais que ce n'était pas une décision facile pour toi.

— Rien de plus normal, car c'est bien à cause de moi si tu dois te cacher, du moins le temps que nous mettions en place un système de protection pour toi et ton fils.

Son mari n'avait jamais essayé de réparer ses erreurs. Même après son arrestation, il était resté arrogant, n'avait manifesté aucun remords, ni pour elle ni pour leur fils. Elle appréciait donc que Tony assume ses responsabilités et qu'il fasse tout pour adoucir un peu les circonstances.

— Et toi, comment te sens-tu ? s'enquit-elle, venant près de lui. Si ce n'avait été pour moi, tu ne serais jamais revenu, n'est-ce pas ?

— Ne t'inquiète pas pour moi, répondit-il en s'adossant à la balustrade, je m'arrange toujours pour tirer profit d'une situation.

— Que gagnes-tu à celle-ci ?

— Plus de temps avec toi, chuchota-t-il avec un sourire sans ambiguïté, juste avant de prendre sa main. Je n'ai jamais caché combien j'aimais ta compagnie, même lors de notre premier rendez-vous, quand tu as refusé de m'embrasser pour me souhaiter bonne nuit.

— Est-ce pour cette raison que tu as continué à me faire la cour ? Parce que j'avais dit non ?

— Tu dis toujours non, et moi je deviens fou rien qu'au son de ta voix, à la douceur de ta peau, dit-il en lui ôtant ses lunettesavant de les poser sur la balustrade et de prendre son visage entre ses mains.

Il possédait un empire dont les bureaux occupaient tout un dock à Galveston, pourtant ses mains restaient marquées par ses années de travail, autrefois, comme simple pêcheur sur le pont des chalutiers. Ces mains-là savaient néanmoins dispenser les caresses les plus voluptueuses, et il s'en servait avec un talent incomparable à seule fin de lui donner du plaisir.

— Et tes cheveux, reprit-il. Si tu savais comme j'aime tes cheveux…

Elle ne put réprimer un gémissement.

— Tony…

— Antonio, la coupa-t-il. Je veux t'entendre prononcer mon prénom.

Et à cet instant il fut ce prince, cet inconnu moins accessible que Tony mais tout aussi séduisant, irrésistible.

— Antonio.

Sa bouche se posa doucement sur la sienne. Elle entrouvrit les lèvres, s'abandonna à cette caresse sensuelle si familière, puis elle l'enlaça, se pressa contre lui, tressaillant à la chaleur de son corps, au contact de ses seins contre son torse, de ses cuisses contre les siennes.

Elle fit un pas en arrière, haletante, l'entraîna avec elle vers la porte-fenêtre, vers sa chambre. Comme chaque fois qu'elle était entre ses bras, son corps prit le dessus sur sa raison. Elle avait envie de lui, maintenant, rien d'autre ne comptait plus que la perspective de son corps uni au sien. Elle enfonça ses ongles dans ses épaules, l'embrassa avec ferveur, elle le voulait en elle, tout de suite.

— Antonio, supplia-t-elle.

— Je sais, murmura-t-il, ses lèvres courant sur sa gorge, son souffle brûlant sur sa peau. Shanny, il faut nous arrêter…

Arrêter ? La frustration fut telle qu'elle faillit hurler.

— Mais je croyais… D'habitude, quand nous en sommes là, nous allons jusqu'au bout…

— Tu es donc disposée à reprendre notre relation ?

Une relation ? Pas une nuit de temps en temps, avec seulement cette promesse de volupté, mais une vraie relation, avec ses implications et ses complications. Son esprit se remit à fonctionner. Qu'était-elle sur le point de faire ? Quelques baisers, quelques caresses encore, et elle était prête à tout.

— Je le reconnais, tu m'as manqué et j'ai envie de toi, mais je refuse d'être étiquetée comme la maîtresse d'un Medina, dit-elle avec fermeté en le repoussant.

Il fronça les sourcils, la regarda au fond des yeux.

— C'est donc le mariage que tu veux ?

- 6 -

— Le mariage ? s'exclama Shannon, visiblement choquée. Mais non, certainement pas !

Tony réprima un sourire ironique. La violente réaction de Shannon, quoique blessante d'une certaine façon, avait le mérite d'être claire. Elle ne cherchait pas à se faire épouser. Tant mieux, car cela ne lui avait pas traversé l'esprit. Du moins, jusqu'à ce soir.

Mais… serait-il prêt à aller jusque-là, pour la protéger ?

Elle s'éloigna, rentra dans le salon telle une furie tout en marmonnant.

— Tony… Antonio… Bah, je ne sais plus comment t'appeler. Je vais me coucher. J'ai besoin de dormir. Seule. Je ne veux plus te parler, plus te voir, et surtout plus t'embrasser.

— Mais alors, que veux-tu exactement ?

— Je veux que s'arrête cette folie. Je veux arrêter de penser à toi tout le temps.

Tout le temps ? Il réfléchit à ses paroles, qui manifestement lui avaient échappé. Si entre les draps elle se montrait réceptive et enthousiaste, une fois rhabillée Shannon était une femme plutôt réservée, parfois froide, voire secrète. Il repensa à leur dispute. Pourquoi avait-elle refusé son aide ?

Elle arpenta le salon, attrapa le petit train rouge de Kolby sur la table basse, arrangea les fleurs dans le vase.

— J'en ai assez de cette situation, d'être consumée ainsi par le désir, déclara-t-elle en le fixant, mains sur les hanches. Où cela nous mènera-t-il ? A rien, tu le sais aussi bien que moi. Tu n'as jamais pensé au mariage.

— Ce n'était pas mon intention en effet, lorsque nous avons commencé à nous fréquenter, admit-il. Mais puisque tu en parles…

En réalité, cette idée lui avait traversé la tête une minute plus tôt, sur la terrasse. Sa première réaction avait été de la refouler, mais maintenant, s'il voulait être parfaitement honnête, il se sentait capable de l'envisager.

— Non, non, non, lâcha-t-elle en levant les mains dans un geste d'exaspération. C'est toi le premier qui as prononcé ce mot.

— D'accord. Eh bien, discutons-en. Asseyons-nous et parlons-en calmement.

— Il ne s'agit pas de ratifier un contrat sur la fusion de deux sociétés, répliqua-t-elle avec froideur. Il s'agit de ta vie et de la mienne, et pas seulement d'ailleurs. Je ne peux m'offrir le luxe de commettre une nouvelle erreur, de faire le mauvais choix. Le bien-être de mon fils dépend de mes décisions.

— Et en quoi suis-je un mauvais choix ?

— Ne prends pas ce ton avec moi, Tony ! s'emporta-t-elle en vrillant son index sur son torse. Je suis attirée par toi, tu le sais. Il s'en est fallu de peu, sur la terrasse, et si je n'avais réagi nous serions en train de faire l'amour. Pareil dans l'avion, s'il n'y avait eu mon fils et le steward. Mais, aussitôt après, je m'en serais voulu. C'est cela que tu veux ? Que je me réveille chaque fois en éprouvant des regrets ?

Des regrets ? Au souvenir de leurs étreintes, de leurs corps nus enlacés, unis dans le plaisir ? Pour sa part, ces moments-là valaient bien tous les regrets du monde. Seule comptait cette alchimie entre eux. Quelques pas le séparaient de la chambre de Shannon, il lui suffirait de l'emporter, de... Fronçant les sourcils, il fixa soudain la couverture de laine tricotée au crochet posée sur le lit.

Qui avait eu l'idée de... ? Se pouvait-il que son père cherche à raviver ses souvenirs dans l'espoir de le faire revenir à de meilleures dispositions ? C'était probable. Enrique était un manipulateur de la pire espèce.

Ça, cette couverture, il la reconnaîtrait entre mille. Sa mère l'avait tricotée pour lui, juste avant sa mort. Durant leur fuite, après la débâcle de San Rinaldo, il ne l'avait pas lâchée, tenant serré contre lui ce bout de tissu, tel un précieux talisman.

Il n'était pas l'homme qu'il fallait à Shannon, et il savait bien pourquoi.

Il recula doucement, fuyant les souvenirs, fuyant cette femme qui décidément voyait trop bien en lui avec ses grands yeux gris-bleu.

— Tu as raison, Shannon. Nous sommes toi et moi trop fatigués pour prendre une quelconque décision aujourd'hui. Dors bien, dit-il, la voix étranglée par l'émotion, avant de sortir.

Abasourdie, Shannon resta figée au milieu du salon, sans comprendre.

Encore une seconde plus tôt, elle était prête à retomber dans les bras de Tony, à retrouver la chaleur de son lit, et la seconde d'après ils discutaient mariage. Le mariage ? Quand elle était encore sous le choc des événements terribles survenus avec Nolan ? Mais le pire c'était la manière dont il l'avait plantée là, la laissant seule, l'esprit et les sens en ébullition.

Néanmoins, il les avait sans doute empêchés de commettre une erreur. Car cela aurait été une erreur, non ?

Son regard se porta sur le lit, un grand lit à baldaquin. Elle n'avait pas sommeil. Tony lui faisait perdre tous ses moyens, et elle ne se sentait pas à son aise au milieu de toute cette opulence. Elle pénétra dans la chambre, examina le Picasso au-dessus de la tête de lit, un tableau représentant un Arlequin, de la période rose de l'artiste. Elle avait dénombré trois autres toiles du génie, dont un éléphant dans la chambre de Kolby.

Laissant échapper un soupir, elle fit courir ses doigts sur une couverture de laine, repliée sur un coin du lit. Un bout de tissu usé, si désuet, plutôt incongru dans ce décor raffiné. Drôle d'endroit pour ce genre d'ouvrage. Elle tira la couverture, dans les tons gris et abricot, la déplia. Trop petite pour un grand lit, pas assez longue pour un lit d'une personne. Elle la glissa sur ses épaules et sortit sur la terrasse avant de se recroqueviller sur une méridienne dans l'espoir que la brise du large l'apaise, alors que tout son corps brûlait encore du contact des mains de Tony.

Etait-ce son imagination ou sentait-elle son odeur dans cette couverture ? A moins que ses sens comme ses pensées ne soient trop imprégnés de lui ? Une fois de plus, elle s'étonna du trouble que Tony était capable d'éveiller en elle. Jamais aucun homme ne lui avait fait cet effet, pas même Nolan. Elle avait fait l'amour avec son mari, avait même trouvé du plaisir à ses caresses. Elle avait été heureuse, lui semblait-il, du moins jusqu'à ce que sa trahison éclate au grand jour.

Mais Tony… Elle s'emmitoufla dans la couverture. Jamais, non jamais elle n'avait songé au mariage. L'expérience qu'elle en avait eue ne s'effacerait jamais de sa mémoire. En fait, le mariage, avec ses mensonges et ses trahisons, la terrifiait.

Dans ces conditions, elle resterait telle que les médias l'avaient qualifiée. La maîtresse d'un souverain.

Tony tendit l'oreille… Plus un bruit.

Shannon apparemment avait fini par se coucher. Dieu merci ! Encore quelques minutes et sa volonté volait en éclats. Il avait été si près de retrouver le chemin de sa chambre, si impatient de reprendre les choses là où ils les avaient laissées… jusqu'à ce que ses yeux tombent sur cette satanée couverture.

Le mariage. Mais que lui était-il donc passé par la tête ? Cet endroit ne lui réussissait décidément pas. C'était comme si les fantômes du passé l'épiaient, tapis dans chaque coin de la résidence, venant troubler son esprit. Plus vite il réglerait cette affaire avec son père, plus vite il pourrait rentrer à Galveston en compagnie de Shannon et se retrouver en terrain connu, où il aurait une meilleure chance de se réconcilier avec elle.

Le plus sage pour l'instant était de garder ses distances avec elle. Il descendit le couloir, cherchant à s'éloigner d'elle et de cette couverture si lourde de souvenirs. Il avait besoin de toute sa concentration pour se confronter à son père. Cette fois, c'est seul qu'il ferait face au vieil homme.

Il traversa le hall d'un pas rapide, c'est à peine s'il remarqua le mobilier antique, la table et le garde posté là. C'était étrange comme il retrouvait ses marques, après une si longue absence. Plus étrange encore que son père n'ait pas procédé au moindre changement.

Cette journée avait débuté sur les chapeaux de roues, et elle était loin d'être finie. Enrique devait à présent en avoir terminé avec son infirmière et serait sans doute en mesure de le recevoir.

Tony salua d'un bref signe de tête la sentinelle en faction devant la porte des quartiers privés d'Enrique. Un lieu exclusivement masculin, sans aucune touche féminine pour en adoucir la décoration austère.

Revêtu d'une épaisse robe de chambre bleu nuit,

le visage plus que jamais marqué par une existence émaillée de multiples revers, le vieil homme l'attendait dans son fauteuil roulant.

— Assieds-toi, ordonna son père en lui désignant son fauteuil préféré.

Comme Tony rechignait à s'exécuter, Enrique laissa échapper un soupir avant de marmonner quelque chose en espagnol.

— Si tu veux bien prendre un siège, reprit-il avec plus de douceur cette fois. Nous devons parler, *mi hijo*.

En effet, et Tony, plus curieux qu'inquiet, souhaitait notamment en savoir plus sur l'état de santé de son père. Savoir le souverain malade n'aurait cependant rien changé aux événements, il ne se serait pas pour autant précipité ici, sur l'île, à son chevet. Seule la sécurité de Shannon et de son fils avait motivé son retour. Rien d'autre.

— Tu es vraiment malade ? demanda-t-il. Et pas d'histoires, je veux la vérité.

— Tu l'aurais apprise bien plus tôt, si tu étais revenu quand je te l'ai demandé.

Son père n'avait jamais rien « demandé » à personne, au cours de son existence. Enrique était un homme autoritaire et par-dessus tout obstiné, ce qui lui valait d'être seul aujourd'hui, entouré uniquement de ses serviteurs et de sa garde rapprochée. En fait, comprit soudain Tony, lui-même ne s'était-il pas montré tout aussi entêté en refusant de répondre à ses appels, au cours des dernières années ?

— Je suis là, maintenant.

— Vous pouvez être fiers de votre réussite, toi

et tes frères. Mais j'étais sûr que cela finirait ainsi, déclara Enrique comme s'il avait affaire à un gamin.

— As-tu une idée de l'origine de la fuite ? Comment cette journaliste a-t-elle pu identifier Duarte ?

— Personne n'en sait rien, mais mes hommes mènent l'enquête. Je pensais que tu pourrais nous en dire plus, dit son père, vaguement narquois. Tu as toujours été si impétueux, si avide de liberté et de vérité, la faute n'incombe peut-être pas à Duarte… Nous verrons bien. En tout cas, je dois reconnaître que, vu les circonstances, tu as fait preuve de sagesse en protégeant les êtres qui te sont chers. C'est bien.

— Je n'ai que faire de ton approbation, mais merci de ton aide.

— Je t'en prie, quoique… Je sais bien que tu aurais refusé cette aide si Shannon Crawford n'avait pas été impliquée dans l'histoire. Ah, je serais le plus heureux des hommes si je pouvais voir l'un de mes fils rangé et marié, avant de mourir !

— Tu… tu es donc si malade ? dit Tony, la gorge serrée. .

Un silence pesant lui répondit. Son père manifestement éprouvait de plus en plus de difficultés à respirer.

— Veux-tu que j'appelle l'infirmière ? reprit Tony, de plus en plus inquiet.

Ou peut-être sa secrétaire particulière ? Il ignorait quel rôle exactement Alys Reyes de la Cortez jouait au sein de la résidence, elle était en tout cas très différente du personnel d'Enrique, pour la plupart des serviteurs déjà vieillissants, natifs de San Rinaldo.

— Je suis peut-être âgé et malade, mais je n'ai pas encore besoin que l'on me borde dans mon lit, répondit-il avec arrogance.

— Je ne suis pas venu pour me disputer.

— Bien sûr que non. Tu es venu parce que tu avais besoin de mon aide.

Et Tony avait le sentiment que son père n'allait pas se priver de le lui rappeler. Ils ne s'étaient jamais vraiment entendus, et apparemment rien n'avait changé.

— Bien, il vaut mieux que j'aille me coucher, dit-il en se levant.

— Une minute, fit son père tout en nettoyant sa montre gousset dix-huit carats. Cette aide, vois-tu, a un prix…

Choqué par cette dernière réflexion, Tony se rassit lourdement sur le vieux fauteuil.

— C'est une plaisanterie, j'espère…

— Je n'ai jamais été aussi sérieux.

Tony réprima un geste de colère. Comment avait-il pu se montrer aussi inconséquent ? Ou naïf ? Il aurait dû se méfier, se préparer à mieux affronter son père. Lorsqu'il était encore en pleine gloire, c'était un politicien rusé et calculateur.

— Que veux-tu ?

— Je veux que tu restes ici durant le mois nécessaire à la mise en œuvre de nouvelles mesures de sécurité.

— C'est tout ? s'enquit-il sur un ton qu'il voulait détaché, alors qu'en réalité il souffrait déjà des premiers symptômes de claustrophobie.

— N'est-ce pas normal qu'un père veuille découvrir quel genre d'homme est devenu son fils ?

Tony refusa de se laisser amadouer. Enrique semblait convaincu que la vérité sur leur identité avait éclaté par sa faute. Que pouvait-il espérer de la compagnie de son plus jeune fils, sinon des ennuis et des disputes…

— Et si je refuse ? Tu vas donner Shannon et son fils en pâture aux requins ?

— Son fils peut rester, jamais je ne mettrai un enfant en danger. Mais la mère doit partir.

Il n'était pas sérieux. Tony dévisagea son père, cherchant un signe, quelque chose prouvant que Enrique bluffait. En vain. Son père n'avait pas hésité autrefois à confier la sécurité de sa femme à des tiers. Qu'est-ce qui l'empêcherait aujourd'hui de renvoyer Shannon en lui souhaitant bon vent, peut-être en lui adjoignant, grand seigneur, un garde du corps ?

— Elle ne partira jamais sans son fils, dit Tony en pensant à sa mère.

— Ce n'est pas mon problème. Es-tu prêt à passer un mois ici, oui ou non ?

— Et si tout rentre dans l'ordre avant ?

— Je te demande de rester en échange de mon aide. Pour toi, j'ai pris d'énormes risques en la laissant venir sur l'île.

Enrique avait toujours eu horreur de la foule et, plus simplement, de son prochain. Enfin, pour compliquer encore les choses, il avait toujours souffert de paranoïa aiguë.

— Il n'y a pas d'autres conditions ?

— Tu veux un contrat ? répliqua son père, cynique.

— Et pourquoi pas ? Si Shannon décide de partir ce week-end, je pourrai parfaitement la suivre. Que feras-tu, alors ? Tu me rayeras de ton testament ? ironisa-t-il, lui qui n'avait jamais accepté le moindre dollar de son père.

— Tu as toujours été le plus drôle de mes fils, déclara le vieil homme avec un sourire las. Ton humour m'a manqué.

— Je ne plaisante pas.

Le sourire de son père s'évanouit, il glissa sa montre dans la poche de sa veste.

— Ta parole me suffit. Tu es un Medina. Tu es mon fils. Je ne doute pas un instant de ton sens de l'honneur.

— Dans ce cas, c'est d'accord, répondit Tony. Que disent les médecins ?

Il voulait savoir pourquoi son père insistait autant pour que sa présence dure précisément un mois.

— Mon foie me joue des tours, répondit Enrique avec un haussement d'épaules. Du fait de mes conditions de vie pendant ma fuite, j'ai contracté une hépatite, et avec les années le mal a empiré. Fin de l'histoire.

Tony réfléchit, essayant de se rappeler si le souverain était souffrant quand ils s'étaient retrouvés en Amérique du Sud, avant leur transfert sur l'île... Mais il ne se souvenait que d'un père distant, froidement déterminé.

— Je l'ignorais, désolé.

— Tu étais encore un enfant. Et loin de tout savoir...

En effet, on ne lui disait rien à l'époque, mais même si on l'avait fait il n'aurait rien entendu. Il était dans sa bulle alors, anéanti par le chagrin d'avoir perdu sa mère.

— Quel est le pronostic ?

— Oh, rassure-toi, je devrais en principe passer le cap des trente jours.

— Ce n'est pas ce que je voulais dire.

— Je sais, répondit son père en souriant. Moi aussi, vois-tu, j'ai le sens de l'humour.

Tony éprouva à cet instant un étrange sentiment, un peu comme s'il découvrait un autre père, plus vulnérable, plus humain que celui de son enfance. S'il gardait de cette époque quelques souvenirs de sa mère, il ne se rappelait rien ou presque du roi, avant les retrouvailles en Amérique du Sud. Un souvenir de son père, un seul, restait néanmoins ancré dans sa mémoire. Ce jour-là, à San Rinaldo, son père avait réuni sa famille pour l'évacuation en urgence du palais. Enrique avait alors glissé sa montre gousset dans la main de Tony, en lui faisant promettre d'en prendre soin jusqu'à ce qu'ils soient réunis. Mais, même du haut de ses cinq ans, Tony avait compris que son père lui disait peut-être au revoir pour la dernière fois.

Et aujourd'hui, Enrique lui demandait de rester auprès de lui pour lui. Et c'était sans aucun doute pour lui dire au revoir une dernière fois.

Mais Tony ne pouvait penser qu'à une chose : Shannon, encore et toujours. Il l'avait amenée sur l'île parce qu'elle avait besoin de lui. Et aussi pour concrétiser dignement leur réconciliation au creux d'un lit de passion. Mais maintenant, il prenait conscience de toute la complexité de l'attirance qu'il éprouvait pour elle. Un intérêt qui allait bien au-delà du sexe. En réalité, il avait besoin d'elle. Et ce constat l'effraya au plus haut point.

- 7 -

Le lendemain, Shannon profita de la sieste de Kolby pour se reposer sur la terrasse. Elle contempla longuement l'océan, l'horizon incertain. Tout semblait si calme, si réconfortant. Un thé à la mandarine infusait sur la table basse à côté d'un appétissant panier de fruits. Une sérénité propice à la méditation. Une sérénité qu'elle était pourtant loin de ressentir.

Tony. Où était-il ? Que faisait-il ?

Ce calme avait quelque chose d'angoissant, de brutal si l'on pensait au chaos qui lui valait d'être ici, au marasme qui l'oppressait. Elle frissonna, la température pourtant n'était pas si différente qu'à Galveston, peut-être un peu plus tropicale, dans les trente degrés Celcius environ. Tony.

La sagesse aurait voulu qu'elle profite de ces moments de solitude pour mettre un peu d'ordre dans ses idées, réfléchir à l'avenir. Au lieu de cela, toutes les quinze secondes, elle ne pouvait s'empêcher de regarder la porte-fenêtre voisine de la sienne, celle donnant dans la suite de Tony. Pourquoi était-elle aussi faible, aussi vulnérable dès qu'il était question de cet homme ?

La matinée avait été agitée. Alys était venue frapper à sa porte de bonne heure pour l'inviter à visiter la résidence. Un vrai labyrinthe. Et, bien que fermement déterminée à garder dorénavant ses distances avec Tony, sa présence rassurante lui avait manqué, alors qu'elle parcourait la demeure froide et impersonnelle, presque inquiétante en dépit de son luxe, de ses antiquités, de ses œuvres d'art. Et encore, elles n'avaient fait le tour que d'une partie du domaine.

Alys lui avait ensuite présenté deux jeunes femmes affectées à son service le temps de son séjour, pour la garde de son fils et diverses autres tâches. D'abord désarçonnée à l'idée de confier Kolby à des inconnues, Shannon avait été rassurée en découvrant les qualifications de chacune. Elle avait passé le reste de la matinée à faire la connaissance des autres membres du personnel, prêts à exécuter le moindre de ses ordres, en cas de besoin.

Aucun des employés du roi ne laissa échapper un seul indice sur la localisation de l'île, en dépit de questions subtiles de sa part. Chacun semblait conscient de l'importance du sujet. Manifestement, tous avaient reçu, ordre d'être à ses petits soins, on était même allé jusqu'à lui fournir une garde-robe de créateur, et parfaitement à sa taille. Un trésor de guerre ultra-tentant, même si elle se refusait pour l'instant y toucher.

Une brise légère et chargée d'iode s'engouffra sous sa petite robe d'été. A cet instant, quelqu'un ouvrit la porte-fenêtre de la suite voisine, l'arrachant à ses rêveries.

Elle ne tourna même pas la tête pour vérifier qui

en sortait. Elle reconnut le bruit de ses pas, son parfum porté par le vent.

— Hello, Tony.

Ses chaussures italiennes s'arrêtèrent près de ses sandales, de bonnes vieilles chaussures à elle, pas celles fournies par les Medina. Se penchant vers elle, il s'appuya à la balustrade.

— Désolé de ne pas être venu te voir plus tôt. Mon père et moi avons passé la matinée en coups de fil avec mes frères et nos avocats, à résoudre certains problèmes.

— Du nouveau ?

— Pas vraiment. Nous avons cependant réussi à stopper les fuites dans la presse, mais nous ne pouvons que limiter les dégâts, soupira-t-il avec un sourire forcé. Mais assez parlé de tout ça. Tu m'as manqué, au déjeuner.

— Kolby et moi avons mangé dans notre suite, répondit-elle, les effluves de l'eau de toilette de Tony agissant sur elle avec beaucoup trop de force. Ses manières à table sont loin d'être royales.

— Tu n'as pas à te cacher dans ta suite. On ne fait pas de cérémonie, ici…

Pas de cérémonie peut-être, mais il portait tout de même un pantalon à pinces et un polo strict, pas de jean ni de T-shirt comme beaucoup de gens normaux en vacances. Mais quelle importance ? Il était irrésistible dans une tenue comme dans l'autre, élégance naturelle, charme naturel, prestance…

— C'est possible, mais on trouve des objets d'art et des antiquités à tous les coins de couloirs. Un enfant ici, c'est un peu comme un éléphant dans un magasin de porcelaine, dit-elle en faisant courir ses doigts sur la balustrade. Cet endroit est tellement… spécial. Il faut nous laisser le temps de nous habituer. Même si j'espère reprendre le cours normal de mon existence au plus vite.

Une vie normale. Mais en quoi consistait-elle, cette vie ? Un compte en banque toujours dans le rouge, une relation bancale avec Tony, dont elle ne savait finalement rien et avec qui elle se disputait pour garder son indépendance. Pourtant… n'était-elle pas disposée, et même impatiente, hier soir, de reprendre cette relation ? Elle se demandait parfois ce qui l'avait motivée, ces derniers jours. Un instinct purement sensuel ou son cœur ?

— Tu as raison, dit-il en posant sa main sur la sienne. Laissons du temps au temps. Et si nous allions faire une promenade ?

— Mais Kolby peut se réveiller à tout moment et…

— L'une des nounous peut veiller sur lui et nous appeler dès qu'il ouvrira les yeux. Allez, viens. Je te raconterai les dernières folies qui courent sur le Net. Apparemment, les Medina posséderaient une station orbitale et je t'aurais emmenée à bord de mon vaisseau spatial.

Elle éclata de rire, comme libérée soudain. Que c'était doux de rire ainsi, après le stress de ces derniers jours, après cette semaine sans lui.

— Allons-y, mon extraterrestre, dit-elle gaiement.

Tony sourit, et son sourire illumina ses yeux, pour la première fois depuis que le ferry avait accosté. Tout à coup, ce fut comme si le monde autour d'elle s'illuminait aussi. Alors, elle oublia tout du faste des lieux sur le chemin qui les menait à la plage.

Le soleil d'octobre était chaud, plus chaud ici que sur la terrasse, et déjà haut dans le ciel. Où se trouvaient-ils ? Au Mexique, en Amérique du Sud ? Ou peut-être encore aux Etats-Unis ? La Californie ou…

— Nous sommes au large de la Floride.

Elle retint son souffle puis éprouva un immense soulagement, comprenant seulement maintenant combien ce secret avait pesé sur elle.

— Merci.

— Tu l'aurais compris par toi-même d'ici à un ou deux jours.

Peut-être, mais rien n'était moins sûr.

— Alors, reprit-elle sur un ton qu'elle voulait enjoué, et ces rumeurs sur la Toile ?

— Tu t'intéresses à ces ragots ?

— Non, pas vraiment. Au fait, merci pour les vêtements, et pour les jouets. Bien évidemment, inutile de te préciser que je n'emporterai rien de tout cela quand nous repartirons.

— Oh, ne fais pas ta rabat-joie ! Mon père a donné des ordres, je n'ai rien à voir avec ça. Et si cela peut te faire plaisir, nous en ferons don à la Croix-Rouge après ton départ.

— Comment s'y est-il pris pour faire venir tout cela si vite ? demanda-t-elle en retirant ses chaussures pour marcher dans les vagues.

— Est-ce vraiment important ? dit-il, se déchaussant à son tour avant de la rejoindre, l'arrosant au passage.

Avec le retour du Tony rieur et désinvolte, elle sentit un peu de sa tension s'évanouir.

— Non, tu as raison. Les jouets sont fabuleux et Kolby en est fan. Mais il préfère encore plus les chiens. Quoique ceux de ton père ressemblent plus à des gardes du corps.

— C'est juste. Mon père a d'ailleurs convoqué ses dresseurs pour qu'ils s'habituent à ton fils et le protègent en cas de nécessité, durant votre séjour.

Elle ne put réprimer un frisson.

— Kolby a toujours rêvé d'avoir un chien pour compagnon.

— Les choses n'étaient pas aussi simples, pour nous, enfants, répondit Tony, suivant des yeux un vol de goélands, au large.

Combien de fois, petit garçon, avait-il regardé ainsi l'océan, rêvant lui aussi de s'envoler ? Car elle comprenait peut-être mieux que quiconque ce besoin de fuir une prison dorée. Elle remarqua à cet instant à quelques dizaines de mètres de la plage une succession de rouleaux près des récifs.

— C'est ici que tu venais faire du surf ?

— Oui, le spot est exceptionnel, expliqua-t-il. Le meilleur tout autour de l'île. En tout cas par le passé, j'ignore ce qu'il en est aujourd'hui.

— Tu étais libre comme l'air.

— Il ne faut pas exagérer. Il y avait aussi l'école, les devoirs.

— L'école ?

— Les précepteurs.

— Oh, évidemment ! répondit-elle avec un demi sourire en pensant au fossé qui séparait son enfance de la sienne. Et, en guise d'éducation physique, tu faisais du surf, ajouta-t-elle.

— Je suivais aussi des cours d'arts martiaux.

— C'est étrange de penser que tu n'as jamais participé à une fête scolaire de fin d'année, ou joué dans l'équipe de foot du lycée, ou travaillé après les cours pour de l'argent de poche.

— Oui, pas de copains… pas la moindre pom-pom-girl à l'horizon, gémit-il avec un clin d'œil.

Elle ne se laissa pas abuser par son sourire. Combien de fois au cours des derniers mois avait-il recouru à ce sourire, se cachant derrière lui comme derrière une façade ? Et elle, naïve, avait cru à ce sourire, cru que les choses étaient simples. Et elle avait tant besoin de simplicité, de joie de vivre.

— Tu n'as jamais eu envie de retourner sur le vieux continent ? demanda-t-elle en prenant son bras. Tu n'as pas la nostalgie de ton pays ?

— Enfant, j'ai d'abord cru que cette île faisait partie de l'archipel de San Rinaldo. Au début seulement, car mon père nous a vite fait comprendre que nous en avions été chassés à jamais. Et que les hommes responsables de notre exil avaient juré notre perte.

Quel traumatisme pour un enfant de cinq ans, la mort de sa mère conjuguée à la perte de tous ses repères, et un père forcément amer, forcément lointain.

— Nous avons connu de terribles épreuves, toi et moi, et peut-être est-ce cela qui nous a rapprochés, chuchota-t-elle.

— Absolument pas, protesta-t-il en riant, glissant un bras autour de sa taille. Je me suis rapproché de toi parce que je te trouvais hypersexy avec ton petit uniforme de serveuse et ces lunettes d'institutrice.

— Don Juan, répliqua-t-elle à son tour en éclatant de rire.

— Que veux-tu, je suis un Européen, ne l'oublie pas. Tu sais ce qu'on dit… Nous, les Latins, nous avons le sang chaud mais nous sommes aussi de grands sensibles…

Il prit son visage entre ses mains, déposa un baiser plein de tendresse sur son front, avant que quelque chose de sombre, un éclat quasi tragique, passe dans son regard, presque aussitôt remplacé par un sourire. Comme d'habitude.

— Mais arrêtons de nous apitoyer sur notre sort, d'accord ? La vie nous a bien assez malmenés, tu ne trouves pas ? Et qui sait ce que nous réserve demain ? Alors, je t'en prie, profitons du moment présent, vivons pleinement chaque instant, Shannon.

— Tu as raison, répondit-elle.

Elle avait conscience qu'elle vivait peut-être ses derniers moments de bonheur et de complicité avec lui, pressentant que leur couple ne sortirait pas indemne de cette histoire.

— Je suis sûre que si tu avais été dans un lycée les filles auraient été folles de toi, reprit-elle après une petite seconde de silence.

— Je n'aurais eu d'yeux que pour toi, répondit-il, théâtral, une main sur le cœur. Tu as toujours porté ces lunettes ?

— Depuis la quatrième, gémit-elle en repensant aux moqueries de ses camarades. J'étais une jeune fille sérieuse, ne vivant que pour la grande musique. Les garçons ne présentaient pour moi aucun intérêt.

— Et aujourd'hui ?

— Aujourd'hui, je veux simplement profiter de l'océan, d'une journée de liberté, sans idées noires…

Et elle se mit à courir sur le sable léché par les vagues. Ne pourrait-elle jamais concilier cet élan qui la portait vers Tony et cet instinct qui la poussait toujours à rester sur ses gardes ?

Elle l'entendit courir à sa suite, puis il la saisit par la taille. La sensation de la chaleur de son corps contre le sien la fit tressaillir. A cet instant, ce fut comme s'ils étaient seuls au monde, sur une île déserte.

— C'est malin ! le gronda-t-elle en glissant les bras autour de son cou. Nous sommes trempés maintenant !

— Je m'en moque, dit-il, ses yeux s'arrêtant sur son chemisier mouillé et transparent.

— Moi aussi, chuchota-t-elle.

— Je voudrais te voir rire ainsi tout le temps, fit-il en l'étreignant. Tu as droit à ta part de bonheur. Et je pourrais te rendre la vie tellement plus facile, Shannon. Tu le sais…

— Tu sais aussi ce que je pense de ce genre de proposition, répondit-elle en caressant son visage, troublée par le contact familier de sa barbe naissante. Tout cela, ta protection, le voyage, les vêtements et les jouets, oui tout cela est déjà difficile à accepter, pour moi.

Elle voulait que les choses soient claires sur ce point, avant même d'envisager de se rapprocher de lui. Il la souleva de terre, pressant son corps contre le sien.

— Il est temps de rentrer, chuchota-t-il contre ses lèvres au goût de sel.

Dans ses yeux, le désir ne faisait aucun doute, pourtant il la reposa doucement sur le sable et s'éloigna. Comme ça ? Après ces étreintes volées sous le soleil, ses caresses, ses baisers furtifs ? Cet homme la rendait folle.

Cinq jours s'étaient écoulés et Shannon commençait à s'habituer à cette étrange captivité. Comme elle en avait maintenant l'habitude, elle prenait le soleil sur la terrasse du rez-de-chaussée, tout en suivant des yeux son fils roulant sur la plage au volant de sa minijeep, les deux chiens d'Enrique dans son sillage. Durant ces derniers jours, Tony avait été constamment à ses côtés, se montrant charmant et attentionné.

Elle avala une nouvelle gorgée de citron bio pressé, un pur délice. Comme l'agitation du monde semblait loin, sous le soleil, avec le bruit des vagues en guise de berceuse… La tension qui pesait sur elle depuis des mois, depuis Nolan, commençait à s'estomper.

Et ce semblant de paix intérieure, ce goût retrouvé de la vie, elle le devait à Tony.

Elle s'efforçait de considérer son séjour sur l'île comme des vacances. Des vacances de rêve. Il y avait tant à faire. Enrique n'avait pas lésiné sur les moyens. Salle de cinéma pour projections privées, salle de gym et piscines, intérieure et extérieure, sans oublier l'écurie, avec même quelques poneys pour les enfants. Elle et Kolby ne trouvaient pas le temps de s'ennuyer.

Tony ne les avait quasiment pas quittés, profitant de quelques rares et trop brefs moments d'intimité pour la prendre entre ses bras, ses yeux brûlant de désir, d'impatience. C'était la même impatience qui la consumait. Cependant, cela s'arrêtait là, à ces étreintes furtives mais chargées de promesses.

Ce ne serait pourtant pas aujourd'hui qu'il leur serait donné d'aller plus loin. La résidence ressemblait à une ruche et elle n'avait pas vu Tony de la journée.

Soudain, elle entendit une porte s'ouvrir derrière elle. Tony ? Son cœur tressauta, s'accéléra, et elle retint son souffle, au bord de la syncope.

Mais ce fut Alys qui apparut, ses talons claquant sur le teck de la terrasse alors qu'elle saluait d'un signe de tête les deux gardes en faction. Shannon s'empressa de sourire, il serait inconvenant de laisser transparaître sa déception, d'autant que la jeune femme se montrait particulièrement attentive à lui rendre son séjour le plus agréable possible.

Difficile néanmoins de nier toute la profondeur de cette déception. Le doute n'était plus permis, Tony n'était pas loin d'avoir réussi à revenir dans sa vie.

La secrétaire du roi se dirigea vers le bar, saisit la carafe en cristal et se remplit un verre de citron pressé.

— Vous souhaitez me parler ? s'enquit Shannon sur un ton léger.

— En fait, Antonio m'a demandé de partir à votre recherche. Il semblerait que je vous ai trouvée, répondit Alys, tirée à quatre épingles comme à son habitude, tout en glissant son BlackBerry à la ceinture. Il ne devrait plus tarder, il termine une réunion avec son père.

— Je vais chercher Kolby, dit-elle en abandonnant son transat, lissant sa robe griffée Oscar de la Renta.

Elle avait fini par craquer. Après avoir confié à la laverie ses derniers vêtements, elle avait inspecté avec envie la garde-robe mise à sa disposition. N'était-ce pas manquer de savoir-vivre et faire preuve d'une certaine ingratitude que de s'obstiner à refuser de porter ces tenues signées des plus grands créateurs de la planète ?

— Laissez donc votre petit garçon s'amuser, déclara Alys tout en s'asseyant dans le transat voisin du sien.

— Je tenais à vous remercier pour les vêtements. Un choix aussi sûr, cela ne peut venir que de vous.

— Inutile de me remercier. Je n'ai fait que mon travail. J'ai vu votre photo, sur le web. J'ai donc pu choisir en fonction de votre constitution, de la couleur de vos cheveux. J'adore faire du shopping pour les autres.

Et quel shopping ! Toutes les boutiques de luxe en ligne avaient été dévalisées. Du jean à la robe de soirée, en passant par les tenues de bain… et la lingerie. Un frisson langoureux la parcourut au contact de la soie et du satin sur sa peau.

— Vous ne devez pas vous soucier de dépenses, reprit Alys, devinant son malaise. La notion d'argent n'est pas la même pour eux que pour vous. Ils peuvent tout se permettre. Le roi est certainement soulagé de voir que vous ne boudez plus sa garde-robe.

En quoi le fait qu'elle porte baskets et petite robe en coton pouvait-il perturber Enrique, là était la question. Mais elle se garda de la poser, par correction.

— Il y a longtemps que vous travaillez ici ? s'enquit-elle sur le ton de la conversation amicale.

— Trois mois seulement.

Comptait-elle rester ? L'île était certes un endroit magique mais si loin du monde que le temps semblait tourner au ralenti. Quelle existence une femme pouvait-elle espérer construire, dans un tel endroit ?

— Voici Antonio, dit soudain la secrétaire en se levant.

— Merci de l'avoir trouvée, Alys, lança Tony.

— Je vous en prie, répondit la jeune femme, qui s'écarta de quelques pas avec discrétion.

Tony sourit à Shannon. Un sourire qui contrastait avec la tension manifeste qui l'habitait après son face-à-face avec le roi. Il portait un costume mais sans cravate, sans doute par provocation. Un moyen pour lui d'affirmer son indépendance face à son père et au protocole.

— Ta réunion s'est bien passée ?

— Parlons d'autre chose, répondit-il en saisissant un brin de muguet dans le vase posé sur le bar avant de glisser avec douceur la tige sur son oreille. Je préfère te regarder. Cette fleur est presque aussi belle que toi.

— C'est extraordinaire de trouver ainsi une telle diversité de fleurs sur cette île perdue au beau milieu de nulle part.

— Elles proviennent de nos serres.

Evidemment, elle aurait dû y penser. Un roi, même déchu, pouvait tout se permettre.

— Oh, bien sûr ! Comme je dois te sembler naïve.

— Tu me sembles surtout ravissante, et si cela ne tenait qu'à moi je te ferais l'amour sur un lit de roses, chuchota-t-il en faisant courir son doigt le long de son décolleté.

Comme ce serait facile de s'abandonner à la chaleur de ses paroles, à la magie de son univers. Mais elle s'était juré de ne plus tomber dans ce piège, de ne plus céder aux chimères.

— Et les épines, tu y as pensé ?

Il éclata de rire, sa main quitta sa gorge pour se poser sur ses épaules.

— Viens, nous sortons, mon amour très terre à terre.

Amour ? Elle sentit sa gorge se nouer et dut s'y reprendre à deux fois avant de pouvoir parler.

— Tu m'invites à déjeuner ?

— Non, à attendre un avion.

Elle retint son souffle. Ce moment hors du temps était donc arrivé à son terme ? Etait-ce la fin ?

— Nous partons ?

— Malheureusement non, je le crains. Ton appartement est toujours assiégé par la presse et les curieux. Il va peut-être falloir que tu envisages de déménager pour une résidence protégée. Encore deux ou trois jours et je pense que nous pourrons nous en aller. En ce qui concerne aujourd'hui, nous avons des invités et je voudrais que tu viennes avec moi les accueillir.

Ils ne partaient pas. Un immense soulagement l'envahit. Un paradoxe qu'elle ne manqua pas de relever, mais qu'elle refoula tout aussitôt.

— Oh, euh, oui, répondit-elle en s'efforçant de reprendre ses esprits. Le temps de récupérer Kolby.

Derrière elle, Alys toussota.

— J'ai déjà averti Mlle Delgado. Elle a fait préparer un pique-nique et veillera également sur lui pendant sa sieste. Cela vous convient ?

Kolby apprécierait bien plus de pique-niquer sur la plage que de prendre la voiture pour aller attendre des inconnus à l'aérodrome. A sa grande honte, elle commençait à prendre goût à ces moments de liberté pendant les siestes de son fils, le sachant en sécurité avec l'une des nounous.

— Oh, dans ce cas, c'est parfait.

Shannon voulut manifester sa reconnaissance à la jeune femme par une amicale poignée de main, mais Alys ne répondit pas à son geste. Et pour cause, puisqu'elle était trop occupée à regarder Tony pour s'apercevoir de son geste.

Dans un premier temps désemparée, elle ressentit aussitôt après le dard d'une jalousie féroce lui transpercer le cœur, un sentiment vil, qui lui était étranger jusqu'à aujourd'hui. Par ailleurs, à sa connaissance, Tony n'avait rien fait pour encourager Alys à le regarder avec ces yeux-là, les yeux d'une femme prête à tout pour un homme. Une femme dangereuse. Manifestement, la secrétaire particulière du roi Enrique avait des vues sur le prince Antonio.

- 8 -

Tony était en proie à une réelle agitation et il serra les mains avec force sur le volant de sa Porsche, tandis qu'il prenait la direction de la route du bord de mer. Heureusement, avec Shannon à son côté, il se sentait moins anxieux à l'idée de la rencontre qui s'annonçait. Shannon n'était pourtant pas sans éveiller d'autres tourments en lui, plus spécifiques.

Au cours de la semaine qui venait de s'écouler, elle était revenue à de meilleures intentions à son égard, attisant ainsi la flamme de son désir. Plus il passait du temps avec elle, plus il avait envie d'elle. En fait, elle le subjuguait par son naturel, par sa simplicité.

Quand elle s'asseyait au bord de la piscine, laissant l'eau s'écouler sur ses pieds, quand elle riait à gorge déployée de ses bêtises, ses longs cheveux blonds retombant sur son dos nu. Quand elle trempait ses lèvres dans sa citronnade, ou quand elle soufflait sur ses lunettes pour les nettoyer, un délicieux soupir… Dans ces moments-là, il était électrisé, son corps s'embrasait, il l'imaginait, ses jambes nouées sur ses reins, gémissant quand il allait et venait en elle…

Bientôt. Car, à l'évidence, elle était sensible à ses attentions, à sa prévenance. Et à ses baisers, ses caresses, contacts furtifs qui en précédaient un autre, plus radical, contact absolu et intime de son corps contre le sien. Il sourit à cette perspective. En fin de compte, ce séjour sur l'île ne manquait pas d'attrait.

Et après ? Une fois de retour à Galveston, que ferait-il ? Mais il repoussa ces interrogations. Chaque chose en son temps. Pour l'heure, le passé de son père devait rester sa principale préoccupation.

— Tony ? dit-elle en souriant, une main sur le tableau de bord, la Porsche peinant à absorber les nids-de-poule. Tu ne m'as pas dit qui nous allions chercher. Tes frères ?

Fixant la route longée de palmiers, il chercha les mots. Ce qu'il s'apprêtait à révéler à Shannon, il ne l'avait jamais confié à personne.

— Pas mes frères, non, répondit-il en agrippant plus fermement le volant. Ma sœur. Ma demi-sœur en réalité. Eloisa.

— Une sœur ? J'ignorais que…

— Tout le monde l'ignore, même la presse.

Sa demi-sœur avait été élevée par sa mère et son beau-père à l'abri des médias, à Pensacola, en Floride. Eloisa n'avait repris contact que récemment avec leur père.

— Elle vient pour une réunion d'urgence. Afin de préparer avec nous tous un plan d'attaque. Maintenant que le secret des Medina a éclaté au grand jour, son histoire ne devrait pas tarder à faire la une.

— Puis-je connaître cette histoire ?

— Bien sûr, dit-il entre ses dents, les yeux rivés sur la route pour qu'elle ne devine pas sa colère. Mon père a eu une relation avec sa mère, peu après notre arrivée aux Etats-Unis. Eloisa doit avoir vingt-cinq ans aujourd'hui.

Shannon écarquilla les yeux derrière ses lunettes.

— Mouais, je sais, nous venions d'évacuer San Rinaldo. Il n'a pas perdu de temps, marmonna-t-il.

Pas perdu de temps, non, au regard de la mort de sa mère.

— Cela a dû te perturber terriblement. Kolby se souvient à peine de son père et il lui est pourtant difficile de t'accepter. Je n'ose imaginer quand le moment viendra de lui annoncer l'arrivée d'un autre enfant…

Un enfant ? Avec Shannon ? En un éclair, l'image d'un enfant aux cheveux noirs, *son* enfant, traversa son esprit, délogeant aussitôt toutes ses autres préoccupations. Son pied glissa sur l'accélérateur. Puis Kolby vint se joindre à cette image, complétant le portrait de famille.

La semaine dernière encore, il prenait conscience de toute son ignorance en matière d'enfants. Et voilà que depuis leur arrivée sur cette maudite île, après une brève allusion au mariage, il était aujourd'hui question de bébés ?

Pourquoi fallait-il que les choses soient toujours aussi compliquées avec Shannon ?

— Cette histoire ne regarde que mon père, déclara-t-il, faisant comme s'il n'avait pas entendu.

— En effet, dit-elle en retirant ses lunettes avant de souffler sur les verres et de les essuyer avec le bas de sa robe. Tu t'entends bien avec ta sœur ?

Il détourna les yeux des lunettes de Shannon, craignant soudain de perdre le contrôle de la voiture.

Ou de perdre le contrôle tout court et de garer la Porsche sur le bord de plage pour lui faire l'amour, là, et au diable cet avion et sa demi-sœur et tout le reste !

— Nous ne nous sommes vus qu'une fois.

Il était ado. Son père se faisait une telle joie de la visite de sa fille, alors âgée de sept ans. Tony n'en voulait pas à Eloisa. Ce n'était pas sa faute, après tout. Il reprochait en revanche à Enrique d'avoir fui ses responsabilités envers sa fille. Et ne lui pardonnait pas sa trahison, vis-à-vis de leur mère.

— Il lui arrive souvent aujourd'hui de venir sur l'île. Elle et Duarte se voient de temps en temps. D'ailleurs, à ce propos, c'est peut-être là que se trouve l'origine de tout ce chaos.

— Comment ça ? s'enquit Shannon en rechaussant ses lunettes.

— Notre sœur a épousé le fils d'une famille influente. Le mari d'Eloisa est fils d'ambassadeur et frère de sénateur. Un Landis.

Shannon se redressa sur son siège au nom de Landis, élite des politiciens américains. Quelle ironie que la vie…

Il accéléra en voyant une vedette s'approcher du rivage. L'avion était parqué sur la piste, à quelques encablures.

— Les Landis intéressent tout naturellement les médias, reprit-il en se tournant de nouveau vers elle. Son mari, Jonah, est plutôt un type gentil, un homme discret, et il ne peut rien contre la renommée de sa famille.

— Que s'est-il passé ?

— Duarte était allé remettre un message de notre père à Eloisa. La presse était là, une reporter qui cherchait à faire un scoop sur les Landis. Nous avons procédé à des recherches pour essayer de comprendre comment le *Global Intruder* a pu faire le rapprochement. De toute façon, au point où nous en sommes aujourd'hui, le problème n'est plus là. Il semblerait que toutes les photos de nous, tous les détails de notre passé aient été rendus publics.

— De… mon passé ? s'exclama-t-elle, livide soudain.

— J'en ai bien peur.

Encore une excellente raison pour elle de rester sur l'île. Les escroqueries de son mari, et même son suicide, avaient fait la une des journaux le matin même. Il ne pouvait imaginer de la voir traînée dans la boue une fois de plus, cette fois à cause de lui.

— J'imagine dans quel état doit se trouver ma belle-famille, soupira-t-elle, une main sur le cœur.

Il se gara sur le parking, le ferry était à la manœuvre pour accoster. Il ne lui restait que peu de temps en tête à tête avec elle. Il écarta sur son front une mèche de ces longs cheveux blonds qu'il aimait à déployer sur ses reins nus, après l'amour, quand elle reposait, encore haletante, sur ses draps de soie.

— Je suis désolé que tout cela resurgisse, chuchota-t-il. Et je m'en veux de ne pouvoir faire plus.

— Tu as tant fait, cette semaine, répondit-elle en pressant son visage contre sa main.

Il mourait d'envie de l'embrasser, d'abaisser les sièges de la voiture pour venir sur elle et d'enfouir son visage entre ses seins. Et qu'il soit damné si ce n'était pas ce qu'il allait faire.

Posant sa bouche sur la sienne, il l'embrassa avec fougue, nouant sa langue à la sienne. Le désir maintenant courait dans ses veines, aussi brûlant que la lave. Electrisé par le goût de Shannon, son odeur, il se pressa contre elle, le contact de ses seins contre son torse lui arrachant un râle, expression d'une faim primale. Shannon laissa échapper un gémissement et l'attira contre elle, enfonçant ses ongles dans ses épaules.

Cela faisait si longtemps, trop longtemps qu'ils n'avaient fait l'amour, depuis cette dispute ridicule à propos de son aide financière. Presque quatorze jours qui lui avaient paru quatorze longues années depuis qu'il n'avait posé les mains sur elle, sur sa peau. Elle se collait à lui, son corps si parfaitement adapté au sien. Satanés vêtements. Il avait envie d'elle comme un fou, un dément. Et elle avait tellement envie de lui que tout son corps en vibrait sous ses doigts… Pourtant, la réalité s'imposa à lui, à travers le rugissement de son désir : une place de parking ne pouvait fournir l'intimité requise à ce genre de situation. D'autant que le ferry avait coupé les gaz et déployé la passerelle. La sagesse voulait qu'il arrête ses caresses, qu'il mette un terme à ses baisers. Maintenant.

— Viens, allons accueillir ma sœur, dit-il, le souffle court en s'arrachant à ses bras.

Puis il descendit dans le même élan de voiture et courut lui ouvrir la portière. Elle glissa son sac à l'épaule et lui sourit, sans un mot. Une autre chose qu'il appréciait chez elle. Shannon sentait quand il n'avait pas envie de parler. Il avait partagé un certain nombre de choses avec les femmes, par le passé, mais jamais il n'en avait rencontré une avec qui il puisse partager le silence. Jusqu'à Shannon…

Sur l'embarcadère, toujours sans échanger un mot, sans même se toucher mais infiniment proches, ils se laissèrent bercer par le bruit des vagues, le cri des mouettes et l'immensité de l'océan, alors que les passagers du ferry descendaient à quai. Sa sœur et son mari se tenaient encore sur le pont, tendrement enlacés et apparemment en pleine discussion.

Sans ressembler de façon flagrante à leur père, Eloisa avait indéniablement un air de famille. Enrique un jour l'avait comparée à leur grand-mère. Difficile à vérifier pour Tony, qui ne gardait aucun souvenir de ses grands-parents décédés avant sa naissance.

Quelques minutes plus tard, le couple débarqua, toujours enlacé. Son beau-frère était visiblement très protecteur envers sa femme. Aux yeux des médias, Jonah passait pour le marginal du clan Landis. Tony devrait n'avoir donc aucun mal à sympathiser avec lui.

Tandis que les jeunes mariés avançaient sur l'embarcadère, Tony nota une certaine anxiété dans le regard d'Eloisa. Visiblement, elle était aussi mal à l'aise que lui.

— Bienvenue, dit-il sur un ton chaleureux. Eloisa, Jonah, voici Shannon Crawford et je suis…

— Antonio, je sais, l'interrompit sa sœur d'une voix douce, presque timide. Je vous reconnais tous les deux, vos photos s'affichent dans toute la presse.

Eloisa et lui n'étaient que des enfants, lors de leur

première rencontre sur l'île. Elle y était revenue plus tard, mais longtemps après que lui eut pris le large. Etrange comme impression, ils étaient proches parents et pourtant de vrais inconnus l'un pour l'autre.

— Merci d'avoir pu nous accueillir si vite, déclara Jonah Landis en lui tendant la main.

— Nous devons nous concerter afin de tout mettre en œuvre pour parer à d'autres fuites dans la presse.

— Comment se porte notre père ? s'enquit Eloisa.

— Pas très bien, répondit Tony, rassuré par la présence de Shannon à son côté, par sa chaleur, sa tendresse. Les médecins font ce qu'ils peuvent.

Au bord des larmes, Eloisa le regarda dans les yeux et chuchota :

— Je le connais à peine, mais imaginer le monde sans lui m'est impossible. Cela doit vous paraître absurde.

Non. Il ne comprenait que trop bien les sentiments contradictoires auxquels sa sœur était confrontée. Et encore, elle semblait avoir réussi à surmonter ce dilemme. Lui-même, avec sa rancœur, sa colère, malgré tous ses efforts, n'était toujours pas parvenu à faire la paix avec Enrique, à lui pardonner.

— Bien, mon cher beau-frère, dit alors Jonah sur un ton amical. Où es-tu garé ? Je vais porter les valises d'Eloisa jusqu'à la voiture.

Un Landis, porter ses bagages ? Tony sourit, déjà conquis par l'attitude de cet homme visiblement très spontané, sans prétention. N'étaient-ce pas ces mêmes qualités qu'il appréciait chez Shannon ? Cette simplicité, ce naturel. Elle semblait se moquer éperdument de l'argent des Medina et n'était pas impressionnée par son titre de prince.

Pour la première fois, il eut le pressentiment qu'elle pourrait avoir raison. Elle qui ne voulait pas entendre parler de son aide financière, qui n'aspirait qu'à vivre simplement, en toute indépendance. Oui, à l'évidence, Shannon avait retenu la leçon, l'argent avait fait son malheur, et d'une façon bien cruelle. N'était-ce pas ce qui s'était produit dans sa propre famille ? La fortune et la puissance des Medina avaient aussi été leur malédiction. Oui, il la comprenait. Il comprenait qu'elle veuille rompre avec un monde perverti et cruel, où ne régnaient que tromperies, abus et trahisons.

En cette période tourmentée, le marin qu'il était voyait en Shannon un havre de paix, la promesse d'un bonheur paisible et vrai. Et, à cet instant, seule une robe Oscar de la Renta le séparait de ce bonheur.

Ce bonheur, il était bien décidé à le saisir, en temps et en heure, dans l'intimité la plus sensuelle. Ce qui ne serait pas chose facile dans une île où la population ne cessait de croître.

Le lendemain, en début d'après-midi, Tony et Shannon prirent la route de la plage. Il lui avait fait parvenir un mot ce matin, lui disant d'enfiler son maillot de bain et de venir le retrouver pendant la sieste de Kolby. A l'idée de passer un moment seule en tête à tête avec lui, elle avait été prise de frénésie, aussi émue, aussi excitée qu'une adolescente à son premier rendez-vous.

Tony gara le 4x4 à quelques mètres d'une crique paradisiaque et, sans un mot, descendit de voiture. Il était resté silencieux durant tout le trajet et, de son côté, elle n'avait pas éprouvé le besoin de combler ce silence par des bavardages futiles.

Elle sortit à son tour de voiture, alors même qu'il s'apprêtait à ouvrir sa portière. Le vent fouettait ses cheveux, plaquait son short de bain sur ses cuisses puissantes. Elle avait beau connaître son corps par cœur, le seul fait de le voir ainsi en partie dénudé la troubla.

En toute objectivité, il était beau. Intelligent. Et riche, et prince. Il avait pourtant choisi de prendre ses distances avec les privilèges et l'oisiveté des nantis. A Galveston, Tony travaillait dur, ne s'accordant que de rares loisirs, dont elle faisait partie, entre deux séances de poker avec Vernon. En fait, ils avaient passé plus de temps ensemble cette dernière semaine qu'en presque six mois de relation.

— Pourquoi m'as-tu amenée ici ? demanda-t-elle en mettant les mains dans les poches de sa veste, sur ses gardes soudain.

— Suis-moi, dit-il sans répondre à sa question en lui indiquant un peu plus loin un groupe de palmiers, sur les troncs desquels étaient appuyées deux planches de surf.

— C'est une plaisanterie ! protesta-t-elle, remontant le col de sa veste. Je ne fais pas de surf, Tony. Sans compter que l'eau doit être glaciale !

— Tu te réchaufferas vite. La mer est calme, idéale pour une débutante, dit-il en retirant son

T-shirt. Tu ne risques pas de te fracturer la jambe. Fais-moi confiance.

Et il lui tendit une main. Elle n'esquissa pas le moindre geste, trop fascinée par la beauté sculpturale de son torse pour réagir… du moins jusqu'à ce que le mot « confiance » atteigne son cerveau.

Confiance ? Voilà qui était plus facile à dire qu'à faire. Elle regarda tour à tour les planches de surf, puis Tony. Ils se trouvaient sur une île de rêve, en marge du monde et de la réalité. Si elle n'était pas certaine de pouvoir se fier à lui avec le cœur, physiquement elle ne craignait rien avec lui à son côté.

Elle ôta donc sans plus réfléchir sa veste et se retrouva en maillot de bain devant lui, exposée, vulnérable. Il promena un regard brûlant sur elle tout en jetant sa veste et son T-shirt dans le 4x4, puis il prit sa main dans la sienne et se dirigea vers les palmiers.

Elle fixa les deux planches, de toute évidence posées là en prévision de leur venue. La première, toute neuve visiblement, décorée de grosses fleurs exotiques, la seconde d'un jaune uni, usée par le temps et les vagues. De nouveau, elle regarda l'océan et marqua un temps d'arrêt.

— Hé, dit-il, pressant sa main. Nous allons juste ramer un peu, rien de dangereux. Je suis sûr que cela va te donner des frissons…

Elle n'en doutait pas une seconde, dans l'état d'extrême sensibilité où déjà elle se trouvait…

Une poignée de minutes plus tard, elle était allongée sur la planche, ramant vers l'horizon, le bleu de l'océan se confondant avec le bleu du ciel.

Les vagues roulaient sous elle, la faisant balancer doucement, rien d'effrayant. Peu à peu, son appréhension se dissipa et elle ne fit plus qu'un avec l'océan, ramant et ramant encore, loin de la terre, loin de tout, vers l'inconnu.

Depuis la mort de Nolan, elle avait vécu à un rythme d'enfer et aujourd'hui, pour la première fois, elle avait l'impression de se détendre vraiment, laissant toute frénésie derrière elle, tandis que ses mains plongeaient et replongeaient, imitant celles de Tony.

Elle sentit ses muscles se relâcher, la tension desserrer ses griffes. Une tension dont Tony avait dû souffrir, lui aussi. Elle tourna la tête pour le remercier. Il la regardait et souriait.

— Quelle sérénité ! dit-elle, le soleil caressant son dos.

— J'ai pensé que prendre le large une heure ou deux te ferait du bien.

— Tu as raison, répondit-elle, cessant de ramer pour juste flotter. Tu nous as consacré beaucoup de ton temps, à Kolby et à moi. Et ton travail ?

— Mais je travaille, protesta-t-il, ses cheveux une fois humides paraissant plus noirs, sa peau brillant sous le soleil. Aujourd'hui, avec un ordinateur et un téléphone, plus besoin de s'enfermer dans un bureau pour faire des affaires.

— Tu ne dors donc jamais ?

— Pas beaucoup, ces derniers temps, mais cela n'a rien à voir avec le travail, dit-il en plongeant ses yeux dans les siens pour un regard hautement suggestif.

Elle ne put alors s'empêcher de s'interroger. Pourquoi se donnait-il tant de peine avec elle ? Ils ne couchaient même plus ensemble ! Pourquoi ne se contentait-il pas de lui affecter un ou deux gardes du corps pour veiller sur elle et Kolby ?

— Comment me vois-tu, Tony ? demanda-t-elle en s'allongeant sur sa planche. Ne te méprends pas, je ne recherche pas les compliments, mais c'est juste que tant de choses semblent nous opposer. Est-ce par goût du défi, comme dans les affaires ?

— Pour moi, tu es le défi suprême, Shanny.

Elle rit, l'aspergea.

— Je suis sérieuse. Ne plaisante pas, je t'en prie.

— Entendu, dit-il en se tournant vers l'horizon, comme pour peser ses mots. Restons dans la comparaison avec les affaires. Ainsi, j'aimerais te compter parmi mes employés. Ta ténacité, ton refus de capituler, et même ton obstination à refuser mon aide, tout cela m'impressionne. Tu es une femme étonnante, fascinante, au point de m'hypnotiser parfois.

Elle se sentit soudain un être à part, admirable. Après avoir culpabilisé si longtemps, après avoir tant douté d'elle-même, ses paroles lui firent l'effet d'un renouveau, la rassurèrent sur elle-même, sur ses choix.

A ce moment, Tony se laissa glisser de sa planche, retira le leash à sa cheville avant de disparaître sous l'eau. Il resurgit quelques secondes plus tard à côté d'elle, posa une main sur ses reins.

— Assieds-toi une minute.

— Pardon ? fit-elle dans un sursaut, troublée par le contact de sa main sur sa peau.

— Assieds-toi sur la planche, pieds dans l'eau.

— Ta planche… elle dérive, lança-t-elle, un peu paniquée en voyant sa planche s'éloigner.

— Je la récupérerai plus tard, dit-il d'un ton rassuré.

Il prit sa main, l'aida à s'asseoir sur la planche, qui tangua dangereusement avant de se stabiliser. Elle retint son souffle, étouffa un cri. Mais, au fond, que craignait-elle donc de si grave ? De tomber à l'eau ? Elle sourit, sa planche balançant au gré des vagues, l'eau caressant ses jambes.

— J'y suis arrivée, cria-t-elle, victorieuse, dans un éclat de rire.

— Excellent. A présent, ne bouge plus, dit-il en se glissant derrière elle.

Elle retint son souffle quand sa planche pencha à droite, à gauche.

— Détends-toi, chuchota-t-il à son oreille. Ici, tu n'as pas à te battre, ici tu peux te laisser aller.

Et soudain, elle prit conscience de ce qu'il faisait. Il partageait quelque chose de lui, d'infiniment précieux, d'infiniment secret, avec elle. Tony, de par son passé, de par sa vie d'homme d'affaires, trouvait du réconfort, une certaine sérénité à prendre ses distances avec le monde dans cette communion avec l'océan.

Elle se laissa aller contre lui, ses jambes se mêlèrent aux siennes. Peu à peu, elle s'abandonna. Les vagues roulaient doucement, quelques minutes de silence et de détente absolue. Mais soudain, une nouvelle tension s'éleva en elle, une flamme, une envie. Elle se sentit brusquement à l'étroit dans son maillot, ses seins pressant contre le tissu, gonflés de désir.

Tony posa les mains sur ses jambes et entreprit un subtil massage de ses cuisses, ses doigts peu à peu prenant une trajectoire voluptueuse. Le contact des vagues, ses caresses… elle commença à faiblir. Elle gémit, laissa reposer sa tête sur son épaule et le laissa faire.

Il rythma ses caresses sur l'ondulation des vagues, se plaquant contre elle, son désir maintenant manifeste contre ses reins. Le désir monta en elle, comme il devait monter en lui, une vraie torture. Le tout en silence.

Elle craignit soudain que quelqu'un puisse les surprendre, mais ils tournaient le dos à la plage… alors, elle capitula. Elle ferma les yeux, écarta les cuisses. Tony, le souffle court, se plaquait contre elle. Et l'océan faisait le reste. Car oui, elle était près de jouir, et lui aussi.

Mais brutalement, le vent sur elle la glaça, elle reconnut en elle la morsure de la peur. Elle voulait simplement entretenir une liaison avec lui. Une liaison sensuelle avec Tony, rien ne pouvait être plus simple. Non ? Pourquoi alors cette perte de contrôle, cet abandon, ce quelque chose qui semblait plus fort, plus profond que le désir, entre eux ?

Non, il était hors de question qu'elle prenne ce risque. Alors, au prix d'un effort surhumain, refoulant le plaisir qui déjà s'annonçait, elle saisit ses poignets, repoussa ses mains et se jeta à l'eau.

- 9 -

Tony appuya sa planche contre un arbre et se tourna pour prendre celle de Shannon. Il ne supportait pas cette méfiance dans son regard. Encore quelques minutes plus tôt, elle était contre lui sur cette planche, leurs deux corps prêts à se laisser emporter par une vague de plaisir quand, soudain, elle l'avait repoussé et s'était jetée à l'eau.

Désemparé, et terriblement frustré, il n'avait su que répondre quand elle avait émis le souhait de rentrer. Devant son absence de réaction, elle avait pris la direction de la plage, dans un crawl approximatif.

Depuis, pas un mot. Se pouvait-il que tous ses efforts pour la reconquérir soient réduits à néant, comme ça, uniquement à cause de quelques caresses ? Quelle maladresse, quelle faute avait-il donc commise ?

— Elles ne vont pas s'abîmer, ici ? demanda-t-elle en retirant le sable de sa planche jaune fané.

Ils avaient dérivé à près de deux kilomètres de l'endroit où était garé le 4x4.

— J'en achèterai des neuves. Ne suis-je pas riche comme Crésus ?

La frustration le rendait cynique, et ce n'était certainement pas un peu de marche à pied qui l'apaiserait. Pire encore, ses paroles, qui auraient en principe dû la titiller en lui rappelant les raisons de leur dispute à Galveston, parurent ne lui faire ni chaud ni froid.

Mais que voulait-elle à la fin ?

Quand il se mit en route, elle resta près de lui, marchant d'un bon pas. Le vent s'était levé, balayant le sable à leurs pieds. Soudain, Shannon étouffa un petit cri.

— Quoi ? s'exclama-t-il, tout de suite inquiet pour elle. Tu t'es tordu la cheville ? Tu as froid ?

Secouant la tête, elle montra du doigt un bosquet un peu plus loin et la petite chapelle en pierre, nichée au pied des arbres.

— Une chapelle ? Ici ?

— Quoi de surprenant ? Nous vivions sur l'île en permanence, je te le rappelle. Mon père a fait en sorte que nous ne manquions de rien, sur le plan matériel comme sur le plan spirituel. Il a même fait construire une clinique.

Il regarda la petite église. Modeste, mais de taille suffisante pour accueillir l'ensemble des fidèles présents sur l'île. Un jour, son frère aîné lui avait confié que l'édifice était la reproduction parfaite de la chapelle du village natal de leur père, à San Rinaldo.

— Tu as été enfant de chœur ? demanda-t-elle, l'arrachant à ses pensées.

— Oh, non, j'étais bien trop polisson pour cela, répondit-il en riant. Pour que je me tienne tranquille pendant le service, le prêtre me donnait des livres ou des Lego. Un jour, j'ai même apporté un couteau.

— Un couteau ?

— Oui, je m'étais mis en tête de graver mes initiales sur le banc de l'église. Allons voir si elles s'y trouvent encore, si tu veux…

— Non, non, répondit-elle, le regard perdu, avant de se reprendre. Je te serai reconnaissante d'éviter de donner de telles idées à Kolby…, ajouta-t-elle avec un peu trop d'entrain.

Le silence s'installa et, après quelques minutes, elle demanda :

— Pourquoi me racontes-tu tout ça ? Le surf, les Lego ? Pourquoi, Tony ?

Pourquoi ? Pour l'amadouer, retrouver ses faveurs ? A vrai dire, il ne cessait d'en chercher la raison. Car il ne faisait jamais rien sans raison.

— Peut-être…, dit-il en hésitant, la gorge serrée. Peut-être pour que tu n'oublies pas que derrière le prince se cache un homme…

Voilà en tout cas ce à quoi il aspirait depuis toujours, la grande quête de son existence. Mais il aurait beau passer sa vie à fuir cette île, à changer mille fois de nom, avant d'être homme il était et restait un Medina. Et Shannon ne voulait pas plus de l'argent d'un Tony que de la fortune d'un Antonio.

Quelques heures plus tard, au beau milieu de la nuit, Shannon prise d'une subite fringale inspecta le réfrigérateur. Après avoir hésité entre les truffes au cognac et les crèmes catalanes, elle se servit un peu des deux et alla prendre place à la table de la cuisine.

Un silence presque oppressant régnait dans la

résidence. Elle avait sommeil, était à bout de nerfs. Tout cela à cause de Tony. Il la mettait à la torture, tour à tour charmant avec ses souvenirs d'enfance, ses caresses, puis soudain se refermant complètement sur lui-même. Perdue dans ses pensées, elle croqua dans une truffe parfumée à la liqueur, avant de laisser échapper un long soupir.

Depuis leur séance de surf, il gardait ses distances. Sa sœur, les souvenirs de son enfance, elle pensait que toutes ces confidences les auraient rapprochés, eh bien non. Il s'était montré d'une froideur stupéfiante, au dîner. De toute façon, elle était trop bouleversée par leur escapade sur les vagues et n'aurait rien pu avaler.

Or maintenant elle était affamée, cette truffe n'ayant fait qu'attiser son appétit. Elle glissa une cuillerée de crème entre ses lèvres, morose, savourant cette spécialité du cuisinier de la résidence, mais elle gardait l'impression d'un grand vide en elle, impossible à combler.

Au début de sa liaison avec Tony, après des mois d'abstinence sexuelle, elle avait cru que tout cela n'était qu'une attirance physique. En réalité, il s'agissait forcément d'autre chose. Car elle n'avait été intéressée que par lui, et lui seul.

— Oh… pardon ! marmonna Tony à cet instant, la faisant sursauter.

Sur le seuil de la cuisine, il la dévisagea avec méfiance. Manifestement, il avait enfilé son jean à la hâte, sans prendre le temps de le boutonner jusqu'à la taille. Pour le reste, il était nu, laissant voir ses abdominaux parfaitement sculptés.

Elle laissa fondre la crème sur sa langue, les sens en alerte, mais le cœur et l'esprit confus. Nerveuse, elle resserra le col de son peignoir. Un peignoir bleu nuit qui la couvrait de la tête aux pieds, assorti à des chaussons en tulle avec dentelle. Un peu démodé mais sexy.

Ses mains prises soudain de tremblements, elle s'empressa de les cacher sous la table.

— Ne fais pas attention à moi. J'avais une petite faim. Je te conseille la crème, en bas à droite dans le réfrigérateur.

Il hésita avant d'entrer, se décida finalement, passant derrière elle certes sans la toucher, même si elle faillit gémir tant fut intense la sensation de son regard sur son dos.

— J'avais envie de quelque chose de plus substantiel, comme un sandwich.

— Les princes préparent donc eux-mêmes leurs sandwichs ?

— Pourquoi ? Je ne suis pas manchot, répondit-il en refermant le réfrigérateur, une assiette de jambon, du fromage et quelques feuilles de salade dans les mains.

— En effet, dit-elle, ne pouvant réprimer un frisson d'approbation, avalant avec difficulté une nouvelle cuillerée de crème. J'espère que le cuisinier ne m'en voudra pas de m'être servie. La nuit dernière, je suis venue préparer une omelette pour Kolby. Ces journées sur la plage lui ouvrent l'appétit.

— Comment va le bonhomme ? demanda Tony tout en préparant son sandwich.

— Bien, bien, mais la maison lui manque un peu…, répondit-elle.

Elle avait bien du mal à tenir cette conversation face à ce Tony ébouriffé, jean sur les hanches, le vrai Tony, rebelle, naturel.

— Oh, désolé de l'apprendre, dit-il, l'air sincèrement affligé en s'asseyant sur un tabouret.

Elle remarqua qu'il avait pris place face à elle et non à côté d'elle, comme par le passé.

— Ne te méprends pas, déclara-t-elle, croisant les doigts pour arrêter leur tremblement, comme chaque fois que Tony était proche d'elle. J'apprécie réellement les efforts déployés par chacun ici pour son bien-être. Les jouets, la plage, et même la gourmandise. Crêpes, hamburgers, frites. Pas très diététique, mais Kolby est aux anges. Je ne sais comment remercier le cuisinier de toutes ses attentions.

— Commence par l'appeler « chef » au lieu de « cuisinier ». L'homme est susceptible.

— Oh, bien sûr, chef. Où avais-je la tête ? répliqua-t-elle, narquoise. Je suis confuse, je n'ai pas l'habitude des convenances et de l'étiquette en vigueur chez les grands de ce monde.

Tony émit un petit rire tout en s'essuyant les lèvres avec une serviette qu'il déplia ensuite sur ses genoux.

— Tu as pourtant vécu dans un univers privilégié, avec un mari expert de la haute finance, non ?

L'argent de son mari. L'argent sale de son mari, plutôt.

Elle repoussa la coupelle de crème, prise de nausée soudain. Elle repensa avec dégoût au grand déballage de la presse, régurgitant toute l'affaire, jetant en pâture au public le récit des méfaits de Nolan. Elle n'entretenait guère de contacts avec sa belle-famille, mais elle devinait leur chagrin à voir leur fils adoré de nouveau traîné dans la boue.

Et qu'en serait-il, si jamais ils venaient à découvrir d'autres secrets encore ?

Mieux valait continuer de garder tout cela enfoui en elle et aller de l'avant. Même si elle avait de plus en plus de mal à se projeter dans l'avenir. Une carrière de professeur de musique ? A supposer qu'elle puisse faire valoir après tout ce temps son diplôme d'enseignante, qui oserait embaucher la maîtresse d'un Medina, cette femme jadis mariée à un escroc ? Une fois cette histoire terminée, elle devrait réfléchir sérieusement au moyen de reconstruire sa vie et celle de Kolby.

Et Tony. Comment envisageait-il l'avenir, les concernant ? Il prendrait soin d'elle jusqu'à ce que la tempête médiatique retombe, cela, elle n'en doutait pas. Oui, elle avait foi en son sens de l'honneur. En revanche, elle ne supportait pas l'idée d'être une obligation pour lui.

Voilà des mois qu'ils entretenaient une liaison. Pourtant, tous deux évitaient soigneusement de se confier sur les zones les plus enfouies, les plus sombres de leur passé, et elle prenait conscience de la superficialité de leur relation.

Elle était en quête d'une relation de confiance, mais redoutait de se confier. Quelle contradiction ! Pourtant, elle ne se sentait pas prête à raconter, à replonger dans les eaux glauques de sa vie avec Nolan. Elle n'était même pas certaine que Tony ait envie d'entendre la vérité, toute la vérité, rien que la vérité sur son passé.

Cependant, en dépit de la tournure que prenait leur relation, elle avait besoin qu'il la comprenne, qu'il sache qui elle était vraiment.

— Je n'ai pas grandi dans le luxe, mon père était professeur de science, au lycée, maman secrétaire administrative de l'école primaire. Nous ne manquions de rien, mais l'argent ne coulait pas à flots…

Elle s'interrompit, se rendant soudain compte…

— Mais bien sûr, tu connais déjà chaque détail de ma biographie…, ajouta-t-elle.

— Pourquoi dis-tu cela ? demanda-t-il, sans pour autant démentir.

— Si tu as toujours été aussi soucieux de ta sécurité et de ton anonymat, je suppose que chaque personne qui t'approche d'un peu trop près doit faire l'objet d'une enquête approfondie, non ?

— Cela me semble plus prudent, en effet.

— Et tu es un homme prudent.

— Je me suis toujours efforcé d'agir en homme responsable, avec toi.

— Tu t'es comporté en véritable gentleman cette semaine et tu le sais, dit-elle avec une certaine amertume en pensant combien elle aspirait à son contact, à sa bouche sur son corps, au plaisir qu'il savait lui donner comme aucun autre avant lui.

Tony haussa les épaules et mordit dans son sandwich ; quelque part une horloge sonna.

— Kolby croit que nous sommes en vacances.

— Tant mieux. C'est le seul souvenir qu'il doit garder de ce séjour.

— C'est incroyable la façon dont ton père et toi avez su le protéger de la tension qui règne entre vous.

— A l'évidence pas suffisamment pour t'abuser, dit-il sans que son beau visage ne laisse transparaître la moindre émotion.

— Je connais un peu ton histoire, et il ne faut pas être devin pour voir que vous ne vous adressez la parole qu'en cas d'absolue nécessité. Ton père est quelqu'un d'intéressant…

Elle aimait en effet bavarder de tout et de rien, le soir, après le dîner, avec Enrique et Eloisa. Le vieux roi avait beau s'être isolé du monde, il n'ignorait rien de l'actualité. Au fil de ces discussions à bâtons rompus, elle avait découvert des facettes inattendues de la personnalité du souverain. Ainsi, il n'était pas aussi brusque et revêche avec sa fille qu'il l'était avec Tony.

— Qu'as-tu préparé à Kolby ? demanda-t-il soudain, son sandwich avalé.

— Oh ! Une tartine au chocolat, répondit-elle, heureuse de cette diversion. Depuis quelques mois, il en est fou. Manger sans l'aide de sa maman a été une révélation pour lui. L'indépendance est importante, même pour un enfant de trois ans.

Elle était en tout cas une priorité pour elle. Elle saisit la coupelle, prit sa cuillère et dégusta jusqu'à la dernière goutte de crème, fermant les yeux quand le caramel fondit sur sa langue.

Quand elle revint à elle après ce moment de pur délice, elle surprit le regard de Tony, qui la fixait, pupilles dilatées, parfaitement immobile. Aussitôt, son corps reconnut ces signaux.

Elle reposa sa cuillère, l'écho du métal contre la faïence faisant un bruit assourdissant dans le silence.

— Comment se fait-il que tu ne dormes pas, à cette heure, Tony ?

— Je suis un oiseau de nuit. D'autres diraient un insomniaque.

— Insomniaque ? Je l'ignorais, répondit-elle avec un rire désabusé. Comment le saurais-je, d'ailleurs ? Nous n'avons jamais passé une nuit entière ensemble. Tu souffres d'insomnie depuis longtemps ?

— Depuis toujours. Ma mère a tout essayé. Elle aussi descendait dans la cuisine me préparer des petites douceurs, la nuit.

— Ta mère, la reine ? Elle cuisinait ? s'exclama-t-elle, coudes sur la table, espérant le faire parler.

— Elle-même était issue d'une famille royale. Mais l'Europe est pleine de nobles sans le sou, dit-il, son regard s'assombrissant. Aussi avait-elle été éduquée à tenir une maison. Et elle s'efforçait d'élever ses fils de la façon la plus « normale » qui soit, en nous apprenant à ne pas tout considérer comme acquis, à respecter autrui, quel que soit son rang. Ces visites nocturnes en cuisine étaient un vrai bonheur pour nous. Il y avait tant d'endroits qui nous étaient interdits, pour des raisons de sécurité. Elle voulait des joies simples pour ses fils…

Comme toutes les mamans, se dit-elle en pensant à cette femme qu'elle ne connaîtrait jamais. Tony alors lui sourit, un sourire empreint de nostalgie mais aussi de tendresse, et ce sourire soudain lui redonna confiance, lui redonna espoir.

— Ta mère était une femme merveilleuse, déclara-t-elle, posant sa main sur la sienne.

— Oui, je le crois, répondit-il avec un bref hochement de tête.

— Tu le crois ?

— J'ai si peu de souvenirs d'elle avant qu'elle ne soit… avant sa mort, dit-il en caressant sa main.

Ses yeux se voilèrent, nuages noirs menaçants, ombres funestes. Le mot « mort » semblait trop faible pour décrire l'assassinat d'une jeune maman, tuée parce qu'elle était l'épouse d'un roi. Elle vit le visage de Tony se durcir, ses lèvres blêmir. Il avait traversé tant d'épreuves dans son existence, avec courage, avec honneur. Quelle différence avec Nolan, un voleur et un lâche.

Elle retint son souffle, ne voulant pas brusquer Tony, ne voulant pas l'effrayer, mais ressentant le besoin de l'accompagner dans ses souvenirs intimes, pour essayer de déterrer peut-être d'autres secrets encore.

— Tu gardes des souvenirs du jour de sa mort ? demanda-t-elle presque du bout des lèvres. De votre fuite de San Rinaldo ?

— Pas vraiment, répondit-il, les yeux rivés sur leurs mains enlacées. Je n'avais que cinq ans.

Oui, cela, il le lui avait déjà dit. Mais elle ne le laisserait pas lui échapper, elle voulait connaître l'homme qui se cachait derrière ces sourires, cette apparente confiance en soi. Car il y avait forcément plus, dont il devait se libérer. Pour lui. Peut-être pour eux deux… ?

— Un traumatisme laisse toujours son empreinte

dans notre mémoire, chuchota-t-elle. Je me souviens d'un accident de voiture, j'avais à peine plus de deux ans… Je me rappelle encore le rouge vif de la Coccinelle.

— Sans doute des photos que tu auras vues, plus tard, répondit-il avec dédain avant de la défier du regard, presque avec agressivité, ses yeux de plus en plus noirs. Tu comptes attendre encore longtemps avant de me demander de t'embrasser ? Parce que vois-tu, je n'en peux plus, et si cela continue je vais te prendre là, sur la table.

— Tony ! s'exclama-t-elle, blessée autant qu'excitée par ses propos. Tu agis en Prince charmant une semaine durant et soudain tu te comportes comme le dernier des goujats. Tu… Je ne sais plus que penser…

— Tout ce que tu dois savoir, c'est que j'ai eu envie de toi chaque seconde de cette journée, sur cette planche de surf, cet après-midi, et ce soir, ici, mon désir est tout aussi ardent, Shannon. Je souffre le martyre de ne pouvoir te prendre dans mes bras, là, dans cette cuisine, parce que n'importe qui pourrait nous surprendre, mais je te préviens, je pourrais bien perdre tout savoir-vivre…

Elle n'osa plus bouger, plus même respirer, le corps en feu après ces paroles. Tony la désirait, et de quelle manière, mais à l'évidence la puissance de ce désir le dépassait, l'effrayait. En réalité, en se montrant aussi cru, il cherchait à la faire fuir, parce que les choses étaient plus compliquées que cela entre eux. Il le sentait, il le savait et elle aussi.

Eh bien, tant pis pour lui. Elle ne se draperait

pas dans sa dignité, ne jouerait pas les vierges effarouchées pour lui rendre service et l'empêcher de prendre ses responsabilités. Elle allait même faire tout le contraire. Parce qu'elle n'en pouvait plus d'attendre. Elle le voulait, depuis trop longtemps.

- 10 -

Tony n'en pouvait plus de désirer Shannon, telle était la seule et unique vérité. A quoi bon réveiller les vieux souvenirs, ressasser les tragédies et raviver les douleurs du passé ? Bref, quel intérêt à se faire du mal, quand on pouvait se faire tant de bien…

— Alors ? Ici ou dans ta chambre ? demanda-t-il, cherchant une nouvelle fois à la choquer.

Elle ne cilla pas. Elle ne se leva pas pour le planter là. Sa main resta posée sur la sienne, douce, chaude, et derrière ses lunettes elle le regarda avec une infinie tristesse.

— Est-ce ainsi que cette semaine doit se conclure ?

Il arrêta son regard sur le décolleté de sa chemise de nuit, sentit sous ses doigts la rondeur de ses seins, la finesse de sa peau.

— J'ai été clair dès le début sur ce que je voulais, il me semble…

— En es-tu certain ?

— Mais où diable veux-tu en venir ? s'exclama-t-il.

Elle se laissa glisser au bas de son tabouret, contourna la table, le talon de ses mules claquant sur le carrelage, et vint tout contre lui.

— Je ne suis pas ta mère, Tony…

— Grands dieux, non, il n'y a pas le moindre

risque, dit-il, surpris par sa réflexion, tout en l'attirant sur ses genoux, sa bouche déjà cherchant la sienne.

— Attends, fit-elle en posant sa main sur son torse. Tu as subi un terrible traumatisme, enfant. Personne ne devrait perdre un parent, surtout pas dans de telles conditions. Je suis si triste pour toi…

La main de Shannon était fraîche sur son torse brûlant, à la fois apaisante et troublante. Mais Shannon n'avait-elle pas toujours été pleine de contradictions ?

— Je suis si triste pour ma mère, dit-il entre ses dents, serrant les poings sur ses hanches.

— Et je pense que m'aider, moi et mon enfant, est pour toi une façon de corriger l'histoire. En me sauvant, c'est ta mère que tu sauves, et ainsi tu espères en finir avec les fantômes qui te hantent.

Quels fantômes ? N'avait-il pas réussi à se construire une vie, loin de tout ça, une vie d'où le passé était totalement exclu ? Non, il en avait fini avec l'horreur. Il était complètement entré dans la peau de Tony Castillo, il était un autre, un homme neuf, libre… Elle se trompait.

— Merci pour cette séance de psychanalyse, ironisa-t-il sans parvenir à cacher son amertume, au bord de la colère. Je n'ai pas envie de me disputer avec toi… Nous avons mieux à faire, non ? chuchota-t-il en lui volant un baiser.

Elle le repoussa doucement mais fermement et le dévisagea, les yeux débordant de tendresse.

— Si j'ai touché un point sensible, j'en suis désolée.

Un point sensible ? Pire que cela, elle avait mis au jour les racines mêmes de son désespoir. Dans sa mémoire retentit l'écho des balles sifflant au-dessus de sa tête, de celle de ses frères. De sa mère. Les cris, les larmes, l'exil. Il chercha que dire afin de mettre un terme à cette conversation, en vain.

A ce moment, descendant de ses genoux, Shannon au lieu de s'éloigner resta face à lui, tout près de lui, et noua ses doigts aux siens. Contact qui eut pour effet non seulement de raviver son désir mais de le décupler.

— Shanny, bon sang, arrête, je t'en supplie ! Tu n'as pas idée de la torture que tu me fais subir, chuchota-t-il. Si tu continues, je ne réponds plus de moi. Un conseil, retourne dans ta chambre, et vite.

Lui-même ne voulait plus penser à ces questions. Une seule chose importait : fuir, sortir de cette pièce et se soustraire ainsi à la torture du désir.

Soudain, elle approcha son visage du sien et déposa un baiser sur ses lèvres. Ils restèrent un instant ainsi, immobiles, lèvres contre lèvres. Il était comme électrisé par la caresse de sa bouche sur la sienne, par la douceur de sa main dans la sienne.

— Shanny, supplia-t-il. Chasse-moi de cette cuisine…

— Non. Une question encore.

— Je t'écoute, soupira-t-il.

Elle prit alors ses mains, les pressa contre ses seins.

— As-tu des préservatifs ?

Un formidable soulagement l'envahit.

— Oh oui, j'en ai un ou deux dans mon portefeuille. Je sais trop la tension qui circule entre nous, ce désir qui à chaque instant menace de nous submerger. Et je veux te protéger. Surtout te protéger, oui.

Il se leva, l'attira entre ses bras. Pour lui montrer

son approbation, elle croisa les mains sur sa nuque et tendit ses lèvres vers les siennes. La douceur de ses seins contre son torse l'excita encore un peu plus. A la saveur retrouvée de sa bouche, teintée de caramel, il dut faire un effort surhumain pour calmer l'ardeur de son plaisir.

Interrompant leur baiser, il fit courir ses lèvres sur sa gorge, son décolleté, s'enivra des effluves lavande nichés entre ses seins, qui instantanément réveillèrent mille souvenirs de leurs étreintes brûlantes, dans sa douche, à Galveston.

— Montons, gémit-il, le souffle court.

— Le garde-manger est plus près, chuchota-t-elle sans détacher ses lèvres des siennes. Et vide. Nous verrouillerons la porte. J'ai envie de toi, maintenant.

— En es-tu sû…

— Chut, supplia-t-elle tout en laissant courir ses mains sur son torse, ses ongles se refermant autour de ses épaules. Je te veux. Tout de suite.

Ces paroles mirent un terme à toutes pensées rationnelles, à toutes hésitations. En un rien de temps, il l'emporta dans ses bras et se hâta, touchant à peine le carrelage dans sa course effrénée, quelques secondes durant lesquelles Shannon continua d'embrasser son visage tout en lui chuchotant à l'oreille des mots torrides. Quelques secondes d'extrême volupté, qui lui parurent une éternité et pendant lesquelles il désespéra d'atteindre un jour la porte de ce satané garde-manger, le paradis.

Du bout des doigts, il tourna la poignée, finit d'ouvrir la porte d'un coup d'épaule et pénétra sans plus attendre dans l'antre du bonheur annoncé, pièce obscure de la taille d'une petite chambre. Un parfum d'herbes aromatiques, de poivre et de cannelle flottait dans l'air. Il retira ses lunettes à Shannon, les posa avec soin sur l'étagère la plus proche.

La porte se referma doucement derrière eux, plongeant la pièce dans le noir. Quand elle posa la main sur l'interrupteur, il saisit son poignet.

— Je n'ai pas besoin de lumière pour te voir. Chaque ligne, chaque courbe de ton corps est inscrite dans ma mémoire, murmura-t-il, ses doigts relevant sa chemise de nuit vaporeuse pour courir le long de ses cuisses. Oh, Shanny, lorsque je sens ta peau sous mes mains, je ne peux pas résister…

— Qui te demande de résister ? Je n'en peux plus de t'attendre, de cette distance entre nous. Je veux ce Tony libre, fou et sans retenue.

Sa voix emplit l'espace clos d'une tension érotique insoutenable. Il se pressa contre elle, dévora son cou, sa bouche se fraya un chemin jusqu'à ses seins. D'une main, il fit glisser sa chemise de nuit sur ses épaules, de l'autre il caressa ses seins. Non, il n'avait nul besoin de lumière. Il connaissait son corps, il savait comment prendre entre ses dents le bout de ses seins, jusqu'à lui faire crier grâce.

Fébrile, elle laboura son dos de la pointe de ses ongles. Tout en essayant de garder la maîtrise de lui-même, il continua de la caresser, laissant ses mains dériver le long de ses hanches jusqu'à sa culotte de soie. Ses doigts s'attardèrent un instant entre ses cuisses, avant de s'insinuer sous la soie.

Dans un gémissement, elle chercha alors la braguette de son jean. Et, avant même qu'il recouvre ses esprits, elle s'emparait de son sexe. A ce contact, il serra les dents dans un effort pour maîtriser le désir qui menaçait de le submerger. Les yeux fermés, elle se mit alors à aller et venir autour de lui, à chaque caresse son pouce le mettait au supplice, au délice.

De sa main libre, elle fouilla dans la poche arrière de son jean, en sortit son portefeuille. Il la laissa prendre l'initiative, excité par son audace, par ce désir intense qu'elle ne cherchait même pas à cacher et qui répondait au sien. Quelques secondes encore et elle déchira d'un coup de dents le sachet, quelques secondes encore et elle couvrit son membre du préservatif avec une précision insupportable.

— Maintenant, dit-elle dans un soupir. Ici. Sur l'escabeau ou contre la porte, je m'en fiche, mais je veux te sentir en moi.

Ce désir avoué sans pudeur finit de balayer ce qui restait en lui de retenue, de doute. Elle le voulait. Il la voulait. Pourquoi se poser plus de questions ? A quoi bon attendre ? Il l'adossa à la porte, l'embrassa avec passion.

Soudain, elle enroula ses jambes autour de ses hanches, s'ouvrant à lui. Il enfouit d'abord ses doigts entre ses cuisses, la trouva humide, brûlante, prête. Alors, n'en pouvant plus, il la pénétra.

Une chaleur veloutée se referma autour de lui, l'attira toujours plus profondément en elle. Il ferma les yeux, aveuglé par un feu d'artifice de sensations. Dans l'obscurité de cette pièce, il plongea et replongea au cœur même de Shannon, une expérience intense, qui le subjugua, le submergea. Il crut un instant l'émotion trop forte, manqua tomber à genoux sous l'effet de cette harmonie totale. Sous l'effet de cette vérité.

Aussi se concentra-t-il sur elle. Il emprisonna ses mains dans les siennes et plongea en elle de tout son corps, de tout son être. Shannon bientôt laissa échapper quelques plaintes et, quand il accéléra le rythme, elle soupira, chercha sa bouche. Il prit les lèvres offertes avec bonheur, sa langue se nouant à la sienne, et savoura chacun de ses spasmes dont il savait qu'ils annonçaient son orgasme.

Serrant les dents, il retint sa propre jouissance. Ses cris de plaisir rythmant ses allées et venues le rendaient fou. Mais il réussit à retarder encore le moment ultime. Elle s'arc-bouta contre la porte, cherchant à l'attirer plus encore en elle, jusqu'à ce qu'elle se fige et morde dans son épaule, étouffant un cri de plaisir.

Haletant, au bord du gouffre, au bord du paradis, il ferma les yeux et enfin, oui enfin, explosa en elle. L'une après l'autre, les vagues du plaisir se succédèrent, le transpercèrent.

Il était resté trop longtemps loin d'elle.

Le cœur battant à toute allure, il appuya son front contre le sien, prit ses lèvres, laissa échapper les ultimes soupirs de plaisir dans sa bouche. Puis, peu à peu, ils reprirent conscience, là, dans ce garde-manger…

Le garde-manger ! Quelle folie !

Apparemment, ces deux semaines n'avaient pas émoussé leur désir. Car il ne s'agissait que de cela, non ? De sexe, seulement de sexe, d'une relation physique exceptionnelle. D'une liaison érotique fabuleuse.

Des milliers d'éclats de soleil constellaient l'eau cristalline de la piscine. Shannon enfila son T-shirt à Kolby, lui glissa ses sandales aux pieds. Elle et son fils avaient passé la matinée à jouer dans la piscine, en compagnie de la sœur de Tony. Rien pourtant ne semblait pouvoir apaiser le brasier en elle, pas même la cascade de pierre sous laquelle elle s'était réfugiée. Elle se sentait à fleur de peau, électrique.

Après leur escapade dans le garde-manger, Tony et elle s'étaient retirés dans sa chambre où de nouveau, il lui avait fait l'amour longtemps, doucement. Sa peau gardait en elle le souvenir de ses joues râpeuses sur sa poitrine, son ventre, l'intérieur de ses cuisses. Après tant d'heures de caresses, de plaisir, comment pouvait-elle encore avoir envie, besoin de lui ? Elle devrait être éreintée, ne penser qu'à dormir au lieu de se demander quand elle retrouverait ses bras, son corps.

Encore faudrait-il qu'elle sache où il se trouve.

Il l'avait quittée au petit matin, rejoignant en toute discrétion sa suite par la terrasse. Or, il était maintenant près de midi, et pas la moindre nouvelle de lui. Perdue dans ses pensées, elle rangea les affaires de Kolby, dégonfla sa bouée, gestes rituels dévolus à toute mère. Elle se remémora alors les révélations de Tony, juste avant qu'ils ne se ruent dans le garde-manger.

Se pouvait-il qu'il cherche à l'éviter, pour surtout

ne pas avoir à se confier davantage ? Le sexe était pour lui une échappatoire, il ne s'en cachait pas. Se faire du bien pour arrêter de penser, arrêter de se torturer avec le passé. Elle ne pouvait l'en blâmer. N'avait-elle pas usé du même stratagème pour oublier ses propres cauchemars, au début de sa liaison avec lui ?

— Je veux aller voir un film, maman, supplia à cet instant Kolby en tirant sur le bas de sa veste blanche.

Si elle n'y prenait garde, son fils passerait ses journées enfermé dans l'immense salle de projection privée de la résidence.

— Plus tard, mon chéri.

Dans son transat, une main devant les yeux pour se protéger du soleil, un magazine sur les genoux, la demi-sœur de Tony se tourna vers elle.

— Je l'emmène, si vous voulez. Profitez du soleil. Cela ne m'ennuie pas du tout, je vous assure, dit-elle en jouant avec son collier de perles.

— Mais vous êtes en train de lire. Et puis vous quittez l'île cet après-midi. Et vos bagages ?

— Croyez-vous sincèrement que le roi Enrique permettrait que l'un de ses hôtes s'abaisse à faire ses valises ? dit la jeune femme en pouffant. J'ai tout mon temps. En outre, je n'ai toujours pas vu le dernier Disney. Je dois créer une section Dessin Animé à la bibliothèque, une bonne occasion de joindre l'utile à l'agréable.

Elle avait appris qu'Eloisa était bibliothécaire, ce qui expliquait le sac de livres qu'elle traînait toujours avec elle. Son mari, lui, était architecte, spécialisé dans la restauration des monuments historiques. Un couple sans prétention, pris dans la tourmente d'un scandale planétaire.

— Mais le cinéma de la résidence n'a peut-être pas le dernier Disney…

Elle se tut, avant d'ajouter :

— Suis-je sotte, le cinéma de l'île possède bien sûr chaque film, y compris ceux sortis la semaine dernière.

— Un peu déstabilisant, n'est-ce pas ? dit Eloisa en se levant. Je n'ai pas grandi dans une telle opulence, vous non plus, j'imagine ?

Shannon se frictionna les bras, frissonnant malgré une température avoisinant les vingt-sept degrés Celcius.

— Comment faites-vous pour garder la tête froide ?

— A vrai dire, c'est loin d'être évident. Je n'ai pas beaucoup fréquenté mon père biologique, dit-elle, le regard dans le vague. Je suis comme vous, un peu perdue. La vérité sur les Medina ayant éclaté, il semble que ce ne soit qu'une question de jours avant que les médias ne s'emparent de mon histoire. C'est la raison de notre présence ici, cette semaine. Pour parler avec Enrique et ses avocats des mesures de protection à prendre…

— Je suis désolée.

Grâce à Dieu, Eloisa pouvait compter sur le soutien de son mari. Tony lui aussi avait été à son côté. Mais lui, qui était auprès de lui ? Ses frères ne s'étaient guère manifestés, hormis quelques coups de fil.

— Ne le soyez pas, Shannon. Et rassurez-vous, il est parfaitement normal de vous sentir perturbée en une telle situation. Prenez du recul, essayez de ne voir que le bon côté des choses. Et pendant que je vais voir un film avec votre fils, allez nager, faites une pause spa ou allez dormir un peu.

Elle hésita. On l'avait plus aidée avec Kolby durant ces deux dernières semaines que depuis sa naissance. Et son instinct maternel en ressentait de la culpabilité.

— Maman, s'il te plaît, supplia de nouveau Kolby en prenant la main d'Eloisa.

Et maintenant, voilà qu'elle culpabilisait parce qu'elle n'offrait pas suffisamment de loisirs à son fils.

— Vous êtes sûre ? demanda-t-elle à Eloisa.

— Il est tellement mignon. Par ailleurs, ce sera un bon entraînement pour moi, dit-elle en ébouriffant ses cheveux humides. Nous espérons bien avec Jonah avoir une ribambelle d'enfants. Profitez bien de la piscine…

— Merci infiniment, Eloisa.

Shannon se souvenait très bien de cette période de sa vie quand, jeune et amoureuse, elle espérait tant en l'avenir. Elle ne pourrait jamais détester Nolan complètement, car il lui avait donné Kolby.

— J'espère bien vous revoir avant votre départ.

— Bien sûr.

Shannon sourit à la jeune femme et embrassa Kolby, qui sentait bon le bébé, avec un soupçon d'iode.

— Sois gentil avec Mme Landis, mon chéri.

— Oui, maman, répondit Kolby avant de s'éloigner, sans même un dernier regard.

Trop nerveuse pour un spa ou une sieste, elle se décida pour la piscine. Elle plongea et se mit à nager, sous l'eau, oubliant tout de l'agitation du monde. Après quelques brasses, elle émergea et s'engagea dans un dos crawlé. Soudain, elle ralentit le rythme, cligna les yeux. Tony. Il se tenait sous la cascade, en short de bain.

Elle rejoignit le bord de la piscine, s'accrocha à la margelle et retint son souffle, les yeux rivés sur son torse, ses cuisses, qui savaient l'enfermer tel un étau et… Un flot brûlant de souvenirs l'aveugla. Le film de leur nuit ensemble passa en accéléré dans sa tête, certaines scènes, les plus torrides, au ralenti. Les odeurs du garde-manger, le froissement des draps, plus tard, dans sa chambre. Elle ignorait le pouvoir aphrodisiaque de l'origan et du romarin…

Elle se hissa sur la terrasse, tressaillant quand Tony promena un regard sans ambiguïté sur son maillot deux-pièces. Il connaissait chaque millimètre de sa peau et, qu'elle soit en robe de soirée ultra-chic ou dans son uniforme de serveuse, il la regardait toujours avec la même intensité, la même envie. Et elle… elle ne vivait que pour ces regards. Comment s'y était-il pris pour entrer ainsi dans son cœur, pour être aussi indispensable à sa vie ?

— Où est passé Kolby ? lança-t-il.

— Au cinéma, sûrement en train de se gaver de pop-corn.

Tony s'approcha d'elle, le regard noir, comme un superbe prédateur.

— Merci de tant faire pour lui, chuchota-t-elle, troublée par sa proximité, fascinée par les gouttelettes d'eau qui tapissaient son ventre ferme, ses bras puissants.

— C'est normal, répondit-il. Mais j'ai le sentiment que j'ai failli à mon devoir aujourd'hui. Verriez-vous un inconvénient à ce que je me comporte en Prince charmant, ma princesse ?

Sa princesse ? Elle se figea, se contentant de plonger ses yeux dans les siens, si noirs, si ardents. Puis il lui sourit. Et ce sourire, il y avait bien longtemps qu'elle avait renoncé à même essayer d'y résister.

- 11 -

Cinq minutes plus tard, Tony prit la petite allée qui menait à la serre. Une main sur les reins de Shannon. Il pouvait sentir la chaleur de sa peau, à travers sa veste, et chaque mouvement de son corps, qui lui en rappelait d'autres. D'ici peu, le plus vite possible, il espérait bien retrouver ce corps dans toute sa nudité, toute sa vérité.

Il avait passé la matinée à mettre en scène un rendez-vous romantique. Cependant, dénicher un peu d'intimité était paradoxalement plus facile à dire qu'à faire, sur l'île. Mais il ne manquait pas d'imagination, ni d'obstination. Le feu qui brûlait en lui ne lui laissait pas de repos.

Il voulait lui offrir le meilleur. Elle méritait d'être traitée comme une princesse. Il imagina tout ce qu'il ferait pour la courtiser, la séduire jour après jour, une fois de retour sur le continent.

Une fois qu'il en aurait fini sur l'île, après ces semaines promises à son père. La gorge serrée par toutes ces émotions qui l'agitaient, il prit la main de Shannon.

— Où m'emmènes-tu ?

— Patience, tu le sauras bientôt.

Ils pénétrèrent au cœur de l'île, dans une végétation dense, jusqu'à ce chêne au moins centenaire qu'enfant, à force de pleurs et de supplications, il avait réussi à sauver de l'abattage décidé par son père.

Chassant ce souvenir, il écarta une branche, libérant une nuée de papillons.

— Voici la serre dont je t'ai parlé, dit-il en se tournant vers Shannon.

Filtrés par le feuillage, les rayons du soleil auréolaient son visage d'un halo doré. Il pensa à cet instant à l'un des tableaux de son père, chef-d'œuvre d'un impressionniste. Le roi était un expert en matière de beaux-arts, et pour cause, ce dernier vouait une vraie passion aux grands maîtres de la peinture européenne. A tel point que Tony, lui aussi, en était arrivé à se construire une vision du monde extérieur à travers la galerie de tableaux de la résidence. Ayant vécu toute son enfance en vase clos, malgré les efforts d'Enrique pour procurer à ses fils un semblant de vie normale, il avait eu un choc quand il avait rejoint le continent. Travailler sur le bateau de Vernon lui avait permis de s'adapter en douceur. A cette époque également, il avait choisi de vivre sur un voilier, plutôt qu'en appartement.

— Il y a un salon de thé au port, nous pourrions emmener Kolby manger des glaces, plus tard, suggéra-t-il.

Il espérait qu'elle serait sensible à sa volonté de nouer des liens avec son fils, de donner à leur relation une réelle chance de fonctionner.

— Kolby raffole des glaces à la fraise, dit-elle simplement.

— Je m'en souviendrai. Nous avons également une clinique dentaire, et tu as vu la chapelle…

— Ton père a décidément pensé à tout, répondit-elle en observant une fontaine ornée de colombes en marbre.

— Mon père dit toujours qu'un bon roi doit savoir répondre aux besoins de son peuple. Cette île est en quelque sorte devenue son royaume. Un mini San Rinaldo, dit-il en remarquant à cet instant de gros nuages noirs s'amoncelant au-dessus de leur tête. Mais mon cher père est rattrapé par le temps et ses ravages. Il vient d'entreprendre une série de rénovations ; par ailleurs, son personnel vieillissant, il doit embaucher de nouveaux employés…

Le temps allait de toute évidence virer à l'orage, aussi fit-il accélérer le pas à Shannon.

— Comme Alys ? demanda Shannon avec un drôle de ton.

— Exactement, répondit-il, alors que tombaient les premières gouttes d'une averse. Maintenant, chut et place au romantisme.

— Avec plaisir.

Il prit sa main et l'entraîna dans sa course, fuyant la pluie, poussa la porte de la serre et jeta un bref regard autour de lui. Parfait. On avait respecté ses ordres à la lettre.

— Oh, mon Dieu ! s'écria Shannon, émerveillée par cette profusion de fleurs, de parfums et de couleurs. C'est magnifique.

Shannon pénétra lentement dans la serre, subjuguée

par la beauté du lieu. Si elle comprenait Tony, son refus de vivre ici indéfiniment isolé du monde, de la vraie vie, elle ne pouvait s'empêcher d'admirer l'œuvre d'Enrique. Il avait fait de sa résidence un endroit empreint de magie.

Elle fit face à Tony. Et soudain, plus rien n'exista, pas même la magnificence de cette serre. Tony. Il lui sourit, ses yeux brûlant d'une flamme qu'elle connaissait par cœur. Elle tressaillit, sentit le désir s'emparer d'elle.

— Sommes-nous seuls ?

— Tout à fait seuls, répondit-il.

Il lui désigna une table, un peu plus loin, dressée pour deux. Elle s'avança, passant devant lui sans le toucher, ce qui n'empêcha pas une sorte de courant magnétique de s'élever quand elle le frôla. Tout juste si elle n'entendit pas l'air crépiter entre eux.

— Comme c'est bon, dit-elle en croquant dans un petit-four. J'avais oublié que l'on pouvait se nourrir d'autre chose que de nuggets et de pizzas.

— Un peu de vin ? D'Espagne, naturellement, proposa Tony.

— Volontiers.

Ils trinquèrent, leurs doigts s'effleurant, puis il prit son bras et l'entraîna vers une sorte de salon de jardin où étaient installés deux transats côte à côte. Ils s'assirent et regardèrent la pluie tomber dehors, silencieux, main dans la main.

Un moment parfait, si beau qu'elle sentit bientôt les larmes lui venir aux yeux. Comme elle avait peur. Et comme elle voulait en même temps croire en ses sentiments, croire à toutes les promesses contenues dans l'attitude si romantique de Tony. Croire en l'avenir.

Cherchant à cacher ses larmes, elle se pencha sur la table basse devant eux et enfouit son visage dans un sublime bouquet de fleurs mêlées.

— Quel parfum envoûtant !

— Une commande spéciale. Chaque fleur a été sélectionnée tout exprès à ton intention, pour sa signification.

Elle sourit, plus émue qu'elle ne voulait le laisser paraître.

— Ne m'as-tu pas dit un jour vouloir me faire l'amour sur un lit de pétales ? s'exclama-t-elle, s'efforçant d'adopter un ton badin. Promesses, toujours des promesses…

Il rit, avec une gaieté, une spontanéité qui lui transperça le cœur.

— Je n'ai pas renoncé à cette idée, dit-il, glissant un bras autour de ses épaules. Un lit de roses, très précisément. Et le plaisir, rien que le plaisir, tout simplement…

Si seulement la vie pouvait être aussi simple. Soudain, prise de panique à l'idée du temps qui fuyait, elle ne sut résister.

— Tu es certain que personne ne risque de venir nous interrompre ? s'enquit-elle en posant son verre avant de se lever. Pas de caméra de surveillance ?

— Absolument certain. Des caméras à l'extérieur, oui, mais aucune entre ces murs. Nous sommes seuls, dit-il, l'attirant contre lui.

Son corps dur contre le sien ne laissait aucun doute sur ses émotions.

— Tu as tout prémédité, le gronda-t-elle, n'aspirant pourtant qu'à entrer dans son jeu. Et si je n'avais pas été consentante ?

— Mais tu es consentante, dit-il d'une voix profonde, ses yeux dans les siens, je le sens, je le sais.

Il fit glisser sa veste sur ses épaules et approcha son visage du sien. Tout en lui rendant son baiser, elle dénoua les petits nœuds de son maillot de bain d'une main fébrile et sentit plus qu'elle ne vit son soutien-gorge glisser à ses pieds, libérant ses seins nus.

Prenant le visage de Tony entre ses mains, elle embrassa ses yeux, son front, son cou, mordilla le lobe de son oreille.

Ivre de bonheur et de désir, elle décida pour un moment, pour quelques minutes seulement, de se laisser aller à sa chaleur, à sa douceur. Et d'oublier la peur. Elle voulait réduire au silence la voix de la raison. Cette voix qui ne cessait de la mettre en garde, de lui rappeler les erreurs du passé. En cet instant, elle n'aspirait qu'à frissonner au contact de sa peau, tressaillir au contact de son corps.

Ils se débarrassèrent en toute hâte de leurs derniers vêtements, impatients, assoiffés l'un de l'autre.

— Cela fait si longtemps, gémit-il contre sa bouche.

— Il n'y a pas huit heures que tu as quitté ma chambre, répondit-elle, haletante.

— C'est bien ce que je dis. Une éternité.

Elle fit courir ses doigts sur son ventre plat, pressa ses lèvres sur son épaule, puis sur son bras, pour s'arrêter sur son tatouage.

— Je me suis souvent demandé pourquoi une boussole !

— Pour ne jamais me perdre.

— Il y a tant de choses que j'ignore sur toi, soupira-t-elle, submergée soudain par une profonde tristesse.

— Chut ! Nous sommes ici pour échapper à tout cela. Le monde peut bien attendre, Shannon.

Il se pencha, piqua une orchidée dans le bouquet et en effleura ses joues, son cou. Elle ferma les yeux, envoûtée par cette caresse, par ce parfum.

— Orchidée pour séduction et sensualité, dit-il d'une voix profonde.

Chancelante, elle se rassit sur le bord de son transat. Tony s'agenouilla devant elle, glissa la fleur derrière son oreille, l'obligea à s'allonger.

Il prit alors une autre fleur dans le bouquet, derrière lui, en caressa son bras, sa main, laissant tomber quelques pétales sur son ventre.

— Sauge bleue, chuchota-t-il en faisant courir la fleur sur ses épaules, parce que je pense à toi nuit et jour.

Troublée par ses paroles, elle se mordit doucement la lèvre pour étouffer un gémissement de plaisir.

Il choisit ensuite dans le bouquet une fleur de lys et reprit son supplice, s'attardant longuement entre ses seins.

— Shannon, dit-il, le souffle court, ce lys pour ta beauté majestueuse.

Il arrêta la fleur sur le bout de ses seins, la caressant ainsi jusqu'à l'insoutenable, passant de l'un à l'autre avec une infinie douceur. Une torture. Elle retint son souffle, tout son corps tendu de désir, à l'affût de ses caresses.

— Tony..., supplia-t-elle en agrippant ses épaules, cherchant à l'attirer contre elle.

Toujours avec douceur, il s'empara de ses poignets, repoussa ses mains.

— Non, surtout pas, dit-il, sinon j'arrête.

— Vraiment ?

— Probablement pas, je l'avoue, car je ne peux pas te résister, répondit-il en glissant la fleur de lys dans l'une de ses mains. Une rose rouge..., reprit-il, pour la passion.

Et il l'explora avec la fleur. Son ventre et, plus bas, entre ses cuisses. De nouveau, elle ferma les yeux, fascinée par la précision de ses caresses. Jamais elle n'avait vécu une telle expérience, ressenti de telles sensations. Elle émit un petit soupir. Mais Tony ne se laissa pas distraire et poursuivit sa tendre exploration, la rose allant et venant maintenant sur...

Instinctivement, elle écarta les jambes, concentrée sur les sensations, sur le désir qui brûlait en elle. A cet instant, un souffle chaud remplaça le contact des pétales sur sa peau. La bouche de Tony, aussi douce d'abord que la fleur. Puis elle sentit sa langue sur son sexe. En quelques secondes, elle fut au bord de l'orgasme. Elle explosa enfin, criant cette fois de plaisir, s'abandonnant pleinement aux sensations qui la submergeaient.

Elle avait à peine recouvrer son souffle et ses esprits qu'il l'attira sur la natte à leurs pieds et la fit s'allonger avant de venir sur elle. Grâce au ciel, il la pénétra sans autres préliminaires, plongea en elle de tout son corps.

Elle se pressa contre lui, noua les cuisses autour de ses reins, pour l'amener encore plus loin en elle. A sa grande surprise, elle sentit le désir renaître en elle, un plaisir tout aussi violent, tout aussi imminent. Elle gémit, savourant chaque sensation. De son torse contre ses seins, de ses mains sur ses hanches, des pétales sous son dos. Et des parfums enivrants. Alors qu'une première vague de plaisir menaçait de l'engloutir, elle planta ses ongles dans ses épaules et sourit.

Tony ne faisait pas qu'éveiller son corps aux plaisirs les plus subtils, à la passion la plus charnelle, il n'avait pas seulement trouvé le chemin de son corps, il avait aussi trouvé le chemin de son cœur.

C'était tellement évident. Qu'imaginait-elle ? Elle n'avait pas la moindre chance de lui résister. Tout ce temps, elle n'avait fait que se leurrer, essayant de se convaincre que leur relation n'était que physique, une simple aventure. Mais, au fond d'elle, elle savait. Elle savait ce que cet homme représentait pour elle.

— Viens, Shannon, viens, chuchota-t-il à son oreille.

Et, pour la première fois, elle se donna, entièrement, complètement, s'abandonna.

Un plaisir inouï la submergea, inconnu jusqu'ici, un plaisir qui combla tout son être. Elle jouit pleinement quand dans un ultime assaut, au plus profond d'elle, il explosa encore et encore.

Les yeux grands ouverts, incapable de retenir ses larmes, elle vit la pluie battre contre la verrière. Elle serra Tony contre son cœur et comprit alors qu'elle ne pouvait se taire plus longtemps. Si elle voulait être en harmonie avec son corps, elle ne devait rien lui cacher de ce qui pesait encore sur son cœur.

L'heure avait sonné de parler, de lui confier ses plus lourds secrets.

- 12 -

Tony tendit son iPhone à Shannon. Elle lui avait promis de rester un peu plus longtemps avec lui dans la serre, mais seulement après avoir pris des nouvelles de son fils.

La pluie continuait de tomber, légère ondée maintenant, après une série d'averses violentes, au plus fort de l'action, aux moments les plus intenses de leurs étreintes.

Il avait réussi. Shannon lui était revenue. Dans son lit, dans sa vie. Et il avait bien l'intention de tout faire pour l'y retenir. L'alchimie entre eux et cette passion étaient trop précieuses pour qu'il la laisse lui échapper. Il aimait par ailleurs sa façon de s'accommoder de sa famille, de sa fortune. Elle gardait la tête froide, ne semblait pas le moins du monde impressionnée par la position de son père, le faste de la résidence.

Apparemment, il avait fini par découvrir une femme digne de confiance. Une femme avec des valeurs, une femme d'une beauté exquise, une femme avec des blessures aussi, comme lui avait ses propres cicatrices, et sans doute cela les avait-il rapprochés. Bref, une femme avec laquelle, peut-être, il pouvait envisager de partager sa vie.

Revenir sur l'île avait été une bonne chose, en fin de compte. Cela lui avait permis de mieux la connaître, sur un autre plan que charnel. Il baissa les yeux sur son tatouage. Shannon. Elle était son étoile, son point cardinal.

Et il lui devait bien plus que ce qu'il lui avait donné jusqu'ici. Car, qu'il le veuille ou non, il avait totalement bouleversé son existence et celle de son fils. Elle méritait mille fois mieux que ce chaos.

Ils se marieraient.

La décision lui apparut aussi brutalement que clairement, et avec une telle évidence qu'il s'étonna de ne pas l'avoir prise plus tôt. Il avait des sentiments pour elle. Il savait qu'elle en avait pour lui. Sans compter que le mariage résoudrait tous ses problèmes d'ordre pratique.

Leur relation avait évolué. Elle ne se jouait plus sur le plan strictement sensuel. Ils parlaient ensemble, désormais, de tout. Ou presque. Encore maintenant, dans la serre, avec ces fleurs, il semblait bien avoir marqué des points.

Un projet prit forme dans son esprit. Ce soir, il l'amènerait à la chapelle et lui ferait sa demande, à la lueur des cierges, tant que le souvenir de leurs étreintes était encore frais dans sa mémoire.

Ne restait plus qu'à trouver le moyen de la convaincre de lui dire « oui ».

Shannon lui tendit son téléphone, avec un sourire radieux, mettant un terme à ses réflexions.

— La nounou m'a dit qu'il venait juste de se réveiller. Elle s'apprêtait à le faire goûter, dit-elle en venant se blottir contre lui. Merci de ne pas te moquer de moi. C'est plus fort que moi, lorsqu'il n'est pas à mon côté, je m'inquiète.

— J'en ferais autant, si c'était le mien, répondit-il. Qu'ai-je dit de mal ? ajouta-t-il vivement devant son expression pleine de désarroi.

— Oh, rien de mal, chuchota-t-elle, posant sa main sur son torse, exactement sur son cœur. Il m'arrive d'oublier parfois que tu n'es pas son père…

C'était le moment idéal, et il ressentit le besoin de mettre les choses au clair.

— Je ne suis pas son père, ni ton ex-mari, et jamais je ne vous abandonnerai, ni toi ni Kolby.

Elle esquissa un pâle sourire, et il la sentit tressaillir, se refermer sur elle-même, entre ses bras. Non, il ne voulait plus de barrières entre eux. Leur incomparable entente physique, cette extraordinaire fusion des corps dont ils faisaient l'expérience à chacune de leurs étreintes, bref cette passion devait s'appuyer sur une transparence totale.

— Hé, Shannon, reste avec moi, veux-tu, murmura-t-il en caressant son dos avec tendresse. Un jour, je t'ai demandé si ton mari était violent avec toi, et tu as répondu « non ». Est-ce que tu m'as menti ?

En une demi-seconde, elle s'arracha à lui, ramassa son maillot de bain sur le sol.

— Rhabillons-nous d'abord. Nous parlerons ensuite, dit-elle sèchement.

Il ne répondit rien, se contentant d'enfiler son short. Elle noua le haut de son Bikini sur sa nuque, poussant des soupirs excédés, pestant contre la complexité des maillots de bain féminin, et surtout, évitant ostensiblement son regard. Un rideau de cheveux blonds couvrait son visage. Il commençait à se résigner, persuadé que ce merveilleux moment allait se terminer sur cet étrange malaise entre eux, quand elle se tourna vers lui.

— Nolan n'a jamais levé la main sur moi, c'est la vérité. Par contre, je dois t'expliquer certaines choses afin que tu comprennes pourquoi il m'est si difficile d'accepter de l'aide, dit-elle avec une froide détermination. Nolan était un homme exigeant. Son perfectionnisme lui a permis de réussir dans les affaires. Quant à moi, j'ai été élevée dans l'idée qu'un mariage durait toute la vie. Je n'allais tout de même pas quitter mon mari parce qu'il n'aimait pas ma façon de ranger les vêtements dans l'armoire ?

Il se força à garder les mains le long de son corps, se retenant presque de respirer. Il ne voulait pas l'effrayer, mais au fond de lui-même il bouillait de rage, il regrettait que Nolan Crawford ne soit pas en vie pour pouvoir lui dire sa façon de penser.

Elle secoua avec grâce ses cheveux, provoquant une pluie de pétales.

— Il avait décidé que je ne travaillerais pas. Ma place d'épouse était à la maison. Je devais rester à sa disposition. Peu à peu, il m'a isolée du monde, de mes amis. Il m'interdisait toute sortie sans lui.

Il n'eut aucun mal à comprendre les souffrances qui avaient été les siennes, ces sentiments d'isolement, de solitude, il les connaissait lui-même par cœur. Il y avait pourtant une énorme différence entre la nécessité dans laquelle s'était trouvé son père de protéger ses enfants et l'obsession maladive d'un mari de dominer sa femme. Une sourde colère l'envahit.

Elle saisit sa veste sur le dossier du transat, la serra en boule contre son ventre.

— Puis je suis tombée enceinte. Envisager une rupture est devenu plus compliqué.

Comme il se détestait d'être aussi impuissant face à son désarroi. Il lui tendit ses lunettes. Elle les prit en effleurant sa main, et cela pour l'instant suffit à son bonheur. Puis elle lui sourit avec tristesse avant de reprendre :

— Un jour, Kolby a fait une forte poussée de fièvre. Il venait d'avoir un an. J'étais seule avec lui. Nolan m'avait interdit de me rendre chez le pédiatre. Une fois aux urgences, on m'a demandé toutes sortes de renseignements sur notre assurance-maladie, notre mutuelle. J'ai été incapable de répondre à leurs questions. Nolan avait toujours insisté pour que je ne me « soucie » pas de ce genre de détails. Ce jour-là, j'ai compris. Nolan me manipulait, en tant qu'épouse, en tant que mère, je n'étais que sa chose. Je devais réagir.

Il prit ses mains glaciales, les réchauffa entre les siennes.

— Quand j'y repense aujourd'hui, certaines choses prennent plus de sens. Nolan protégeait d'un mot de passe l'accès à son ordinateur et à son téléphone portable. Lorsque je le questionnais sur son travail, ses collègues, il s'énervait, prétendait que je ne respectais pas sa vie privée. J'étais à des lieues d'imaginer que…

Il serra doucement ses mains pour l'encourager.

— Alors, j'ai décidé d'en savoir un peu plus sur ses finances car, si je devais le quitter, j'avais besoin de m'assurer que mon fils ne manquerait de rien et que mon mari ne transférait pas ses fonds sur un compte anonyme aux îles Caïmans… Elle se tut, retira ses mains des siennes et prit une tige de sauge bleue entre ses doigts. J'ai fini par découvrir le mot de passe entré sur son ordinateur.

— Et tu as découvert la fraude, la fameuse chaîne de Ponzi ?

Il chercha son regard pour lui communiquer un peu de son admiration. Quel courage il lui avait fallu pour réagir alors, pour aller dénoncer son propre mari !

— Je suis allée voir la police. Il avait ruiné tant de monde, et pas simplement des personnes fortunées, non, il avait dilapidé les économies de gens simples, qui avaient mis toute une vie à épargner en prévision de leurs vieux jours. Il m'était impossible de me taire, cela aurait été tout aussi criminel. Ses parents ont payé la caution pour le faire sortir de prison. Un détail que j'ignorais.

De nouveau, elle s'interrompit, puis elle porta la fleur à ses narines et chuchota :

— Il a surgi comme un fou dans la maison… un revolver à la main.

Il se figea, sous le choc.

— Mon Dieu, Shannon ! Je savais qu'il s'était suicidé, mais j'ignorais que tu étais présente. C'est affreux.

— Malheureusement, il y a pire, reprit-elle. Et, pour une fois, la presse a su se montrer discrète…

Elle inspira profondément puis le regarda droit dans les yeux et chuchota :

— Nolan avait décidé de me tuer, et Kolby aussi, avant de mettre fin à ses jours.

Ses paroles lui firent froid dans le dos. En effet, il n'avait pas imaginé pire situation. Il glissa un bras autour de ses épaules, l'attira contre lui. Elle tremblait à présent, tournant et retournant la fleur entre ses doigts.

— Ses parents sont arrivés à ce moment-là, reprit-elle, le regard dans le vague. Il a alors compris qu'il n'aurait pas le temps de mener son plan odieux à terme. Il a couru dans son bureau, s'y est enfermé avant de se suicider.

— Oh, Shannon ! soupira-t-il, horrifié, mais prenant sur lui pour la réconforter. Je ne sais que dire. Quel cauchemar…

— Je n'ai jamais avoué à ses parents ce qu'il projetait de faire. Ils avaient perdu leur fils, un criminel aux yeux du monde. Je ne pouvais imaginer leur causer plus de chagrin encore…

Ses yeux se remplirent de larmes. Il déposa alors un baiser sur son front, puis il la berça avec tendresse contre son cœur.

— C'est faire preuve de beaucoup de bonté pour un homme qui ne le méritait assurément pas.

— Je ne l'ai pas fait pour lui. Mais, que je le veuille ou pas, il est le père de mon enfant, dit-elle en se pressant contre lui. Kolby devra vivre avec le fait que son père était un escroc, mais jamais, tu m'entends, jamais je n'avouerai à mon fils que son père avait décidé de le tuer.

— Tu as fait preuve de tant de courage, pour ton

enfant, dit-il tout en caressant son dos. Tu es une mère prodigieuse, et une femme admirable.

A ce moment il repensa à sa propre mère, cette nuit-là, lui chuchotant des mots tendres, l'enveloppant de cette couverture, juste avant de fuir San Rinaldo. Elle avait réussi, elle avait sauvé son fils. Si seulement il avait pu la protéger.

Essuyant ses larmes, Shannon s'arracha à ses bras.

— J'ignore ce qui serait advenu de nous, sans l'aide de Vernon. J'ai dû vendre tout ce que je possédais pour éponger les dettes de Nolan, y compris mon piano et mon hautbois. J'ai trouvé un premier emploi de serveuse en Louisiane, mais c'était payé une misère. J'étais au pied du mur quand Vernon m'a prise à son service. Pour tout le monde, j'étais une paria. Même les parents de Nolan m'ont répudiée. Tant de gens étaient persuadés que j'étais complice de mon mari. Pour beaucoup, j'avais forcément caché de l'argent quelque part. C'était infernal.

Il prenait conscience de son calvaire, partageait sa douleur. Prenant son visage entre ses mains, il la regarda comme on regarde un miracle, à la fois avec étonnement et ravissement.

Oui, il l'avait enfin trouvée cette femme en laquelle il avait suffisamment confiance pour la demander en mariage.

Sauf qu'elle ne se sentait certainement pas prête à se remarier, après un tel traumatisme.

Trois heures plus tard, assise sur le tapis du salon, Shannon jouait au petit train avec Kolby. Une douce brise soufflait par la porte-fenêtre ouverte sur l'océan. Elle respirait plus librement, face à la sérénité de cet horizon sans limites.

Non, plus jamais ça. Elle ne commettrait pas deux fois la même erreur. Plus jamais elle ne se laisserait emprisonner, ligoter comme Nolan l'avait fait.

Après l'évocation douloureuse de son mariage, elle avait éprouvé le besoin de voir son fils. Tony s'était montré compréhensif, même si elle l'avait senti frustré de ne pouvoir parler davantage avec elle.

De retour dans sa suite, elle avait pris une douche, s'était changée et, depuis, elle et Kolby ne s'étaient plus quittés. Ces dernières vingt-quatre heures avaient été particulièrement éprouvantes sur le plan émotionnel. Tony ne s'était pas fâché de son besoin de solitude, il avait même souri quand elle lui avait expliqué ne pas être capable de penser clairement en sa présence. Tony. Il avait aussi été le plus tendre des amants.

De retour sur le continent, pourrait-elle prendre le risque de poursuivre cette relation ? Etait-elle prête à former un couple ?

Tirant sur son chemisier, Kolby l'arracha à ses réflexions.

— J'ai faim.

— Bien sûr, mon chéri. Descendons dans la cuisine, nous trouverons bien quelque chose…

En espérant que le chef ne voie pas d'objection à leur visite, une heure avant le dîner.

— Rangeons d'abord tes jouets, veux-tu ?

Elle tendit la main vers la locomotive rouge

quand quelqu'un s'éclaircit la gorge, derrière elle. Elle tourna la tête et aperçut Tony sur la terrasse.

Elle remarqua qu'il s'était lui aussi douché et changé.

— Oh ! Tu es là depuis longtemps ? demanda-t-elle en s'efforçant de prendre un ton léger, alors que des frissons voluptueux la parcouraient.

— Non, répondit-il. Je vais lui préparer de quoi grignoter.

Elle eut un léger mouvement de surprise. Tony manifestait le souhait de passer du temps avec son fils ? Voilà qui dénotait un changement radical dans leur relation. La gorge serrée, elle comprit toute l'importance de ce moment.

— Cela ne t'ennuie pas, vraiment ? demanda-t-elle, presque du bout des lèvres.

— Certainement pas, répondit-il avec fermeté.

— Dans ce cas, chuchota-t-elle, sans pouvoir tout à fait étouffer cette angoisse en elle. Le temps de ranger les…

— Laisse, nous le ferons. D'accord, camarade ? lança-t-il en pénétrant dans le salon.

Sur ses gardes, Kolby l'observa du coin de l'œil, mais ne protesta pas. Sans doute parce que Tony faisait de son mieux pour ne pas le brusquer. Et sans doute aussi parce que ces deux-là avaient appris à se connaître, au cours des deux dernières semaines.

— Bien, je vais… Elle se leva, regarda autour d'elle, ne sachant que faire en réalité.

— Je sais quel chagrin cela a été pour toi de devoir vendre ton piano, dit alors Tony en effleurant sa main. Il y a un Steinway dans le salon bleu. Alys ou l'un des gardes peut t'y conduire, si l'envie te dit de jouer…

En serait-elle même encore capable ? Elle avait radicalement rompu avec tout ce qui avait trait à son passé, y compris avec les aspects positifs. La musique représentait pourtant un tel rayon de soleil dans ces années de solitude qu'était son mariage avec Nolan.

Elle était touchée que Tony sache voir combien elle avait souffert, durant toutes ces années. Avec quelle discrétion, quelle délicatesse, il essayait de l'encourager à aller de l'avant. De la même façon qu'il avait su choisir des fleurs représentant les différentes facettes de sa personnalité, il semblait avoir deviné toute l'importance de la musique dans sa vie.

— Oui, pourquoi pas, en effet, dit-elle, encore hésitante. Merci d'y avoir pensé. Et merci aussi… pour Kolby.

Tony était bel et bien un homme avant d'être prince. Un homme qui voyait au-delà de ses besoins matériels. Un homme précieux.

La gorge serrée par l'émotion, elle sortit à reculons de la pièce, s'arrêtant sur le pas de la porte pour contempler encore un peu Tony et son fils. Le richissime Antonio Medina, agenouillé près de Kolby, en train de ranger ses jouets éparpillés sur le tapis.

— Ta maman te faisait des tartines au chocolat ? s'enquit soudain Kolby.

— Non, pas des tartines, mais des omelettes au jambon.

— Beurk.

— C'est délicieux, tu sais.

— Ah bon ? Tu me feras goûter ?

— Finissons de ranger tes Lego et direction la cuisine !

Elle sourit, une main sur le cœur. Tony se débrouillait très bien sans elle. Kolby était en de bonnes mains.

Après avoir demandé son chemin à Alys, Shannon se rendit dans le salon bleu, qui devait sans doute être une salle de bal. Elle se dirigea vers le piano, placé près d'une imposante cheminée en pierre de taille, effleura avec respect les touches en ivoire puis se glissa sur le banc et joua quelques gammes. Ce fut un moment de pure magie.

Elle sourit, fit une nouvelle gamme avant de se figer, avec un sentiment étrange. L'impression d'être observée. Elle tourna la tête, balaya la salle du regard…

Près d'une fenêtre, assis sur une méridienne capitonnée en velours bordeaux, Enrique Medina l'observait. En dépit de l'âge et de la maladie, il émanait du souverain déchu un charisme, une puissance presque palpables. Il était vêtu d'un costume noir, un foulard de soie crème autour du cou, ses deux chiens somnolant à ses pieds. Et il semblait avoir encore perdu du poids, depuis leur arrivée…

— Ne vous occupez pas de moi, dit-il.

Tony l'aurait-il envoyée là en connaissance de cause, sachant que son père s'y trouvait ? Non, elle ne pouvait l'imaginer, étant donné les relations tendues entre les deux hommes.

— Je ne veux pas vous déranger, dit-elle un peu intimidée malgré elle.

— Pas du tout. Nous n'avons pas encore eu l'occasion de parler seul à seul, vous et moi…

Elle ne put s'empêcher de sourire à la musicalité de son accent, la manière dont il appuyait sur les « r » lui rappelant la façon de parler de Tony. Et dire que durant ces derniers mois elle avait pris ce détail pour un simple tic de langage !

Pendant ces deux semaines, ses rencontres avec le roi s'étaient limitées aux moments des repas. Enrique passait le plus clair de son temps avec sa fille. Mais Eloisa et son mari ayant quitté l'île l'après-midi même, le roi devait se sentir désœuvré. Elle enviait la complicité entre la jeune femme et le souverain. Comme ses parents lui manquaient ! Sa vie aurait été différente s'ils avaient été encore de ce monde…

— Qui joue du piano, à la résidence ? demanda-t-elle en caressant le clavier.

— Mes fils suivaient des cours, autrefois.

— Oh ! s'exclama-t-elle. Tony sait donc jouer du piano ?

Enrique éclata de rire, mais d'un rire plein de tendresse dont elle ne l'aurait pas cru capable.

— Certainement pas. Mon cadet sait déchiffrer une partition, mais rester assis sur un tabouret à faire des gammes, cela non, c'était trop lui demander. En réalité, Antonio avait la fâcheuse habitude de faire l'école buissonnière.

— Cela ne me surprend pas.

— Vous le connaissez bien, dit le roi avec un hochement de tête. Duarte est plus discipliné, un maître en arts martiaux. Mais, quant à la musique, il joue comme un robot.

— Et votre fils aîné, Carlos ?

— Il est chirurgien, aujourd'hui, répondit le souverain, non sans fierté. Un artiste à sa façon…

Enrique baissa les yeux, perdu visiblement dans ses pensées. Respectant le silence du vieil homme, elle joua les premières notes du *Nocturne n° 20* de Chopin.

— Vous avez des sentiments pour mon fils ?

Déstabilisée, elle se figea, les doigts en suspension au-dessus du clavier.

— Voilà une question bien indiscrète, répondit-elle avec fermeté en se tournant vers le roi dont le regard noir la transperça…

— J'ai bien peur de ne pas avoir le temps de mettre les formes, ironisa Enrique avec un triste sourire.

— Ce chantage à la mort n'est pas très fair-play, monsieur.

Il éclata de rire, le même rire que celui de Tony, teinté d'amertume.

— Vous avez le sens de la repartie, bravo. Tout à fait digne de mon entêté de fils.

Elle se radoucit, après tout quels parents ne souhaitaient voir leurs enfants rangés et heureux ?

— Je tiens à vous remercier encore de nous avoir accueillis, mon fils et moi, et de nous permettre ainsi de vous connaître.

— Et diplomate, avec ça ! Vous avez raison, ma chère. Mieux vaut agir de façon réfléchie pour éviter les regrets. Quelle terrible chose que les regrets !soupira-t-il. Même les rois commettent des erreurs. J'aurais dû faire partir ma famille plus tôt, de San Rinaldo. J'ai attendu trop longtemps, et Beatriz en a payé le prix.

Elle ne s'attendait pas à ce que leur conversation prenne une tournure aussi sombre. Mais elle se garda de tout commentaire et attendit.

— Le jour du coup d'Etat, c'était un tel chaos, reprit Enrique, mâchoires serrées. Nous avions décidé que ma famille emprunterait un itinéraire, et moi un autre. Je m'en suis tiré, mais les insurgés ont trouvé ma famille. En tentant de sauver sa mère, Carlos a été blessé.

Imaginant la violence et la terreur de la scène, les cris, les pleurs des enfants, elle tressaillit. Accablée de chagrin, elle dut attendre quelques secondes avant de pouvoir s'exprimer.

— Tony et vos autres fils ont donc été témoins de l'assassinat de leur mère ?

— Antonio a fait des cauchemars pendant plus d'un an, puis il n'a plus pensé qu'au surf… Et à quitter cette île.

Elle connaissait les grandes lignes de leur fuite, mais elle en ignorait toute l'horreur. Tony avait vu sa mère assassinée sous ses yeux.

Tony… Contrairement à Nolan, il ne cherchait pas à l'isoler ni à l'étouffer, simplement à l'aider, parce qu'il tenait à elle. Un jour, loin d'ici, il n'avait pas su protéger quelqu'un qu'il aimait, voilà pourquoi aujourd'hui il était si important pour lui de porter assistance à ceux qui comptaient pour lui.

Tony. Antonio. Un seul et même homme. Ils s'étaient rencontrés, un homme blessé, une femme blessée. Appelés sans doute à se trouver. Et plus encore, car elle ne pouvait ignorer la vérité plus longtemps. Elle l'aimait.

L'écho de pas dans le couloir l'arracha à ses réflexions. Elle tourna la tête. Tony apparut, la regarda longuement, intensément. Alors, elle se leva, se dirigea vers lui, transfigurée, toute transportée par cet amour, avant de découvrir dans ses yeux un éclat qui la glaça.

— Nous avons un problème…

- 13 -

Shannon se figea, l'esprit confus, puis soudain la peur, une peur panique la submergea.

— Un… problème ? Kolby ! Où est Kolby ?

Elle franchit les quelques mètres qui la séparaient de Tony dans une course éperdue. De son côté, le roi saisit sa canne et se leva avec peine, ses deux chiens bondissant aussitôt à ses côtés.

— Que se passe-t-il ? demanda le vieil homme.

— Kolby va bien. Personne n'a été blessé, mais les médias ont encore frappé.

— Ils nous ont localisés ? s'enquit Enrique.

— Non, répondit Tony. La presse et une foule de curieux attendaient Eloisa et Jonah à l'aéroport, en Caroline du Sud.

Shannon aperçut Alys, qui apparaissait sur le pas de la porte.

— Peut-être des paparazzi en quête d'un scoop sur les Landis ? suggéra Shannon, sans trop y croire.

— Non, dit Tony, impassible. Les journalistes ont pressé Eloisa de questions à propos de son séjour… chez son père, le roi Enrique.

Alys à cet instant s'avança vers le souverain avec un fauteuil roulant.

— Votre Majesté, je vous conduis dans votre

bureau afin que vous puissiez avoir un entretien avec votre service de sécurité.

— Merci, Alys, soupira le roi en prenant place. Allons-y tout de suite.

Shannon emboîta le pas au roi et à son assistante, quand Tony saisit sa main.

— Il faut que nous parlions, toi et moi.

Désemparée, elle frémit au ton glacial de sa voix. Il ne fit pas un geste vers elle, ne manifesta aucune émotion à son égard. Pourquoi cette distance, cette froideur aussi soudaine qu'incompréhensible ?

— La fuite vient d'ici, dit-il alors d'une voix blanche. Quelqu'un a passé un appel téléphonique de la résidence, cet après-midi. Depuis un téléphone portable.

— D'ici ? Mais…

Elle n'alla pas plus loin, sur ses gardes.

— Un agent de sécurité a pris une vidéo du parc, pendant une ronde. A l'heure dite. Et le hasard a voulu…

Il se tut, pianota sur le clavier de son téléphone et le lui tendit. Sur l'écran, on voyait une jeune femme vêtue d'une veste légère, capuche sur la tête. Une veste blanche… La même que la sienne ?

— Je ne comprends pas… Tu crois que c'est moi ? Mais… pourquoi aurais-je prévenu les médias ?

Il continua de la fixer, les lèvres blêmes et… Oh, ces yeux ! Elle connaissait ce regard lourd de reproches, ce regard accusateur. C'était ce même regard que Nolan lui avait lancé, le lendemain de son arrestation, et quelques minutes avant sa mort.

Paniquée, elle tenta néanmoins de recouvrer son

calme. Il le fallait. Tony n'était pas Nolan, ni aucune autre de ces personnes qui l'avaient trahie. Il était bouleversé, voilà tout, et cela était légitime. Elle inspira profondément.

— Je comprends que ton père t'ait élevé dans la méfiance d'autrui, après l'assassinat de ta mère, déclara-t-elle. Mais rien ne te permet de douter de moi, Tony.

— Je te sais prête à faire n'importe quoi pour l'avenir de ton fils, dit-il en soutenant son regard. Or, certains paieraient un prix d'or pour un scoop sur les Medina…

D'une certaine façon, il avait raison. Elle ferait n'importe quoi pour son fils. Mais, une fois encore, Tony se trompait à son sujet. Il lui avait offert de l'argent, présumant que cela suffirait à la rassurer. Mais elle cultivait des valeurs bien plus profondes, qu'elle voulait transmettre à son fils, comme l'importance de gagner honnêtement sa vie. N'était-ce pas ce à quoi Tony aspirait, quand il avait fui cette île ? Une vie normale, ni plus ni moins. Etait-ce donc si difficile d'admettre qu'elle puisse vouloir la même chose ?

— Voilà donc ce que tu penses de moi, Tony ? Que je t'ai trahi ? Que j'ai pu mettre tout le monde en danger, ici, pour quelques dollars ? dit-elle, la colère montant en elle. Je n'ai pas voulu tout cela. Et mon fils et moi nous fichons bien de tout ce luxe… Tony ?

— Je ne sais que penser, répondit-il en passant une main dans ses cheveux épais, si noirs, si doux… Tu n'as peut-être pas pensé à mal. Tu as juste appelé une amie pour bavarder, et cette personne aura abusé de ta confiance et se sera précipitée pour tout raconter à la presse…

Le scénario était bancal. Elle le lui avait dit, et il devait s'en souvenir, elle n'avait pas d'amis, elle n'avait plus d'amis. Et apparemment, elle était aussi en train de perdre Tony.

— Je n'ai pas à me justifier. Ou tu me fais confiance, ou pas.

Il fit un pas vers elle, posa les mains sur ses épaules, avec tendresse, avant de plonger ses yeux dans les siens.

— Je veux un avenir avec toi. Oh, Shannon, je m'apprêtais à te demander en mariage, ce soir, dans la chapelle !

Son cœur se serra à cette idée. Car elle aurait dit « oui ». S'il n'y avait pas eu ce contretemps, cette catastrophe, et s'il ne l'avait pas accusée de trahison, s'il n'avait pas douté d'elle.

— Comment oses-tu parler mariage alors que tu as si peu foi en moi ? dit-elle, au bord des larmes, se maudissant d'avoir été si naïve, elle qui s'était juré de ne plus jamais permettre à quiconque de lui faire du mal. Tu aurais dû inclure quelques azalées, dans ton bouquet, Tony, ajouta-t-elle, cynique. J'ai entendu dire qu'elles sont le symbole de la passion éphémère.

Elle recula, se libéra de son contact et aussitôt ressentit un grand vide.

— Bon sang, Shannon ! protesta-t-il, faisant mine de prendre ses mains. Je n'ai pas dit…

— Tais-toi ! s'exclama-t-elle. Ne me touche pas. Ne me touche plus. Plus jamais.

— Où vas-tu ? demanda-t-il en la regardant s'éloigner. Je dois savoir que tu es en sécurité.

— Mon appartement est sous surveillance ?

— Nous n'avons pas le choix. Mais nous devrons t'attacher un garde du corps, je le crains. Plus encore aujourd'hui, avec la découverte de l'identité d'Eloisa.

— De nouvelles serrures et une alarme feront l'affaire, dans l'immédiat !

— Je t'en prie, Shannon…

— Je vais demander à Alys de préparer notre départ, l'interrompit-elle avec fierté.

Sa fierté et son fils, voilà tout ce qui lui restait… et un cœur en miettes.

— Kolby et moi rentrons au Texas.

— Où sont Shannon et son fils ?

Tony regarda son père, la rage au cœur. Dans le silence feutré du cabinet du souverain, il se versa un verre de vin d'Espagne, un grand cru, le même partagé avec Shannon… Les souvenirs l'assaillirent, le parfum des fleurs, la douceur de sa peau.

— Tu sais parfaitement où elle est. Rien de ce qui se passe ici ne t'échappe.

Ils avaient passé les deux dernières heures à faire le point sur la situation et ses possibles conséquences. La révélation de l'identité d'Eloisa avait ravivé l'intérêt de la presse pour les Medina. Le public en réclamait plus. Il serra les dents, les yeux rivés sur le breuvage rouge sang dans son verre. Il lui était insupportable de penser que Shannon était à l'origine de la fuite. La seule chose qui l'apaisait un peu c'était l'idée qu'elle n'avait rien prémédité.

Une certaine naïveté de sa part, une erreur avait mis le feu aux poudres. Il pouvait lui pardonner. Après tout, elle n'était pas une Medina, n'en avait pas les réflexes. Elle n'avait pas vraiment pris conscience de toutes les contraintes avec lesquelles il vivait, lui, depuis le berceau. Qu'elle lui donne le nom de son correspondant, et ils pourraient envisager l'avenir ensemble.

Sur son fauteuil roulant, son père se dirigea vers lui, ses chiens à sa suite.

— Je suis loin de savoir tout ce qui se passe sous mon toit, sinon nous n'en serions pas là. A l'évidence, j'ai accordé à tort ma confiance…

— C'est ma faute, je sais ! répliqua Tony avec un ricanement amer.

— Je t'en prie, ne sois pas si impulsif. Pense avec ton cerveau, pas avec ton cœur.

— Comme tu l'as toujours fait ? rétorqua-t-il, agacé par les leçons de morale de son père. Bel exemple !

Dès que son séjour ici arriverait à son terme, jamais, plus jamais il ne remettrait les pieds sur cette maudite île. Trop de souvenirs d'enfance douloureux, et aujourd'hui Shannon, la femme en laquelle il croyait… Un endroit maudit. Son père après tout n'avait qu'à se rendre sur le continent pour se faire soigner.

— Lorsque j'ai quitté San Rinaldo, j'ai laissé mon cœur me guider, dit soudain le roi en se versant un verre. J'étais tellement terrifié à l'idée que quelque chose puisse arriver à ma femme et à mes fils que je n'ai pas préparé comme je l'aurais dû notre plan d'évacuation.

Le fier, l'indomptable Enrique, reconnaître ses erreurs ? Surpris par cette confidence, Tony observa le vieil homme du coin de l'œil.

— Tu as fait diversion en attirant l'attention des insurgés sur toi, c'était très courageux, déclara Tony, qui n'avait jamais douté de la bravoure de son père.

— Je n'ai pas fait ce qu'il fallait, répéta ce dernier, les yeux voilés par une tristesse que Tony ne lui avait jamais vue, le visage de plus en plus marqué par la maladie, par les fantômes. La sagesse aurait voulu que j'anticipe la façon dont réagirait Carlos, si les choses tournaient mal. J'ai fait preuve d'arrogance en estimant que mon plan était parfait. Et ces assassins savaient avec précision comment m'atteindre. Ils ont visé ce que j'avais de plus cher.

Tony posa son verre, éprouvant soudain une réelle sympathie pour son père. Il comprenait, oui, lui qui pour la première fois de son existence souffrait à cause de ses sentiments pour une femme.

— Tu as fait de ton mieux, à l'époque.

Et lui ? Vis-à-vis de Shannon… pouvait-il en dire autant ?

— J'ai voulu en tout cas faire ce que je devais, ici. En assurant à mes fils toute la sécurité possible.

— Et pourtant, nous sommes partis, tous les trois.

— Peu importe. Mon unique objectif était de vous protéger, jusqu'à l'âge adulte. Quand tu es parti, tu étais en mesure de t'assumer, d'affronter seul le monde. Ce qui ne serait jamais arrivé si tu avais grandi dans l'espace protégé du royaume. Je suis fier de ta réussite.

Il ne comprit d'abord pas le sens des paroles d'Enrique, tant elles lui paraissaient incongrues, dans la bouche de ce père froid et distant. Puis quelque chose se passa en lui, il regarda le roi comme s'il le voyait pour la première fois. De la même façon que sa mère l'avait entouré, enfant, de cette couverture comme du bouclier le plus efficace contre le danger, son père lui aussi, certes avec des méthodes différentes, n'avait cherché qu'à les protéger, lui, ses autres fils ainsi que son épouse.

Tony comprit pour la première fois depuis le jour de leur fuite de San Rinaldo que son père n'était pas l'assassin de sa mère. Les seuls coupables étaient les insurgés. Ce fut comme une révélation pour lui et, sous l'intensité de ce moment, il demeura quelques instants bouche bée, le souffle coupé.

Son désarroi devait se lire sur son visage, car son père lui sourit d'un air approbateur.

— Maintenant, mon fils, efforce-toi de penser à Shannon de façon rationnelle, au lieu de te comporter comme un garçon aveuglé par l'amour.

Un garçon aveuglé par l'amour ? Il fronça les sourcils, sur le point de se récrier, de protester, de tempêter. Il ne pouvait supporter d'entendre cela. Mais pour quelle raison ? Parce que c'était la vérité. Il aimait Shannon.

Il l'aimait tant que cela l'empêchait d'y voir clair.

— Shannon est une femme raisonnable, déclara-t-il, la lumière se faisant peu à peu dans son esprit. Elle ne ferait rien qui soit susceptible de faire courir le moindre danger à son fils. Si elle avait dû passer un coup de fil, elle se serait assurée au préalable que personne ne puisse la surprendre.

— Et à quelle conclusion en arrives-tu ?

— Nous ne distinguons pas le visage de la jeune femme au téléphone. J'ai reconnu cette veste blanche comme la sienne, et cela a suffi…

Il se tut, se frotta les yeux en soupirant, avant de reprendre :

— Cette femme a sans doute ses raisons pour mettre ainsi la vie des Medina en péril…

Il réfléchit encore.

— Alys ?

— Je suis prêt à le parier, répondit Enrique d'une voix sombre, la voix de la colère. C'est elle qui a commandé la garde-robe de Shannon. Le reste n'était qu'un jeu d'enfant…

Soudain, il en eut le cœur net : Shannon n'avait rien fait de mal.

— Alys ! Elle est sans doute celle qui a contacté le *Global Intruder*, après avoir identifié Duarte sur la photo des Landis.

Il se leva, rejoignit son père et pressa avec affection l'épaule du vieil homme. Premier geste de tendresse en quatorze ans.

— Où puis-je la trouver ? demanda-t-il.

Enrique ne dit rien, se contenta de poser une main sur celle de Tony.

— Je me charge d'Alys, dit-il enfin avec fermeté. N'as-tu pas plus urgent à faire ?

Tony regarda sa montre. Encore cinq minutes avant le départ du ferry pour l'aérodrome. Cinq petites minutes pour dire à Shannon combien il l'aimait, combien il avait confiance en elle. Car à aucun instant il n'avait cru en sa culpabilité. En sa naïveté oui, mais pas en sa culpabilité.

La corne de brume du ferry retentit. L'équipage était à son poste. Encore quelques minutes et l'amarre serait jetée.

Kolby dans ses bras, Shannon regarda l'île une dernière fois. Un moment douloureux, plus douloureux qu'elle ne l'imaginait. Comment survivrait-elle à Galveston ? Tout, là-bas, lui rappellerait Tony. Non, ce serait au-dessus de ses forces. Elle partirait donc et tenterait, une fois de plus, de se reconstruire, ailleurs.

Sauf qu'elle aurait le plus grand mal à échapper aux Medina. Partout, on la reconnaîtrait. Partout, elle verrait le visage de Tony s'afficher. Jour après jour, elle devrait vivre avec les regrets, le chagrin, et aussi la colère… Contre lui, contre elle-même.

Elle ne put retenir ses larmes alors que le ferry commençait à s'éloigner du quai.

— Maman ? dit Kolby en essuyant ses joues avec ses petites mains maladroites.

Elle trouva la force de sourire, regarda son adorable visage.

— Maman va bien, mon chéri. Tout va bien. Viens, on va voir si on aperçoit les dauphins…

— Non non, veux pas. Oh ! Là-bas, regarde, maman, c'est Tony. Pourquoi il court ? Il peut venir avec nous, s'il te plaît ?

Tony ? Elle retint son souffle, tourna la tête vers le quai… Tony courait en effet à perdre haleine sur l'embarcadère, criant quelque chose. Impossible de comprendre ce qu'il disait, à cause du bruit des moteurs. Arriverait-il à temps ? Elle n'osait espérer. Espérer quoi, d'ailleurs ?

Elle déposa Kolby sur le pont, se pencha sur le bastingage pour essayer de l'entendre. Rien à faire. Et après tout, se dit-elle, le cœur serré, peut-être était-ce mieux ainsi… Que pouvait-elle attendre d'un homme qui la croyait capable de trahison ?

Mais il courait toujours, n'était plus qu'à quelques mètres. Avec horreur, elle le vit bondir au-dessus du vide pour atterrir à côté d'elle, sur le pont. Puis, avec détermination, il lui fit face, sous les yeux ébahis des hommes d'équipage.

— Tu vas devoir faire preuve d'imagination, déclara-t-il sans attendre en lui tendant un bouquet de marguerites. Je n'ai pas eu le temps de trouver une jacinthe pourpre, la fleur du pardon. Je voudrais que tu l'acceptes, Shannon, ainsi que mes excuses.

— Je t'écoute, répliqua-t-elle, menton fièrement relevé, sans prendre ses marguerites.

Elle était encore sous le choc de ce retournement de situation, mais il y avait une chose qu'elle n'oubliait pas : il lui avait fait du mal et il ne s'en sortirait pas avec de belles paroles.

Tony aperçut Kolby debout à côté d'eux et tendit au petit garçon l'une des marguerites. Aussitôt, son fils entreprit de retirer un à un les pétales de la fleur.

— Je me suis comporté comme un idiot, reprit-il en écartant ses mèches rebelles, sur son front.

J'aurais dû savoir que tu ne ferais rien qui puisse mettre Kolby ou ma famille en danger. Et, si tu avais commis l'erreur de te confier à quelqu'un, tu ne t'en serais pas cachée…

Ces mots, elle espérait tant les entendre, quelques heures plus tôt.

— Pourquoi as-tu changé d'avis ? As-tu découvert une nouvelle vidéo qui prouve mon innocence ? demanda-t-elle, sarcastique.

— J'ai parlé à mon père. Il m'a conseillé de ne pas me laisser aveugler par mes sentiments, d'en finir avec mes peurs et d'aller de l'avant. Bref, grâce à lui, j'ai compris qu'Alys était l'auteure de ce coup de fil. Et sans doute est-elle à l'origine de la première fuite. Nous n'en avons pas encore la preuve, mais cela ne saurait tarder.

Alys ? Elle réfléchit à cette possibilité, ne la trouvant pas très plausible. A la façon dont la jeune femme regardait Tony, elle avait cru qu'elle aspirait plutôt à entrer dans la famille Medina. Mais peut-être après tout ses motivations étaient-elles ailleurs. L'âme humaine était décidément bien tortueuse. Et comme souvent, vénale.

— Mais tout cela n'a plus guère d'importance, puisque tu t'en vas, reprit Tony en la regardant au fond des yeux.

Elle saisit une fleur dans le bouquet, effleurant sa main au passage, puis elle chercha ses mots. Des mots qui allaient décider de sa vie.

— Je sais combien tu as souffert, par le passé. Je sais les cicatrices que tu en gardes. Mais je ne peux accepter que tu n'aies pas confiance en moi. Tant de gens se sont détournés de moi, je…

— Chut ! l'interrompit-il en emprisonnant sa main. J'ai eu tort, Shannon. Et aussi, j'avais peur de mes sentiments pour toi. Mais je suis encore plus terrifié à l'idée de te perdre.

— Que veux-tu, Tony ?

— Je comprends que mon statut ne soit pas de tout repos, pour une femme et son enfant. Partager la vie d'un Medina implique certaines contraintes. Pourtant, rien ne me rendrait plus heureux que tu consentes à porter le nom de Medina…

Et, sur ces mots, il s'agenouilla devant elle avec son bouquet de marguerites, un peu froissées maintenant.

— Shannon, veux-tu m'épouser ? Permets-moi d'être ton mari, et un père pour Kolby.

Il se tut un instant, ébouriffa les cheveux de son fils, qui lui répondit par un large sourire. Puis, comme si cela lui avait redonné encore plus de confiance, il reprit :

— Ainsi que le père des autres enfants que nous aurons. Je t'aime et je te promets de ne plus avoir peur, de ne plus douter de toi jusqu'à la fin de mes jours.

A son tour, elle tomba à genoux, puis s'abandonna entre ses bras, attirant son fils dans ce cercle d'amour.

— Oui, je veux t'épouser, Tony Castillo, Antonio Medina, quel que soit ton nom. Je t'aime, moi aussi.

Il la serra contre son cœur, lui chuchota des mots doux. Combien de temps restèrent-ils agenouillés ainsi sur le pont, elle ne le sut jamais avec précision. Ce furent un tonnerre d'applaudissements et des cris de joie qui la ramenèrent à elle. Kolby se mit lui aussi à frapper des mains, bondissant tel un petit diable. Puis elle entendit le capitaine du ferry ordonner de ramener le bateau à quai.

Tony prit sa main, et tous deux regardèrent l'île approcher doucement. Un lieu où elle serait appelée à revenir, désormais. Elle posa la tête sur l'épaule de son amant, meilleur ami et bientôt futur mari, effleura le tatouage sur son bras.

— Je savais bien que je finirais par trouver mon port d'attache, lui dit-il en souriant.

— La résidence de ton père ? s'étonna-t-elle.

— Non, répondit-il en caressant sa joue. Mon port d'attache, mon havre de paix, c'est toi, Shanny.

Passions n°293

Pour l'amour d'Amelia - Barbara Dunlop

Alors qu'elle parcourt la lettre officielle qui vient de lui être remise, Devin a l'impression que le sol se dérobe sous ses pieds. Car la nouvelle qu'elle contient est tout aussi incroyable qu'inadmissible : si elle veut conserver la garde de sa nièce Amelia, elle va devoir cohabiter avec l'autre tuteur de la fillette, l'arrogant et richissime Lucas Demarco...

Un hiver plein de promesses - Victoria Pade

Si Shannon Duffy accepte de se rendre à Northbridge, c'est uniquement pour y régler le plus rapidement possible une question d'héritage. Pourtant, dès son arrivée, elle tombe sous le charme de cette petite ville de province, et surtout du beau et séduisant Dag McKendrick. Mais comment pourrait-elle s'attacher à lui, alors qu'elle est déjà fiancée à un autre ?

Passions n°294

Sentiments inavouables - Michelle Celmer

Lorsqu'elle se réveille à l'hôpital à la suite d'un terrible accident de voiture, Melody découvre avec horreur qu'elle ne se souvient plus de rien. Qui est-elle ? D'où vient-elle ? Et surtout, qui est vraiment Asher Williams, l'homme incroyablement séduisant qui se tient à son chevet et se présente comme son fiancé ?

Une brûlante revanche - Red Garnier

Lorsqu'il apprend que Bethany Lewis, la jeune femme qui vient de lui demander son aide, n'est autre que l'ex-femme de son pire ennemi, Landon Gage est furieux, et songe d'abord à la renvoyer chez elle sans le moindre ménagement. Mais presque aussitôt, une autre idée lui vient à l'esprit : en séduisant Bethany, n'aura-t-il pas enfin l'occasion de se venger de son rival et de lui rendre ainsi la monnaie de sa pièce ?

Passions n°295

Passion secrète - Tessa Radley

Avery n'a jamais oublié Guy Jarrod. Elle n'a jamais oublié les troublantes sensations que lui seul a su éveiller en elle, et encore moins la manière dont il l'a ensuite brutalement trahie sans le moindre scrupule. Elle est donc bouleversée de le découvrir parmi la foule des invités qui se pressent dans l'hôtel huppé d'Aspen où elle doit donner une conférence...

Rien qu'un baiser - Lois Faye Dyer

Parce qu'elle ne supporte plus les remarques incessantes sur son célibat, Frankie a trouvé la parade idéale : demander à Elijah Wolf, un de ses amis d'enfance, de se faire passer pour son fiancé. Mais est-ce vraiment une si bonne idée que de feindre l'amour et la passion en compagnie de cet homme dangereusement sexy ?